樋口一葉 赤貧日記

伊藤氏貴

中央公論新社

まえがき

はじめは耳を疑った。〈樋口一葉が新五千円札の顔に〉というニュースを聞いたときだ。嬉しさより不審が先に立った。他にもふさわしい文豪、あるいは他の分野で活躍した女性はいくらもいるだろうに、よりにもよっていちばん金と縁のない者を紙幣の顔に選ぶとは。一葉自身がこのことを知ったら、はたして喜ぶのか悲しむのか怒るのか。

なにしろ、二十歳を過ぎ女戸主として奮闘しながらも、ある日の日記に、「昨日より、家のうちに金といふもの一銭もなし」と溜息まじりに綴らねばならぬほど、貧窮していたのだ。

たった二十四年をしか生きなかった一葉だが、その生涯とお金との関係は矛盾と逆説に満ちている。わずか八歳にして〈金銀など塵芥《ちりあくた》のようなものだ〉という悟りに似た境地に達しながらも、のちにその「塵芥」ごときのために苦しめられつづけることになる。

ただ、一生を通じて貧苦に喘《あえ》いでいたわけではない。むしろ幼い頃は中の上か上の下くらいの家庭で、なに不自由なく育った。そこから少しずつ転落してゆくのだが、ただ手を

こまねいていたわけではない。内職、商売、塾の助教、そして執筆と八方手を尽くしながら、それでも食いつないでいくことは難しかった。

後半生の最大の収入源は借金だった。親類や父の代からの縁者から借り、師から借り、友から借りた。ときにはまず鰻《うなぎ》を奢《おご》ってから、追いかけるように手紙で借金依頼をすることもあった。面と向かってはなかなか切り出せず、せめてものもてなしでというつもりだったが、相手からは断れなくするための手管《てくだ》とかえって嫌われることもあった。

質屋にも日参し、もう質草にするものもなくなったときには、とうとう見ず知らずの人間をいきなり訪ねて借金を頼むという危ない橋をさえ渡った。そのような大胆さは、「ものつつみ」とあだ名された十代の一葉からすれば到底考えられなかったものだ。貧困と借金は、一葉に貴重な経験を積ませ、人間を大きくしたとも言える。

一葉の人間関係は、借金によって整理分類できる。父の時代から貸し借りのあった親類縁者、一方的に借金した縁者、一葉自身の知人、そして借りられるところからはほぼ借り尽くしたあとは、見ず知らずの人間にも頼ったが、一方、いくら親しくても一切借金を頼まなかった知友もいた。その違いから、一葉の人間観も垣間見える。

これまで一葉の生涯については精緻な研究がなされてきたし、評伝の類もあまたある。ただ、その多くが恋愛を中心とする人間関係に注目するもので、誰とどこまでの関係にあ

ったのか、あるいは処女だったのか非処女だったのかを勘繰るような、いわば週刊誌的な興味に基づくものも少なくない。

そうした現実の人間関係が作品内の男女関係に影響を及ぼしたところはあるだろう。だが、たしかに恋が頭の大半を占める一時期があったにせよ、全体として一葉の生涯を見渡すならば、お金との関係の方がよほど長くて深い影響を与えている。作品内の人間関係についても、恋愛関係はかなり紋切り型なのに対し、お金が人間関係にもたらす陰翳《いんえい》は複雑で精彩に富んでいる。貧困、あるいは借金がなければ、一葉という日本初の女性職業作家は生まれなかったと言ってよい。

一葉と同時代を生きた女性作家は他にも大勢いた。だが、職業作家と言えるのは一葉がはじめてであり、また一葉のように読まれつづける女性小説家はいない。それはなぜなのか。その最大の原因が貧乏にあるのだが、それは貧苦のうちに夭逝《ようせい》したことへの同情の故ではない。貧乏は一葉という作家とその作品の中核を成すものなのだ。

それで、生涯を通じての金銭事情を見ていくことで、一葉という人物と作品とを繙《ひもと》いてみよう。

幸い、一葉の日記がおおまかながら家計簿として読める。借金について交わされたたくさんの書簡もある。そこに書かれた金額や品目に当時の物価などを勘案することで、一葉

の日々の暮らしぶりが浮かび上がる。はたして初の女性職業作家樋口一葉は、生涯で原稿料をいくら稼いだのかということも推定できる。

そしてなにより、一葉自身が金銭に対して陰に陽に語った思想。日を追うごとに悪くなる暮らし向きのなかで、その思想がどのようにして作品へと結実していったか。それが明らかになったときはじめて、紙幣になった一葉が笑うのか泣くのか怒るのかもわかるだろう。

では、一葉の家計簿を一枚一枚めくっていこう。

編集部注

本文に引用された樋口一葉の日記・作品等はすべて、筑摩書房版『樋口一葉全集』による。引用に際しては、旧字を新字に改め、適宜句読点やルビを補った。

目次

まえがき　1
序　章　樋口家、江戸へ出る――山梨の百姓から直参の御家人へ　11
第一章　桜木の宿　七歳まで――樋口家の経済闘争　35
第二章　二つの挫折　七歳から十五歳　63
第三章　悲劇の幕開け　十五〜十八歳　101

第四章　恋と文学と借金と　十八～十九歳　143
第五章　デビューと失恋　十九～二十歳　179
第六章　間奏　二十～二十一歳　――大成のための寄り道　223
第七章　貧困という鉱脈　二十二～二十四歳　259
終　章　一葉の値段　317
あとがき　325
参考文献　328

装画・挿画　丹下京子
装幀　小川恵子（瀬戸内デザイン）

樋口一葉赤貧日記

序章

樋口家、江戸へ出る

――山梨の百姓から直参の御家人へ

五千円札の肖像から浮かぶ樋口一葉のイメージはどのようなものだろうか。あの黒っぽい襟の地味な着物から、貧しい庶民の出だと思っている人も少なくないかもしれない。しかし、一葉は、武士の娘だった。しかも、少なくとも父が亡くなるまでは貧困どころかかなり裕福な暮らしをしていた。

一葉の父・樋口則義《のりよし》は徳川幕府直参の御家人であり、明治の御代には「士族」となり、一葉はその娘として生まれた。一葉自身もそのことを誇りにしていた。

ただし、則義が武士になったのは三十代も半ばを過ぎてのことだった。生まれは山梨、家は代々農民だった。武士の地位は金で買ったのだ。だから、身分に対する一葉の誇りは、実のところは金に支えられていたことになる。

山梨の農民だった則義が金力を使って、いかにして江戸の直参として家を興したのかを見よう。この直参樋口家こそが、一葉のアイデンティティの基盤となったからだ。

文政十三（一八三〇）年

十一月　父・則義が、樋口八左衛門・ふさの長男として甲斐国山梨郡中萩原村重郎原に生まれる。幼名・大吉。

天保五（一八三四）年

五月　母・たきが、古屋安兵衛の長女として中萩原村青南に生まれる。幼名・あやめ。

嘉永五（一八五二）年

九月　祖父・樋口八左衛門、百姓惣代として水争いの調停のために江戸へ出て老中阿部正弘に駕籠訴《かごそ》をなし、投獄される。

安政四（一八五七）年

四月　父・則義と母・たきが共に江戸へ出て、八左衛門の知己だった蕃書調所調役勤番筆頭の真下専之丞《ましもせんのじょう》を頼る。このとき、たきは既に妊娠八か月ほどだった。則義は、江戸城の奥医師・喜多《きた》

五月　村《むら》法眼安正の医学書出版の印刷の手伝いをする。

六月　長姉・ふじ誕生。

母・たき、旗本稲葉大膳の養女・鉱《こう》の乳母として奉公に出る。

姉・ふじは引きかえに、市ヶ谷長延寺内の和介夫妻のもとに里子にだされる。

七月　父・則義、蕃所調所の小使となる。

安政五（一八五八）年

九月　安政の大獄はじまる。

父・則義、与力田辺太郎に伴い大阪に出向し一年滞在。

安政六（一八五九）年

十月　父・則義、勘定組頭・菊池隆吉《たかよし》の中小姓となり、ようやく家族三人一緒に暮らすようになる。

元治元（一八六四）年

四月　長兄・泉太郎誕生。幼名・仙太郎。

慶応二（一八六六）年

十月　次兄・虎之助誕生。

慶応三（一八六七）年

三月　父・則義、菊池家を辞す。

七月　父・則義、浅井竹蔵から南町奉行配下八丁堀同心株を買い、南番所当番方として三〇俵二人扶持の幕臣となる。

十月　大政奉還

十二月　王政復古の大号令

◉一両の価値

生産価値（大工の手間賃による）　一両≒三〇～四〇万円

消費価値（かけそばによる）　一両≒一二万円

◉米一石の価値

生産価値（賃金による）　米一石＝二七万円
消費価値（米価による）　米一石＝約五万円

肖像紙幣の意味

お金の話をするのだから、まずはやはりあの五千円札から考えよう。

樋口一葉が紙幣の顔になったというのは、二つの点で驚くべきことだった。

一つは、日本銀行券の肖像として使われたはじめての女性であったということ、そしてもう一つは、それまでに紙幣の顔になった中で、もっとも貧乏人だったということである。おそらく今後も、一葉ほど金に縁のない人物が紙幣を飾ることはあるまい。

五千円札の肖像画の元になった写真は、二十三歳頃のもので、現在台東区の一葉記念館が所蔵している。一葉と言えば誰もが思い浮かべる、つるんとした卵型のあの顔だ。

あの写真が残っていなければ、おそらく一葉が紙幣の顔となることはなかった。というのは、国立印刷局によると、誰の肖像を紙幣に載せるかにあたっては、

偽造防止の目的から、なるべく精密な人物像の写真や絵画を入手できる人物であること。

という条件があるからだ。

実は、一葉以前に紙幣を飾った女性は二人いる。神功皇后《じんぐうこうごう》と紫式部だ。しかしもちろん、どちらも「精密な人物像」に基づいたものではない。

さらに、神功皇后の肖像が用いられたのは日本銀行券以前の政府紙幣と呼ばれるものだったので、日本銀行券初の女性という一葉の地位を脅かすものではない。肖像画の作製に際して、お雇い外国人のキヨッソーネは、印刷局の女性職員数人の顔をとり混ぜて太古の神功皇后の姿を想像したが、あまりに西洋人くさいと言われ、より平らな顔へと何度か描き直しをさせられている。

紫式部は、現在も使用される額面二千円の日本銀行券に載っているが、肖像画としては認められていない。先の「精密な人物像」という条件を満たしていないし、表面の「顔」はあくま

樋口一葉肖像（台東区立一葉記念館所蔵）

で首里城守礼門であり、式部は裏面の装飾の一部として御簾《みす》の陰からちょこりと顔を覗《のぞ》かせるだけだ。

一葉は、「精密な人物像の写真」に基づく肖像画が紙幣に載った初めての女性だった。このときの選定に当たっては、女性を入れるということがはじめから決まっていた。そうでなければ一葉の肖像が使われることはなかったろう。紙幣に載せる肖像を選ぶにあたっては、「偽造防止の目的」のためには、髭《ひげ》や皺《しわ》のある男性の方が向いているからだ。

そもそも、紙幣に人物肖像を入れること自体が「偽造防止」を目的としたものだった。人間の目は人間の顔を見分ける能力に長けている。群集の中からでも、知り合いの顔をすぐに見つけることができるし、ある一人の顔でも、今日はむくんでいるとか顔色が悪いということをすぐに見抜く。人間が進化の過程でコミュニケーション能力を発達させるとともに培ってきた能力だ。

それゆえ他のどの図像にもまして、人物肖像なら、ほんのちょっとの違いでもすぐに気づく。記憶に残る特徴を持った顔ならなおのこと、偽造防止に対して効果的だ。

実際、紙幣はつねに偽造と戦ってきた。明治維新直後の経済的混乱の中で財政破綻した諸藩のうち、福岡藩、秋田藩、広島藩、青森の斗南《となみ》藩などは、藩ぐるみで偽造紙幣づくりに励んだ。福岡藩では数百人もの職人を使って偽造を励行し、発覚後に責任者が処刑され

た。このころの「太政官札」と呼ばれた紙幣は、寺社のお札のような縦型で、金額の周りを幾何学模様が囲むだけの極めてシンプルなものだったのだ。

他にも国内の至るところで一般市民が偽造に手を染めるばかりでなく、外国人が国外から偽造紙幣を持ち込むことさえあった。新政府は明治三（一八七〇）年に「偽造宝貨律」などを定め、偽造紙幣の作製や使用に携わった者に対して獄門や斬殺などの極刑を定めたが、それでも根絶には至らなかった。紙幣そのものをなんとかする必要があった。人物肖像は、偽造防止のため有用な手段として、西洋に倣って導入されたのだ。

肖像の値段

さて話を戻せば、二十一世紀の幕開けの紙幣の刷新に際しては、女性のさらなる活躍を願う意味もあり、女性を一人は選ぶことが決まっていた。

しかしそれでも、なぜ一葉だったのか。もっとふさわしい女性たちがいたではないかという疑問が残る。偽造防止、という点からすれば、顔に皺一つ刻む間もなく二十四歳の若さで逝った一葉よりも長命な女性たちがいくらでも思い浮かぶだろう。一葉の前後だけでも、たとえば津田梅子六十四歳、与謝野晶子六十三歳、平塚らいてう八十五歳。この享年

（満年齢）を見ただけでも、一葉は不利だったはずだ。

だから、国立印刷局の示すもう一つの基準にそれだけよく一葉がかなっていたということになる。その基準とは、

日本国民が世界に誇れる人物で、教科書に載っているなど、一般によく知られているこ と。


というものだ。

たしかに、『たけくらべ』の名前を知らないものはいまい。高校の国語教科書の文学史には必ず載っているが、さて、「日本国民が世界に誇れる人物」と言われると、はたして一葉自身がそれを聞いたらどう思うか。「よく知られている」とは言え、「よく読まれている」とは必ずしも言い難い。それを知れば、「国民が世界に誇れる」とは過褒だと頬《ほお》を染めて俯《うつむ》くのではないだろうか。あるいは、「すね者」と呼ばれ、最晩年の自分の人気も素直に受け入れなかった一葉からすれば、これもまた虚しいものと呆《あき》れるだけだろうか。

いずれにせよ、やはり若い女性の肖像画作成は難航したらしく、発行は遅れた。二〇〇三年十二月二十日付読売新聞は、「樋口一葉きれいすぎて？「描きにくい」 新紙幣発行来

秋に延期」という記事を載せている。

あれが晩年にもっとも近い写真なのだから、やむをえなかったろう。ただ、さらに若いときの写真で良ければ、選択肢はまだまだあった。七歳のときから、十代前半、十代後半、二十歳前後と、実のところ、一葉の肖像写真は数多く残されているのだ。

これは、一葉にまつわるものなら、書き損じの反故紙の一枚たりとも捨てずに保管したという妹・邦子の功が大きい。しかし、それ以前にそもそも写真を撮っていなければ、残しようもなかった。

言うまでもないが、今のように誰もがまばたきするようにパチパチと写真を撮りまくる時代ではなかった。写真館に行くか、写真師を呼ぶか、特別な機会に、精一杯のおめかしをしてポーズを決めて撮るものだった。日常のスナップなどもちろんない。数多い一葉の写真はどれも揃《そろ》ってすまし顔である。

その写真一枚を撮ってもらうのにかかる値段は、明治八年で三円～七円、明治十七年で七五銭～三円、明治三十八年で七〇銭～一円二〇銭となっている（『値段の明治大正昭和風俗史』朝日新聞社。以下、特にことわらないかぎり、物価は本書による）。

さてでは、写真一枚の値段は現在いくらくらいになるのだろうか。仮にかけそばの値段を基準にして換算してみよう。

一葉が七歳のとき、すなわち明治十二年ころ、かけそば一杯が約八厘。これを現在三〇〇円だとして換算すると一円は三万七五〇〇円となる。仮に写真一枚が三円だったとして、一枚撮るのに優に一〇万円以上かかることになる。

一葉のみならず、江戸時代生まれの両親や兄たちの写真も残されている。ということは、一葉が子どもの頃の樋口家は、貧困どころか、折に触れて一枚一〇万円の肖像写真を残すことのできる家庭であった。一般庶民とは言い難い。

では実際に、一葉が生まれたころの樋口家の経済的状況はどのようなものだったのだろうか。

江戸へ

一葉の父・樋口則義は、甲斐国山梨郡中萩原村（現・山梨県甲州市塩山中萩原）の小前百姓八左衛門の長男として生まれた。文政十八（一八三〇）年のことだ。幼名は大吉だったが、のちに何度も改名するため、今後は「則義」で統一する。

「小前百姓」とは、自前の土地をもたない小作農を言うこともあるが、八左衛門はそうではなく、ただ、村役人層の「大前百姓」のように特別の家格を持たないものの、自立した

農民だった。隣村との水争いが生じたときには、村の小前百姓一二〇人の惣代として江戸に出て、老中阿部正弘に直訴に及んだ。正弘は福山藩主にして、幕府においては老中首座として安政の改革を断行した名君であり、わずか三十七歳で急逝しなければ、明治維新の歴史は変わっていたろうと言われる。

それほどの人物だったからか、登城の駕籠の前に飛び出してきた八左衛門を切り捨てさせたりすることなく、訴状を受け取った。死を覚悟していた八左衛門だが、伝馬町《てんまちょう》の牢《ろう》で三〇日間の手鎖の刑で済んだ。

かくして村人たちの信頼にこたえた八左衛門だったが、必ずしも皆が皆、凱旋《がいせん》した八左衛門をあたたかく迎えたわけではない。たとえば、樋口家よりも格上の中農、古屋家は、たとえ村のためとはいえ、直訴というかたちで秩序を乱し前科者となった八左衛門に冷たかった。ましてや、その息子・則義に、自家の娘・たき（幼名あやめ）を嫁にやるなどとはとんでもないことだった。

幼馴染の二人は密かに愛を育んでいたのだが、則義二十一歳のときのこの八左衛門の一件で、結婚は絶望的になった。その後、押さえつけられるほどに燃え上がる二人は、もう引き返せないところにまで至った。たきの腹に新しい命が宿り、傍目にも隠せなくなってきた。

このまま村にはいられないと思った二人は、手に手をとって逃げた。時は安政四（一八五七）年四月六日。則義二十六歳、たき二十二歳。たきはもう臨月を間近に控えていた。逃走資金にと、則義は家にあった書物約一五〇冊を七両で売ったと言われる。小前百姓とはいえ、樋口家は学問に打ち込む余裕のある家だった。その金を含め、一二両を懐に、早朝こっそり二人は家を出た。

幕末の一両が現在のいくらになるのかは一律には算定しがたい。どんなものを基準にするかにより変動するし、また稼ぐときと使うときとでも異なってくる。当時は今より消費財の種類が圧倒的に少なく、つまり買わなければならないものが少ない分、一つひとつの物の値段は高い。大量生産がまだできなかったこともある。一方、一つひとつの物が高いとはいえ、買わねばならないものが断然少ない分、稼がなければならない額も低い。

さて、このときの則義とたきとの所持金は使う一方のものだから、消費の面で換算してみよう。こちらもそば一杯で換算すると一両＝一八万円くらいになる。となると一二両を懐に入れていた則義は、現在なら二〇〇万円ほどは持参していたことになる。しばらくは食いつなげるだけのしっかりした備えをしていたと見るべきだろう。

目指すは江戸。中里介山の大ベストセラー『大菩薩《だいぼさつ》峠《とうげ》』には、則義とたきの逃避行のことが背景の一コマとして描き込まれている。それによれば、二人は大菩薩峠を越えて逃げ

たことになっている。それが当時、中萩原村から江戸へ出るもっとも一般的な道筋だった。八左衛門も江戸へ直訴に出た際にはこのルートを通った。

しかし実際は、則義とたきは逆の御坂《みさか》峠越えルートを辿《たど》ったことがわかっている。大菩薩峠は麓に番所があり、また旧青梅街道で一番の難所と言われるほど坂が急だった。身重のたきを抱え、どうしても速くは進めない。御坂峠越えは追っ手を恐れての逃亡ルートだったろう。則義は計画性のある男だった。

江戸に出るにあたっても、ともかく逃げてしまえばなんとかなるだろう、ただ二人でかつかつ食べていければそれでよい、と考えていたわけではなかった。江戸には真下専之丞という人物がいた。同じ村で生まれ、父・八左衛門とは旧知の間柄だったが、若いうちに江戸に出ていた。まずは父の縁で真下を頼ればしばらくはなんとかなるだろう。

そのような思惑があったに違いないが、それればかりではない。真下専之丞はやはり中萩原村の農民だったが、二十六歳のときに青雲の志を抱いて江戸に出て、刻苦勉励により出世の一途を辿り、三十七歳で御家人真下家の家禄を買い、士分となった。のちに金山奉行を経て、蕃書調所役組頭、さらには五〇〇〇石取の陸軍奉行並にまで昇りつめる。

則義はもちろんこの、一介の田舎の百姓から、貯めた金で御家人株を買って幕臣となった真下の辿った路《みち》を知っていた。郷里を捨てて駆け落ちしたのも、ただ好きな相手と添い

遂げようためばかりではなかった。田舎に燻《くすぶ》っていないで、江戸で自分の力を試したかった。真下専之丞は、その恰好のロールモデルとして目の前に聳《そび》えていた。ただその許《もと》に行き、同じ道を辿れるよう、教えを乞えばよい。則義はそこまで計画していた。

その計画は、一年や二年では完遂しえない長期にわたるものになるはずだったが、当初は万事うまくいった。

郷里を出て一週間後、ようやく江戸に荷を下ろした二人は、翌四月十四日、揃って九段下の真下専之丞を訪ねた。真下は二人をあたたかく迎え、則義の勤め先が決まるまで、自分の家で起居させた。

翌週には、江戸城の奥医師、喜多村法眼安正の手伝いで医学書の印刷に関わる仕事が見つかり、小石川台町に一家を構え、ここに江戸の樋口家が誕生する。

そのひと月半後にはたきが無事女の子を産んだ。恩人、真下専之丞の妻の名をもらい、「ふじ」と名づけられた。

たきのこの出産は、二人に転機をもたらした。子を産んだばかりの女性にしかできない仕事が、たきに回ってきたのである。乳母奉公だ。二五〇〇石取の旗本稲葉大膳正方の養女・鉱に乳母が求められているという。

給金は年三両、仕着せ料一両、里扶持一分一朱。さらには、四か月後の九月から半年間、

一分二朱を与えられ、小遣い二〇〇文ということだった。当時の通貨単位は四進法で、一両＝四分＝一六朱とされた。生産価値、たとえば大工の賃料で換算すると一両は三〇〜四〇万円相当とのことだから、それほどの高給というわけではないが、衣食住に一切お金がかからないので、蓄財に回せる分は多かっただろう。

生まれたばかりのふじは、市ヶ谷の長延寺内に住む若い夫婦に里子に出され、たきは稲葉家に住み込み、則義は再び真下家の居候となった。小石川台の借家は引き払った。樋口家は、整ってわずかふた月ほどで、三人ばらばらの一家離散状態になったのである。それもこれも、武士になるため、そのために貯金するためであった。将来の出世のために、今の家族団欒《だんらん》を諦める、則義は冷酷なまでに計算高い男だったのだ。

則義はその後、真下専之丞の下で蕃書調所の小使として海外事情にも触れ、江戸城内で幕末の緊迫した雰囲気を肌で感じる。日本にとって数百年ぶりの激動だが、それを自らの出世の契機に変えるべく、日夜働いた。

翌安政五（一八五八）年九月には大番組与力の田辺太郎の従者として、一年間、大阪に赴任する。その間は娘の顔を覗きに行くこともできなかったが、無事に務めを終え、江戸に戻ったときには勘定組頭、菊池隆吉の中小姓としての地位が用意されていた。

給金は四両一人扶持。身分の低い士のことを罵って「さんぴん侍」「どさんぴん」など

と言うのは「三両一人扶持」の「三」と「一《ぴん》」から来たものだが、則義はまだ武士ではないにもかかわらず、それよりは少し上の待遇を得たことになる。

換算しよう。四両は、生産価値（大工の賃金）で換算すると、高めに見積もって約一六〇万円。

「一人扶持」の「扶持」は「扶持米」のことで、戦国時代からの旧習として下級武士に支給される手当のことである。おおまかに言って、扶持米一人分は年五俵とされる。一俵＝一石として、生産価値で換算すると約二七万円なので、五俵＝五石＝一三五万円となる。

つまり「四両一人扶持」は約三〇〇万円ということになる。悪くはない。

こうして則義の収入も安定し、菊池家の中にあった長屋でようやく家族三人で暮らすことができるようになった。安政六（一八五九）年十月のことである。

しかし世の中は落ち着かない。翌安政七（一八六〇）年三月三日には桜田門外の変が起き、大老井伊直弼が暗殺される。長きにわたる太平の世が終わり、再び剣が物を言う時代になった。

則義も武士になる日に備えて剣術を習うことにした。市ヶ谷の試衛館で天然理心流の剣術を教える近藤周助に弟子入りする。近藤勇の養父であり、この道場には土方歳三、沖田総司ら、のちに新選組で活躍する若者たちが集っていた。近藤や土方ももともと農民だっ

たり行商人だったりした。なぜ彼らが武術を真剣に学んだかと言えば、つまり則義と同じく、武士になることを願っていたからだった。

だが幸いにと言うべきか、則義には剣の才能がまったくなかった。周りが達人ばかりで、とてもついていけないと感じたのかもしれない。剣ではなく、筆で立つ文官としての士を目指すことにし、道場通いはすぐにやめてしまった。

頼った真下専之丞も、仕えた菊池隆吉も、幕府内で頭角をあらわし、次々に出世していったが、彼らも武に依ったわけではない。あくまで頭脳が評価されたのだ。先述のとおり真下は陸軍奉行並に、そして菊池も外国奉行、勘定奉行を歴任するまでになる。当然その公用人だった則義の待遇も徐々に上がり、その間に長男・泉太郎が元治元（一八六四）年、次男・虎之助が慶応二（一八六六）年に誕生する。後継ぎもでき、ここに江戸樋口家はその末盤石と思われた。

しかし、慶応三（一八六七）年三月、菊池は京都禁裏付への就任を断り、表立った役職すべてから退いた。これにより、則義も職を失うことになる。江戸へ出てちょうど一〇年目のことだった。則義は三十七歳になる。

ここからまた新たな主さがしをするか。いやそれとも機が熟したと見るべきか。夫婦して貯めた金は一七〇両ほどになっていた。

真下専之丞がそうしたように、御家人株を買って、正式な武士になることが、江戸へ出るときからの望みであった。そうしてこそ、捨てた故郷へ顔向けもできる。

当時、公然とではないものの、御家人株は、「与力一〇〇〇両、御徒士《おかち》五〇〇両、同心二〇〇両」というのが相場とされていた。同心株ならなんとか手が届かないこともない。ただ、それはあくまで株の値段だけである。株を売る側にはそれだけ逼迫《ひっぱく》した事情があり、その家を受け継ぐには、その負債をも受け継がなければならなかった。

またその役を引き継ぐにあたってもさまざまな費用がかかり、さらには戸籍を書き換えるなど裏の手続きも必要だった。武家の養子になるには、自身も武家の出でなければならなかったからである。それが身分制度というものだ。それで、武士の血を引く者であることの証明書としての「親類書き」というものを作らねばならなかった。名前から生地から親類関係からすべてをでっちあげ、真下専之丞をはじめ、既に武士になった者、もともと武士だった者たちと親類だったことにしてもらった。当然、こうして新たに「縁者」となった者たちに付け届けもしなければならなかった。

則義は、後述する「無尽」を通じて同郷の人間たちから資金を調達し、南町奉行配下五番組二杉八右衛門支配下同心・浅井竹蔵の養子となり、家と役職とを継いだ。三〇俵二人扶持。八丁堀の拝領屋敷（現在の中央区日本橋茅場町二丁目辺）も付いていた。

先の計算に倣えば、年収一〇〇〇万円越えだ。これなら借金も返せるだろう。なによりようやく念願の武士、幕臣、晴れて「天下の直参」となったのである。慶応三（一八六七）年七月十三日のことだ。

しかしなんと、わずかその三か月後、十月十四日には大政奉還が行われる。こればかりは則義の誤算だった。日本最大の会社に就職できたと思ったのも束の間、三か月でそこが倒産したようなものである。よもや二百数十年続いた幕府がなくなろうとは想像もできなかった。故郷の中萩原村は天領でこそないものの、御三卿《ごさんきょう》の一つ、田安家の領地で、徳川への思い入れも深く、それだけに信じられない思いだった。

思えば旧主、菊池隆吉が三月にすべての役を退いたのは、こうした事態をある程度見越していたからなのかもしれない。このとき菊池は五十五歳。働こうと思えばまだ働けたはずだが、外国奉行、勘定奉行として、内外の事情をつぶさに見聞していたがゆえの決断だった。ただし、幕府の瓦解を、その可能性だけであっても公に口にすることはなかっただろう。下っ端にすぎない則義になど、日本全体の激動を見通す目がなかったとしてもしかたあるまい。

それにしても高い買い物についてしまった。同心株自体は相場の半額で譲ってもらえたが、それをはるかに上回る借金がついてきた。

士分になるために一体いくらかかったかをまとめよう。

同心株‥一〇〇両

浅井家の借金の肩代わり‥約三〇〇両

その他、手数料など‥数十両

計四百数十両。

手持ちは一七〇両ほどであり、不足した二五〇両を無尽講を通じて借りた。爪に火を灯すようにして一〇年かかって貯めた額よりはるかに多い。実際、借金を普通に割賦で返済しようとすれば、また長い年月がかかることになる。

それでも、武士になれば新たな実入りもあるだろう。同郷の人びとが則義に出資したのも、当然、返ってくると思えばのことだ。御家人株を買って大出世した真下専之丞の好例があった。

その真下専之丞も十一月二十九日をもって隠居する。とはいえ六十八歳であれば、未練もなかっただろう。最終的に江戸城留守居役をつとめあげ、一介の農民から身を興した者としてはもう十分に働いたと自分の生涯を振り返ることもできたに違いない。

しかし、則義はまだ三十代後半だった。今まさに働き盛りを迎え、士分を得てここから大きく羽ばたこうとしたまさにそのときに、出端を挫かれた。

大政奉還は、幕府の仕掛けた奇策とも言えた。永らく政治から離れていた朝廷に政権担当能力はないだろう。黒船以来押し寄せる外国からの圧力と、攘夷《じょうい》運動の高まる不満とを処理することなどできるはずもなく、結局再び徳川に政治を執ってくれと頭を下げてくるに違いない、という目論見があった。

しかし予想に反して徳川の復権はならず、十二月十九日には王政復古の大号令が発せられ、ここに江戸幕府は廃止、則義の役職も消滅する。わずか半年足らずの直参だった。

第一章

桜木の宿　七歳まで

——樋口家の経済闘争

幕末から維新の動乱の中で、樋口家も大いに翻弄された。明治五年に一葉が誕生するまで、父・則義がどのように生き残りをかけて戦ったか。それが一葉の幼少期の人格形成の土台となる。わずか半年で御家人としての立場を失った則義は、なんとか下級官僚として新政府に滑りこむ一方で、実業に手を伸ばしていくが、いわゆる「士族の商法」に陥ることはなかった。むしろ一葉が生まれた頃から、樋口家の経済は最盛期を迎える。

この章では、一葉のはじめての記憶の中での樋口家の様子を見る。幼い一葉が自分の家を貧乏だと感じるようなことはなかっただろう。しかし、その豊かさは一葉の中に逆説的に金銭に対するある特別な思いを育ててゆく。一葉登場まで今しばらくかかるが、この時期の樋口家を知らずに、のちの一葉の金銭感覚を知ることはできない。

慶応四・明治元（一八六八）年

一月　鳥羽《とば》・伏見《ふしみ》の戦い。

父・則義、外国人居留地掛下役を拝命し、のちに築地ホテル館、

四月　西の丸に出勤。
七月　江戸城無血開城。
江戸が「東京」と改称。
父・則義、新政府から身分の安堵《あんど》を認められ、赦帳《しゃちょう》撰要《せんよう》下役となる。
九月　「明治」と改元。

明治二（一八六九）年

二月　三兄・大作誕生するも早逝。
六月　版籍奉還。
七月　父・則義、東京府権少属拝命。
八月　東京府第二大区一小区内 幸《うちさいわい》町御門内一番屋敷、旧柳沢邸の長屋に移る。

明治三（一八七〇）年

十一月　父・則義、東京府貫属卒となる。

明治四（一八七一）年

二月　父・則義、東京府少属を拝命。

五月　新貨条例。「円・銭・厘」という貨幣単位が生まれる。

明治五（一八七二）年　〇歳（一葉の満年齢・以下同）

三月　二十五日（新暦五月二日）午前八時、なつ（奈津、夏子）誕生。このとき父四十一歳、母・たき三十七歳、姉・ふじ十四歳、長兄・泉太郎七歳、次兄・虎之助五歳。

八月　七日　第五大区四小区下谷《したや》練塀町《ねりべいちょう》四三番地に家を購入し移転。

十二月　太陽暦の採用。十二月三日を明治六年一月一日とする。

明治六（一八七三）年　一歳

十二月　秩禄奉還の法。

明治七（一八七四）年　二歳

二月　二十一日　下谷練塀町の住宅を一三〇円で売却し、第二大区六小区麻布三河台町五番地の屋敷を購入し転居。
六月　二十二日　妹・邦子（くに、国子）誕生。
九月　父・則義、東京府中属となる。

明治八（一八七五）年　三歳

三月　父・則義、法令により東京府士族となる。

明治九（一八七六）年　四歳

四月　四日　第四大区小七区本郷六丁目五番の屋敷を五五〇円で購入し、転居。一葉は後年この家を「桜木の宿」と呼んだ。
八月　秩禄処分。
十二月　父・則義、東京府中属を退官。退職金一六〇円。

明治十（一八七七）年　五歳

二月　西南戦争はじまる。

三月　五日　本郷元町二丁目の公立本郷学校に入学。
　三十一日　幼少を理由に本郷学校を退学。
十月　父・則義、警視局雇、警視病院製薬会計係となる。
吉川寅吉が経営する私立吉川学校に編入学。

明治十二（一八七九）年　七歳

八月　父・則義、東京地方衛生会消毒係となる。

◉明治初年の一円の価値

生産価値（巡査の初任給による）　一円≒五万円
消費価値（かけそばの値段による）　一円≒六万円

◉米一石の価値

生産価値（賃金による）　米一石≒二七万円
消費価値（米価による）　米一石≒五万円

王政復古とともに、すんなりと政権が徳川から新政府に移ったわけではない。翌慶応四（一八六八）年一月には、旧幕府軍と薩長を中心とした新政府軍とが京都で激突する鳥羽・伏見の戦いが起き、戊辰《ぼしん》戦争が始まった。敗れた徳川慶喜は海路で江戸に逃れ、新政府軍は陸路であとを追った。江戸城攻防の最後の大決戦の火蓋が切られてもおかしくはなかった。

しかし慶喜は、新政府への恭順の意を示すべく、二月十二日に江戸城を出て上野寛永寺に蟄居《ちっきょ》した。その後、勝海舟と西郷隆盛の会談を経て、江戸城は四月十一日に無血開城。慶喜は水戸に退く。

無論、幕臣の皆が皆、素直に新政府を受け入れたわけではなかった。慶喜が水戸に退いたあとも、慶喜の警護隊だった彰義隊が上野寛永寺に籠り、五月十五日には新政府軍と激突する上野戦争が起きた。隠居した真下専之丞と前後して陸軍奉行並をつとめた小栗《おぐり》上野介忠順《こうずけのすけただまさ》は、榎本武揚《えのもとたけあき》らと徹底抗戦を唱え、のちに斬首された。

榎本武揚の例だけを見ると新政府は旧幕に属した者にも寛大だったように見えるが、まったくそんなことはない。榎本は例外中の例外で、小栗上野介など、武力抵抗は一切せず、既に領地に戻り帰農していたところを捕えられて斬首された。俗説には、勘定奉行をも務めた小栗が、徳川埋蔵金の在り処《あか》を吐かなかったためとも言われる。

ともあれ、その間も、樋口則義はあくまで計算高かった。彰義隊には、旧幕臣ばかりでなく、徳川を支持する志士たち、さらには町人や俠客《きょうかく》たちまで加わったが、あっという間に剣術の稽古も諦めた則義は、自分が戦でいくらかでも役に立つとは思わなかった。恩ある真下専之丞が機を見て隠居を決めたのも大いに影響しただろう。則義も、たかだか半年の直参の身分に義理立てすることはなく、彰義隊には入らなかった。四〇〇両以上も出して手に入れた身分だったが、戦って取り返すという賭けには乗らなかった。

その計算は正しかった。上野戦争はたった一日で決着し、生き残りは徹底的に追跡された。一方、加わらなかった旧幕府の奉行、与力、同心たちは、そのまま江戸市中の治安維持の仕事を任されることになった。なんとか新政府へと横滑りすることができたのは、不幸中の幸いだった。

慶応四年五月、新政府の布告に応じて鎮台府に赴くと、身分を安堵され、能筆を買われ、赦帳撰要下役からはじまり、府内受領地 幷《ならびに》 戸籍改掛下役、外国人居留地掛下役、東京府記録方撰要下掛……とまだ落ち着かぬ新政府の中で、たかだか一、二年の間に役をたらいまわしにされていった。

この間、慶応四年七月十七日に「江戸」は「東京」と改称、九月八日「明治」と改元、同年十月十三日に天皇が東京に移り、明治二（一八六九）年に政府が京都から東京に移さ

れた。

この慌ただしい動きの中で、八丁堀の屋敷は召し上げられたが、明治二年七月に東京府権少属、社寺取調掛に任命されるにあたって、東京府構内の旧柳沢邸の長屋を借りて移り住み、ここにようやく「東京」の樋口一家が構えられた。現在の千代田区内幸町一丁目五―二にあたる。

それまでに、家の中では、長女・ふじ（安政四＝一八五七年）につづき、長男・仙太郎（元治元＝一八六四年。のちに泉太郎と改名）が生まれていた。「仙」の字は、真下専之丞の別名「仙之丞」からもらった。つづけて次男・虎之助（慶応二＝一八六六年）が誕生。明治維新のバタバタの中で翌年二月に三男・大作が生まれるも、早逝。気を取り直して、借家とはいえ一家を構えたのがこの長屋だった。

明治三（一八七〇）年には、則義は東京府貫属卒として、本禄一三石、家禄二六石を保証された。

合わせて三九石。幕府瓦解直前に直参になったときは、三〇俵二人扶持≒四〇石だったので、下がったとはいえ、それほどでもない。生産価値（賃金による）換算ならば、一石＝二七万円として、約一〇〇〇万円。

一家五人で年収一〇〇〇万円というのは、決して貧しい暮らしではない。当時はそもそ

もお金を出して購入すべきものの種類も少なかった。ちなみに一万円札の福沢諭吉の家は一三石二人扶持で、諭吉は五人きょうだいの末っ子で、しかも一歳の時に父を亡くしていた。

それに比べれば、一葉が生まれたときの樋口家の状況はよほど恵まれていたと言えるだろう。明治五（一八七三）年三月二十五日の朝、樋口家に次女「奈津」が産声を上げた。「なつ」「なつ子」「夏」とも称し、自身は「夏子」と記すことが多かった。三月というのは旧暦＝太陰暦であり、この年の十二月に新政府は太陽暦を採用することになるが、それによれば一葉の誕生日は五月二日。自身を初夏の生まれと思っていたのかもしれない。

このとき父・則義四十一歳、母・たき三十七歳、姉・ふじ十四歳、長兄・泉太郎七歳、次兄・虎之助五歳。早逝した三兄・大作を除けば、一葉は樋口家の中ではじめての明治生まれ、東京生まれとなった。

のちに一葉全集の校訂をした斎藤緑雨《さいとうりょくう》は、全集の冒頭に「一葉女史、樋口夏子君は東京の人なり」ということばを寄せた。一葉は明治生まれの近代人であり、東京生まれの都会人であった。それはつまり、貨幣経済が生活や人間関係にまで浸透し、あらゆる価値が金銭に還元される場所に生を享けたということでもある。

山梨の農家だった親の代までは、米や野菜や味噌を金を出して買うことなど思いもよら

なかっただろう。自給するか、足りなければ近所との物々交換でほぼ事足りた。しかし東京に出て小役人となってからの樋口家は、給料で、衣食住のすべてを賄わねばならなくなった。

一葉誕生の前年、明治四（一八七二）年に、新政府はそれまでの四進法に基づく複雑な「両」に代えて十進法の「円」という新しい通貨単位を定めた。新旧貨幣の交換比率は一両＝一円。また補助通貨として「銭」が設けられ、一円＝一〇〇銭とされた。一葉は今に続くこの新しい貨幣制度の下に生まれ、のちにその下で苦しむことになる。

樋口家の不動産

しかし、幕府瓦解から五年、大激動の中でも、父・則義はその荒波をなんとか個人の力量で乗り越えようとしていた。「大吉」からはじまり、江戸へ出てから「八代吉」「甚蔵」「八十吉」「八十之進」「為之助」と何度も改名していた父だったが、明治五年に一葉が生まれてすぐに「則義」と改名し、これが最後の名前となった。ようやく身分も生活も落ち着いたということだろう。

とはいえ、その安定は、ただ同じ所に留まりつづけるだけで得られるものではなかった。

上へ上へと足掻《あが》きつづけなければ、すぐに落魄《らくはく》してしまうことは明らかだった。というのは、なんとか新政府の一隅に滑り込むことができたとはいうものの、薩長土肥の藩閥以外の者に出世の見込みはほぼなかったからだ。真下専之丞が甲斐の農民出身ながら幕府内でめきめきと頭角をあらわしていったときと比べて、則義は難しい時代を生きた。たかだか半年でも幕臣だった則義は、ただの農民上がりではなく、旧賊軍の一員だったからだ。

幕府の崩壊こそ予見できなかったものの、計算高い則義の目には、このまま新政府にとどまっても、小役人で頭打ちになることは見えていた。仕事は一応あるが、第二の真下専之丞になりそこねることがほぼ見えてきた時点で、則義は別の道を探さねばならなくなった。それが金貸しと不動産の転売とによる利殖である。

実はこの頃、東京の不動産は暴落したのだ。

少し前から予兆はあった。嘉永六（一八五三）年の黒船来航以降、欧米列強の脅威を感じた幕府は各藩に軍事的備えをさせるべく、二〇〇年以上続いていた参勤交代の制度を大幅に緩めた。文久二（一八六二）年のことだ。それまで一年ごとに国元と江戸とを交代で暮らすことが義務づけられていたが、これ以降、三年に一度、しかも江戸滞在の期間が一〇〇日に縮減された。

これによりまず、江戸の経済は大打撃を受けた。江戸はもともと生産都市ではなく消費

都市であり、その消費の主体である武士たちが激減したのだ。計算しよう。まず二年に一度が三年に一度になることにより三分の二に、丸一年（ただし太陰暦なので三五四日）が一〇〇日となることでそこからさらに七分の二になるのだ。すなわち幕末になり江戸滞在期間は一挙に五分の一以下になった。これでは武士相手に暮らしていた町人たちの商売は上がったりだ。

それでもまだこのときは武家屋敷は維持されていたのだが、そこに維新である。江戸は、戦地になることこそ免れたものの、一挙に荒廃する。空き家が増えたのだ。江戸の住人だった旧幕臣たちは、徳川慶喜に付いて駿河《するが》に行く者、新政府と一戦交えて亡くなる者、時代の流れについていけずに落ちぶれる者などさまざまだったが、いずれにせよ多くが家屋を維持できなくなった。また諸国の大名たちが参勤交代の際に使っていた広大な屋敷もはや用無しとなった。

天保期（一八三〇～一八四四）には一三〇万人を超えたと言われる人口は、たかだか三〇年後の明治五（一八七二）年には激減し、実に七割弱の八六万人を切っていた。

江戸の七割が武家地だったのだから、主なき土地の荒廃たるやすさまじく、荒地となるところを桑畑にすることで辛うじて免れたり、ちょっと外れたところは牧場ができたりと、農村の趣さえ漂わせた。新宿では芥川龍之介の実父が耕牧舎という牧場で乳牛を飼い、牛

乳店を営んでいた。大正初年に近隣住民から臭気がひどいと苦情が出て警察に移転を命ぜられることになるが、逆にそれまでは近所がそれほど密集していなかったということである。

かつて「土一升金一升」と言われたのが江戸の不動産価格である。それが明治の代となり、屋敷と土蔵の上物付物件が一坪二銭五厘にまで下落した。明治七年に発明された木村屋のあんぱんが一個五厘だったから、都心の土地一坪があんぱん五個で買えたのだ。

しかし、江戸の土地は現在のように自由かつ頻繁に取引されていたわけではない。代々受け継ぐものであり、またお上に召し上げられたり、逆に賜ったりするものであった土地をどのように売ったらよいのか途方に暮れる旧幕臣たちも多かった。

大政奉還後、新政府はまず京都に置かれ、そのときには江戸＝東京という都市が一体これからどうなるのか、誰もわからなかった。大阪遷都や、東京と京都の「東西両都」案も検討されたが、結局、長らく徳川のお膝元だった江戸の民心をつかむため、天皇が東京に永住するだけでなく、首都機能もすべて東京に置かれることになった。明治四（一八七一）年のことだ。

前後して広大な大名屋敷は新政府に召し上げられ、払い下げられたが、そこでうまく立ち回った一人が福沢諭吉だった。

はじめ拝借地として三田にあったもと肥前島原藩松平家の中屋敷に住んだが、そこが払い下げになるとの噂《うわさ》を聞きつけ、逸早《いちはや》く上納金を納めた。あとから松平家が返却を願い出たが、もう支払ったからと聞く耳持たずで手に入れたこの高台に、現在聳えているのが慶應義塾大学である。

約一万三〇〇〇坪で五〇〇〇円だった。明治五（一八七二）年のことだ。一坪二銭五厘の底値だったときよりは高いとはいえ、仮に当時の一円＝現在の六万円としても三〇〇〇万円だから、いかに安く手に入れたかがわかるだろう。福沢はのちに最高額紙幣の顔となるにふさわしく、商魂たくましい人物だった。

島原松平家が土地の返却を求めたように、正式に王都と定められた東京は、ここから徐々に復興に向かっていく。

さて、福沢諭吉が三田に自宅兼塾の広大な土地を購入したのと同じ年に、規模はよほど小さいとはいえ、樋口則義もはじめて自身の土地を手にした。この年は樋口家にとって転機の年であった。

まず三月二十五日に一葉が誕生。五月十七日に、父が為之助から則義へと改名。その後、一家の住む内幸町の長屋は東京府師範学校の前身である教則講習所の建設予定地とされたため、八月に下谷練塀町四三番地の桜井十兵衛の家を買って移り住む。生まれて半年もし

ない一葉を抱えての引っ越しだったが、借家住まいを抜け出し、樋口家はとうとう東京に土地を持ち、自家を構えた。

しかし、改名が「則義」で打ち止めになったのとは裏腹に、父はここを終の棲家《すみか》と考えたわけではまったくなかった。不動産を購入したのはあくまで転売目的であり、この場所に樋口家として根を張ろうというつもりはなかった。

先述のとおり、江戸時代末期から江戸の人口は激減し、土地を手放すもの、召し上げられた者も多かったが、帝都東京の発展に伴って、人口は再び増えはじめていた。明治二十(一八八七)年には、再び天保期に等しい一三〇万人まで盛り返す。土地の需要は再び増える。

文字通りの意味でも計算に強かった則義は、不動産売買の仲介をして手数料をとるばかりでなく、しばらく寝かせておけば値上がりすると思われる場合は、すぐに仲介するより自分たちで住んで、頃合いを見計らって高値で売る、ということを繰り返す。その手はじめとなったのが、下谷練塀町(現・千代田区神田練塀町)の家だった。

わずか一年半後の明治七(一八七四)年二月(明治五年末に改暦があったので、ここからは太陽暦)には、この家を司法省の役人だった林昇に一三〇円で売却する。元の買値がわからないのだが、それなりに儲《もう》けがあったにちがいない。というのは、そこから転居し

た麻布三河台町五番地は、再び借家だったからだ。借家住まいに戻るとしても、この売却には利があると踏んだのだろう。

時期的には引っ越しに向いてはいなかった。二月と言えば寒いさなかだし、その四か月後の六月には、三女・邦子が生まれる。一葉もまだ二歳。身重の母・たきにはつらい引っ越しだっただろう。あるいはそれでも、長女・ふじの臨月間近に山梨から駆け落ちしてきたことからすれば、大したことはなかったのだろうか。

こうしてさらに一人増え、七人家族となった樋口家だが、十月にはふじが軍医だった和《わ》仁《に》元亀に嫁ぎ、再び六人になった。この麻布三河台町の家には女中が二人いて、それなりの一家を構えていたことがわかる。

しかしここにも長居はしない。翌明治八（一八七五）年にわずか一年足らずでふじが離婚して出戻ってくるが、さらに翌年の明治九（一八七六）年四月には、第四大区小七区本郷六丁目五番地法真寺門前の家屋を高橋小四郎から買い入れて一家で移り住む。現在の東京大学の赤門の、ちょうど道路を挟んだ真向かいにあたる。

土地はなんと二三三坪（約七七〇㎡）、そこに四〇坪と五坪の屋敷。ほかに土蔵と長屋がついていた。値段は五五〇円で、この頃の則義の俸給が月二〇円ほどだから、約二年と四か月分だった。現在、家を購入するときの上限の目安が年収の五～六倍と言われている

ので、それからすれば二年半分にも満たない額というのは決して高い買い物とは言えない。ちなみに現在の文京区の住宅地の平均坪単価は四〇〇万円ほどだそうである。今、文京区の中でも高台の超一等地の二〇〇坪を二年分の年収で買える人間がどれほどいるだろうか。

出戻りと生まれたてとを含めた五人の子どもを抱えて、則義はいよいよ奮起した。といっても給与は変わらない。出世の見込みもない。力を入れたのは、不動産転売に加えて、貸金であった。

秩禄奉還

さてしかし、明治七（一八七四）年に一三〇円で家屋敷を売却したわずか二年後に五五〇円の不動産を買えたということは不思議ではなかろうか。いきなり四倍以上である。いや、そもそもそれ以前に、御家人株を買った際の二五〇両もの借金はどうしたのかと思うかもしれない。

一つには、株を譲り受ける条件として肩代わりした浅井竹蔵の借金のうちの大半が、維新のどさくさで債権がうやむやになってしまうという僥倖《ぎょうこう》があった。

さらにはまた「秩禄奉還」という、このどたばたの時期ならではの特別な財政措置があ

り、則義はそれをうまく利用した。少し面倒だが、樋口家が中の上の家に成り上がるための重要なステップだったので、説明しよう。

明治七年に、則義は一気に四七〇円もの大金を手に入れたのだった。一両＝一円という換金率だったので、御家人株を買ったときの借金二五〇両分をこれだけで全額返済したとしてもまだ二二〇円も残る。それは前年十二月に新政府が出した「秩禄奉還の法」によるものだった。

新政府になっても、江戸時代のサラリーマンだった武士たちの生活を保障すべく、「秩禄」が支払われていた。これは、仕事や役職に対してではなく、家柄に応じて（家禄）やまたかつての功績に応じて（賞典禄）支払われるものだったため、政府にとっては非常に大きな負担となった。

そもそも武士に対する家禄は、いざというときの軍役に備えさせるためのものだった。太平の世が長く続く中で忘れられがちなところもあったが、武士とは本来名のとおり戦うための存在だ。

しかし、その存在意義は明治五（一八七二）年十一月の徴兵告諭によって無に帰す。翌年一月から、士族・平民の別なく、満二十歳に達した男性から選抜して三年間の兵役に服させる統一的な「国民皆兵」の制度が立てられたのだ。徴兵制である。

それは近代化の一環として必要な措置だったかもしれないが、士族は「士」であることの意味を失い、ただ秩禄を支給されるだけの身になった。ある意味、懐手《ふところで》してお金が入るなら悪いことではないように思えるかもしれないが、支払う側にして見れば、何もしない士族たちに既得権益として秩禄を払い続けることはできなかった。それに見合う収入、財政基盤がないのだから当然だ。実にこの秩禄だけで、新政府の支出の三〇％を占めていた。

このままいけば財政破綻は免れないと見た政府は、秩禄をどうにかしなければならないと考えたが、すぐに廃止などということにすれば、士族たちの不満が一気に反乱として噴出するのは間違いない。西郷隆盛や木戸孝允は秩禄を守るべく論陣を張った。それで政府は折衷案として、「秩禄奉還の法」というものをまず定めた。

これは、希望者に対して、秩禄の四〜六年分を前払いする代わりに、その後の秩禄を廃止するというものだった。ただし、その半分は強制的に「秩禄公債」というかたちで政府への貸付とし、政府はその利子を支払うというかたちにした。年利は八％で、元本の返済時期は政府が決定権を有した。

これで、一時的に出費は増えるが、希望者分の秩禄を完全に廃止することができる。さらに、半分を強制的に公債に回すことで出費もある程度先延ばしにできるはずだった。

しかし、この一時的出費の資金をイギリスから借りはしたものの、それではまったく追いつかず、この制度はたった二年しかもたなかった。

そしてとうとう新政府は「秩禄処分」に踏み切る。明治九（一八七六）年、希望者ではなく、すべての士族の秩禄が廃止され、その代わりに秩禄五〜一四年分が支払われることになった。しかし一時にではなく、すべてが「金禄公債」というかたちを取ることで、実質的に支払われたのは年ごとの利子五〜七％分だけだった。

この措置が士族たちにとってどれほど苛酷なものになったかは想像に難くない。ほぼ同時期に「廃刀令」が出され、士族たちは自分たちの存在意義そのものが脅かされていることを悟る。

武士の魂たる刀を帯びることが許されなくなり、生活の基盤も奪われた士族たちは予想通り各地で相次いで反乱を起こす。十月二十四日、熊本で神風連の乱、それに呼応して三日後に福岡で秋月の乱、さらにその翌日に山口で萩の乱。そして翌年、国内最大の内戦たる西南戦争が勃発。九月二十四日に西郷隆盛が自刃して終結するまで、士族たちは揺れに揺れた。

しかし、この一連の士族反乱にも則義はまったく我関せずを通した。刀に未練はなかったし、いち早く秩禄奉還を希望して支払いを受けていたので、秩禄処分による打撃を避け

ることができた。幕府瓦解を見越せず、御家人株という不良債権を摑《つか》まされたときと同じ過ちを繰り返すことはなかった。秩禄奉還の法が出たときに、新政府の懐事情を察したのだろう。秩禄を永久に払い続けられるはずはない、早めにもらえるものをもらっておかないと危ないと踏んで、明治七年に四七〇円を受け取っていた。

旧武士たちの同士討ちをよそ眼に、則義はこの金を元手にさらなる蓄財を試みる。

無尽講の講元から金貸しへ

則義が御家人の株を買うときにも利用した「無尽」が、麻布の家でしきりに開かれていた。「無尽講」「頼母子講《たのもしこう》」とも言うが、会員が定期的に集まり、一定の金額を掛け金として出し合い、そのうち特定の一人がそれを借入れ、金利分を上乗せして分割して返済していく、というのが基本的なシステムである。

誰が借り入れるかは、くじで決めたり、利子を最も多く払うと宣言した者としたりなどという方法があったが、参加者全員が一度は拠出金を預かるまでは続けられるのが原則で、それによって公平性が保たれた。一人一回しか金を手にする機会はないが、大金が必要になった場合は、たくさんの無尽を同時に開き、自分が一回目に金を受け取るようにすれば

よい。

たとえば、一〇人が毎月一円を掛け金として預け、一〇回で満期とする講が開かれたとする。毎回一人ずつが一〇円を受け取るが、翌月からは二〇銭を上乗せして払わなければならないものとする。このとき初回に一〇円を受け取った者は、その後、一円二〇銭ずつを九回返済する。結果として一円八〇銭の利息を払ったことになる。一〇回目で受け取る者は、一一円八〇銭を受け取る。配当として一円八〇銭もらったことになる。

つまり、なんらか資金が必要になった者に、大勢で少しずつ利子つきの金を貸す相互扶助会のような組織だ。貸す側からすれば、少額なので万一貸し倒れても損失は少なくてすみ、そもそも講に参加できるのは見知った者同士という安心感があった。重要なのは、多数の人間の相互信頼であった。無尽が拡大し、より組織的に行う専門業者が現れ、それはのちに第二地銀となっていくが、無尽と言えるのは、あくまで互いが知り合いの仲間内でのことである。

こうした講は江戸時代からあったが、樋口家の故郷山梨では非常に盛んで、今でも形を変えて「無尽」というものが寄り合いや飲み会文化として残っているそうだ。

その山梨から明治初年に上京してきた者たちが集まり、無尽を通じて互いを助けようとしたことになんら不思議はなかった。幕末には真下専之丞の家に甲州出身者が集まったが、

専之丞の隠居後は樋口家がその場になっていた。ここで定期的に講が開かれた。則義はもはや借りる側ではなく、講元として配当を受け取る側となっていた。

しかし、無尽は先述のとおり、あくまで裕福でない者同士の定期的な相互扶助の手段であって、急に大きな資金が必要になった者にとっては不便であり、また有り余った資金を持つ者にとっては、小さな配当しか得られないものであった。

手許に余裕の出てきた則義は、講を通さずに資金を貸し付けることにした。あくまで同郷の人間を助けるものとしてであったが、とれる利息はとった。闇金融である。

麻布の家に移った明治七（一八七四）年からこの貸し付けの記録が残るが、下谷練塀町の家を売った一三〇円が原資となっただろう。そして本郷六丁目に移った明治九（一八七六）年から貸し付けの金額が一気に増える。五五〇円の不動産を買っても、まだ貸し付けに回すだけの資金があったということだ。

この年の十二月、父・則義は勤めを辞める。まだ満四十六歳だったが、藩閥が幅を利かせる中で理不尽な目にもずいぶん遭ったのだろう。だがなにより、もう勤めに出ずとも暮らしていけるだけの備えができていた。八年の永勤に対して、一六〇円の退職金を得た。

貸せば貸すほど利息が集まり、さらに大金を貸し付けることができるようになる。この好循環の中で幼い一葉は育った。

この本郷の大邸宅での豊かな暮らしから、一葉にとっての樋口家がはじまる。生まれた内幸町の家から生後半年で下谷練塀町へ、二歳のときに麻布三河台へ、そして四歳になる直前にこの本郷へと、既に四歳にして四つ目の住まいとなったが、ここには九歳まで暮らすことになる。おそらく記憶の中にある最初の家であり、広い庭に桜の木の植わるこの家を、一葉はのちに「桜木の宿」と呼び、懐かしんだ。一葉の生涯にとって幸せばかりの詰まった唯一の時期だったろう。

この何不自由ない八歳頃の暮らしを振りかえって、一葉自身はのちにこう述懐する。

おさなき心には、中々に身をかへり見るなど能《あた》ふべくもあらで、天下くみしやすきのみ、我事成就なし安きのみと頼みける下のこゝろに、まだ何事を持ちて世に顕はれんともおもひさだめざりけれど、只利欲にはしれる浮よの人、あさましく、厭はしく、これ故にかく狂へるかと見れば、金銀はほとんど塵芥の様にぞ覚えし

『塵の中』

大意は次のとおり。〈おさな心では、自身を反省することなどなく、世の中というものを安易に考えており、なんでも成し遂げられると思いつつ、何によって世に出ようとも思

っていなかったが、ただ利益ばかりを考える人があさましく厭わしく思われて、こんなものためにのために人間が狂ってしまうと思うと、金銀はゴミのように思えた〉

幼い一葉にとって、「利欲にはしれる浮よの人」たちとは、一山当てようと講に群がる周囲の大人たちであり、そしてその中心に父・則義がいた。

一葉が家族について日記で愚痴を漏らすことはそもそもそれほど多くはないが、中でも直接父の悪口を言ったことは一度たりともない。あとで見るとおり、むしろ母と対立してでも自分の教育に理解を示してくれた優しく思いやりのある父親として描かれている。

それでも、金銭に対する態度は父親とまったく反対だった。苦労に苦労を重ねて金を貯めてここまで成り上がった父親に対して、生まれたときから裕福で金の苦労というものを一切知らない一葉が、金銭観において異を唱えるのは致し方ないことだったかもしれない。

しかも成り上がりとはいえ、あるいは成り上がりだからこそなのか、樋口家は「士族」としての誇りを重視した。大借金をして手に入れた身分であり、しかも実質的にはその「誇り」しか手許に残らなかったからだ。

なんとかして再び蓄財しなければならない。頼りにできる者はいなかった。あれほどの出世を遂げた真下専之丞も、晩年は田舎で不遇をかこつしかなかった。それでもかつて幕府の高位にありながら、生き延びられただけましだったかもしれない。則義は、真下と、

つまり幕府と縁を切るかのように、真下からもらった「仙」の字を捨てて、長男を「仙太郎」から「泉太郎」へと改名させた。もう頼れるものは金以外になかった。

それでも、子ども、特に女子が金銭のことにあまり興味を持つことを嫌い、家で講があるときも、そこには顔を出させなかった。終わったあとの宴会には参加させたが、そこでの酒気を帯びた大人たちの言動に、一葉の幼くやわらかい心は大きな影響を受けたのだろう。則義は、集まってきた人たちに、戸袋から銀の延べ棒を出して見せびらかすこともあったという。一葉にとってそれは「あさましく、厭はしく」、金銭のゆえに「狂へるか」とさえ思えた。

しかし、彼らはそうやって金銭を通じて繋がり、貸し借りの中で助け合い、激動の世をなんとか生き延びようとしていた。そのことはまだ理解できなかった。

一円を憎む者は、一円に憎まれることになる。そのことを八歳の一葉はまだ知らない。

第二章

二つの挫折　七歳から十五歳

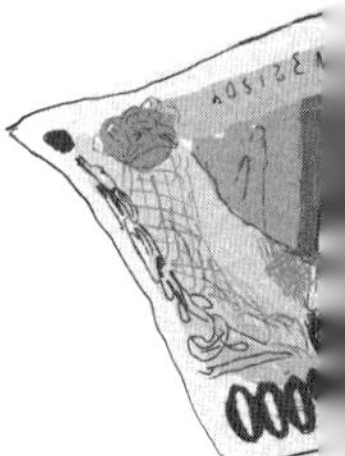

四歳から九歳までを暮らした本郷の「桜木の宿」での生活は、幸せに満ちた五年間だった。家は豊かで、なに不自由なかったこの頃の一葉に、陰りらしきものはほとんど見られない。樋口家全体にとっても幸せな時期だった。

だがそこに静かに不幸の足音が忍び寄る。「桜木の宿」を出たあたりからのことである。一葉個人にとっては、はじめての大きな挫折を経験し、それを乗り越えたと思ったところに今度はまた別の種類の越えがたい壁が立ちはだかる。そしてこの二種類の壁は生涯にわたって一葉を悩ませ、しかし逆説的にこの壁こそが一葉という人物をかたちづくることになる。

明治十四（一八八一）年　九歳

三月　父・則義、警視庁警視属となる。

四月　吉川学校退学。

六月　二十六日　下谷区御徒町《おかちまち》一丁目一四番地に転居。その際、次兄・虎之助は

七月　十八日　久保木方に預けられる。
十月　十四日　次兄・虎之助分籍。
十一月　下谷区御徒町三丁目三三番地に転居。
上野元黒門町の私立青海学校小学二級後期に編入学。

明治十五（一八八二）年　十歳

二月　次兄・虎之助、陶工成瀬誠志に弟子入りし、薩摩焼の絵付けを学ぶ。

明治十六（一八八三）年　十一歳

五月　青海学校小学中等科第一級を五番で卒業。
十二月　二十三日　青海学校小学高等科第四級を首席で修了するも、母の意見により中退。
二十六日　長兄・泉太郎が家督を継ぎ、樋口家戸主となる。

明治十七（一八八四）年　十二歳

一月　五日頃　長兄・泉太郎、病気療養のため熱海へ。

父の知人、和田重雄から、通信教育で和歌の指導を受ける。裁縫の稽古にも通い始める。

和田重雄病気のため、歌の稽古は三月までで途絶える。

父の知人、松永政愛の所へ行き、その妻から裁縫の稽古を受ける。

十月　一日　下谷区西黒門町二二番地に、長兄・泉太郎の名義で家を買い、転居。

明治十九（一八八六）年　十四歳

八月　二十日　父・則義の知人、医師遠田澄庵《とおだちょうあん》の紹介で、中島歌子の歌塾、萩の舎《はぎのや》に入門。
九月　九日　萩の舎月次会。三宅花圃《みやけかほ》（田辺龍子）にはじめて出会う。
十二月　長兄・泉太郎、明治法律学校を退学。

明治二十（一八八七）年　十五歳

二月　二十一日　発会。於九段坂上万源楼。坂下の写真師鈴木真一のところで写真撮影。その後、歌会。

◉明治十年代の一円の価値

生産価値（巡査の初任給による）　一円≒三万三〇〇〇円

消費価値（かけそばの値段による）　一円≒三万八〇〇〇円

栴檀《せんだん》は双葉より芳し

世の中には、同じ親、同じ家で育ったからこそよく似たきょうだいもあれば、それぞれに異なる個性を発揮するきょうだいもある。生後間もなく夭逝した一人を除く樋口家の五人きょうだいは、どうやら後者のタイプだったようだ。

長姉・ふじは、一人だけ年が離れ、生まれてしばらく他所に預けられていたこともあってか、自立するのも早かった。

本郷に移る前年に一度樋口家に出戻った姉・ふじは明治十二（一八七九）年十月に再婚

した。隣の法真寺の境内に住んでいた久保木いせの養子・長十郎と恋仲になっていたのだ。

とはいえ、恋する二人がそのまま結婚できたというのは、決してあたりまえのことではなかった。恋愛結婚が見合い結婚を数において上回るのは実に一九六〇年代後半から一九七〇年あたりのことで、これより九〇年もあとのことである。

久保木家は豊かとはいえず、また平民であったため、ふじの両親は二人の仲をあまりよくは思っていなかった。金で買ったとはいえ、あるいはそれほどまでして手に入れた身分だからなおのこと、士族としての誇りがあった。

にもかかわらず、姉・ふじはこの結婚を押し通した。それが認められたのは、一つにはふじが出戻り娘であったこと、そしてまた、則義とたき自身が周囲の反対を押し切って駆け落ちまでしていたし、さらに生まれたばかりのふじを他人に預けなければならなかったという負い目をもっていたことがあるだろう。

そしてもう一つ、このときはふじの下に泉太郎と虎之助という二人の男子がおり、ふじには家から出ていくことこそ望まれても、家を担うことなどまったく期待されていなかったという事情がある。

これは当時の女子であれば当然とも思われるが、適齢期になったときの一葉にとってはそうではなかった。一葉の場合は自分の意志で結婚を決めたり、家を出て行ったりする自

由など一切与えられなかったのだ。ただし、当人はまだそのことを知る由もない。七歳の一葉は、十五も年の離れた姉の幸せをただ願うばかりだったろう。

さて、他の兄たちはどうだろう。長兄・泉太郎と次兄・虎之助との間は二歳しか離れていないが、性格は反対だったようだ。泉太郎は腺病質でまじめで、虎之助は道を踏み外しがちだった。虎之助は子どもの頃はことばを明瞭に話すことができなかったという証言もある。

しかし、父・則義は、自分自身の身分が不安定だったためになかなか十分に面倒を見ることのできなかった長女のふじを除き、長男以降の教育は真剣に考えていた。

明治七（一八七四）年の十一月、姉・ふじが初めの結婚をした翌月に「読売新聞」が創刊されると、則義は早速それを購読したが、これはおそらく家庭教育を兼ねて息子たちにも読ませるためだったろうと思われる。

というのは、この頃すでに「横浜毎日新聞」や「東京日日新聞」などがあったが、あえて後発の「読売」を選んだからである。前者は政治に関する論説中心で、漢文訓読調。インテリ向けであり、のちに「大新聞《おおしんぶん》」と呼ばれた。それに対して、庶民に向けて娯楽色をより強く打ち出したのが「読売」をはじめとするいわゆる「小新聞《こしんぶん》」で、総ルビ入りの口語体、挿絵入りでわかりやすさを売りにしたものだった。則義が自分で読むためだけなら、

「大新聞」の方がよかった。母・たきはほとんど字が読めなかったようなので、「読売」を購読することにしたのは、なにより息子たちの教育のためであったろう。まだ泉太郎十歳、虎之助八歳のときである。いかに教育熱心だったかがうかがわれる。

しかしそれよりさらに驚くべきなのが一葉だった。兄たちが新聞を読むのをそばで聞き、大人のような口ぶりでそれを真似ていたというのだ。

たしかに、この頃まだ黙読の習慣は一般化しておらず、「読む」というのはすなわち音読することだった。明治生まれの筆者の祖父なども、生前新聞を読むときいつもなにやらもごもごと口の中で呟《つぶや》いていたのを思い出す。

明治時代、家で新聞を読むときは、誰憚《はばか》ることなく大声で朗読して、家族にも聞かせてやるというのがあたりまえだったから、子どもたちが門前の小僧となるのは必ずしも不思議ではない。ただ、これはまだ一葉が満で三歳にならない頃の話である。周囲の人間が驚いたと伝わるのも当然だろう。

紫式部の有名なエピソードが思い起こされよう。父の藤原為時《ためとき》が息子の惟規《のぶのり》に、司馬遷の『史記』の素読を教えていたときのこと、隣で聴いていた紫式部が先に覚え暗唱したため、娘を見ながら「お前が息子だったらなあ」と嘆いたというあの話だ。一葉が周囲から「お前が男だったらなあ」と残念がられたという話は伝わっていないが、ただ、一葉誕生

の前年に祖父の八左衛門が六十八歳で亡くなっており、一葉はその生まれ変わりのように扱われた。一葉がのちのち男勝りの義侠心を発揮するのは、村のために命を懸けた祖父譲りとも言えるし、自分でもそれを意識していたかもしれない。

また一葉自身は、晩年に至るまで、自らが「女」でしかないことを嘆くことばを何度も日記に書き連ねている。紫式部の時代以上に、女性が「学」を生かすことの難しい時代だった。

ちなみに、晩年の一葉は紫式部と並び称されることがあったが、本人は式部より清少納言を高く評価している。というのも、紫式部は時の人、藤原道長の庇護《ひご》を受け、なにもかも恵まれていたのに、清少納言は没落したかつての名家の裔《すえ》で、後ろ盾なく自分の才覚だけで書き続けていたからだ。そこに強いシンパシーを感じたのだろう。

先の式部の幼少期のエピソードは、自ら『紫式部日記』に記したものだが、一葉の場合は妹の邦子が家に伝わる話として残したものだ。式部にも劣らぬ幼い頃からの才媛ぶりは、親族中に知れ渡っていた。しかも式部が暗唱したのは弟のテキストだが、三歳に満たない一葉が唱えたのは年の離れた兄たちの読み上げた新聞だった。妹は、数え三歳の頃の一葉が非常におしゃべりで、ことばもはっきりしていたという話をも伝えている。誰もが認める一葉の個性は「賢い」ということだった。

このことは、二歳違いの妹・邦子が、親のかける教育に関して明らかに姉と差をつけられつつ、文句を言うことなく、姉から書や歌を学び、邦子は一葉の書いたものは書き損じでもすべて捨てずに保管していたということにもあらわれている。

一葉が自らの学才について書き残したものとしては、小学校に入ってからのものがある。

其頃の人はみな我を見て、おとなしき子とほめ、物おぼえよき子といひけり。父は人にほこり給へり。師は弟子中むれを抜けて秘蔵にし給へり。

『塵の中』

父親にとっては、子どもたちの中でもとりわけ自慢の種であり、先生にとっても将来が楽しみな秘蔵っ子だった。一葉自身もそうした大人たちからの期待を肌で感じていたが、一方でそれだけに「天下くみしやすきのみ」あるいは「我事成就なし安きのみ」と自身の将来に関しては高を括っていたところもあった。その足元を一気にすくわれるそのときまでは。

小学校首席卒業からの大挫折

不動産売買で利益を得るための一家の引っ越しゆえに、小学校も転々としなければならなかったが、一葉はどこへ行っても優秀な成績を修めた。

明治十（一八七七）年三月、まず、本郷「桜木の宿」に暮らしていた四歳のときに早くも公立本郷学校に入学するが、これはひと月で退学する。幼少のためということだったが、そんなことは入学前からわかっていたはずだ。実は前後して兄二人も同本郷学校を退学しており、できたばかりの公立学校の教育方針が父・則義のそれと合わなかったためのようだ。

明治五（一八七二）年に「学制」が発布され、全国を学区に分け、身分・性別に関係なく学校に通うこととされたが、学校開設は到底間に合わず、小学校などはそれまでの寺子屋がそのまま私立学校として認可されたものも多かった。公立が西洋式の学問を進んで取り入れたのに対し、私立は総じて旧来の教育を維持していた。則義はまだ新しい学問をあまり信用していなかった。

この頃の小学校の学費は、基本的には受益者である生徒の親が授業料として全面負担するもので、政府は月一二五銭～五〇銭を目安として定めたが、実情は場所により学校により

まちまちだった。寺子屋がそのまま代用的に小学校となることの多かった私立学校に比べて、公立の方が総じて設備などもよく、補助金や寄附金も潤沢だったが、この頃の樋口家であれば、仮に私立の学費が高い方で月五〇銭程度だったとしても、子どもたち全員を無理なく通わせられただろう。三人で一円五〇銭≒現在の一一万円強となる。

本郷学校を退学した同年十月、五歳になった一葉は、私立吉川学校に入学。明治十四（一八八一）年四月まで同校に通う。退学したのは、その年六月に、本郷から下谷区御徒町に転居することになっていたからだろう。同年の十月十四日には同じ御徒町内で転居しており、なかなか落ち着かないが、十一月にはようやく上野元黒門町の私立青海学校小学二級後期に編入学する。

この間、「学制」は明治十二（一八七九）年に「教育令」に取って代わられ、さらに明治十四（一八八一）年に小学校は初等科三年・中等科三年・高等科二年と定められた。一葉は明治十六（一八八三）年五月に青海学校小学中等科を卒業し、十二月、同校小学高等科第四級を首席で卒業する。

ちなみに一年は前後期の二つの級に分けられ、各級を「卒業」するごとに数が少なくなる。つまり、高等科の二年はまず四級からはじまり、三級、二級と進み、一級を「卒業」すれば修了ということになっていた。一葉もこのままいけば、あと一年半で無事に小学高

等科を、おそらくは非常に優秀な成績で修了できるはずだった。
しかし、そこに母親が待ったをかけた。
女子に学問など無駄だというのである。一葉の学才に可能性を感じていた父親はそれに反対する。そのときの騒動を一葉自身は次のように記す。

十二といふとし学校をやめけるが、そは母君の意見にて、女子にながく学問をさせなんは行々《ゆくゆく》の為よろしからず。針仕事にても学ばせ、家事の見ならひなどさせんとて成き。父君はしかるべからず。猶今しばしと争ひ給へり。

『塵の中』

母・たきは女の学問がただ無益だと言ったのではない。有害だとまで言ったのだ。女が「ながく学問を」するのは将来のためによくない、と。
とはいえ一葉はまだ満で十一歳である。しかも高等科全四級のうち、はじめの級がおわったところで中退させるというのだ。父・則義は「もう少し」と粘り、一葉自身の意見を求めた。

汝が思ふ処は如何にと問ひ給ひしものから、猶生れ得てこゝろ弱き身にていづ方にも〳〵定かなることいひ難く、死ぬ斗《ばかり》悲しかりしかど学校は止になりけり。

『塵の中』

母と父との間で板挟みになり、〈死ぬほど悲しい〉と思いつつも、生まれつきの心の弱さゆえに、どちらともはっきり返事ができないまま、結局退学することになってしまった。首席だったのになんともったいないことを、と考えるのなら、母親の気持ちはわかっていない。

たしかに父は、兄たちをも凌《しの》ぐ一葉の学才をもったいないと思っただろう。そして、これからの世の中で、女性も学問をすることで拓ける道があると考えたのかもしれない。しかし、母は逆に、首席をとるような娘を末恐ろしく思ったのだ。勉学が女としての将来の幸せを妨げるに違いない、と。

一つめの大きな挫折は、ジェンダーの壁によるものだった。そしてそれは同じ女性である母親からもたらされた。

といって、母を責めることはできない。自分の得られなかったものを娘にも得させまいとする「毒親」なるものとは違う。当時としてはそれがごく「常識」的な判断だったのだ。

この頃、女子の小学校就学率はまだ遠く五割に及ばなかった。女子の大学進学率が現在五割を超えているところからすれば、半年とはいえ高等科まで進んだだけでも、現在の女子大学生より高学歴だと言えないことはない。しかしいくら学歴を上げようと、それを活かす場所がほぼどこにもなかったのだ。

良妻賢母以外の女性としての幸せを想像だにしえなかった母親にとって、学問よりも裁縫や他の家事を身につけさせることが大事だと思うのは、あくまで娘の幸せを願うこととイコールだった。

その点では父親の方が、社会に出ている分だけ、時代の流れを見越していたと言えるだろう。しかしそれでも、妻の方針に逆らうことはできなかった。それは、臨月を控えた身重の体で故郷の甲州を捨てて東京まで自分についてきてくれた妻のこれまでの人生を否定しないためでもあった。学問などなくとも、まったく見知らぬ土地で武家の乳母として勤めあげ、その後、夫を支えて家をここまで盛り立ててきた。身をもって実証した妻の意見を否定することは、現在の樋口家の幸せをも否定することに繋がりかねない。

かくて十二月二十三日に青海学校小学高等科第四級を卒業したのち、年がかわりまだ松も明けない一月五日頃から裁縫の稽古に通いはじめる。また同時に、通信教育くらいならと、父の知人である和田重雄に手紙で和歌の指導を受けはじめるが、これは和田の病気の

ため、わずか三か月ほどで終わりとなってしまった。

一葉の基礎教養

あとはただひたすら独学あるのみ。一日の家事や裁縫を終えたのち、夜ごと文机に向かった。

かわいそうに思った父は、一葉に書物を買い与えた。『万葉集』、『古今集』、『新古今集』、『類題怜野集』など歌集が中心だった。ここから三年間、一葉は和歌を独習する。

それまで一葉が好んで読んでいたのは、勧善懲悪の戯作類だった。

七つといふとしより草々紙《くさぞうし》といふものを好みて、手まり、やり羽子をなげうちてよみけるが、其中にも一と好みけるは英雄豪傑の伝、任俠義人の行為などのそゞろ身にしむ様に覚えて、凡て勇ましく花やかなるが嬉しかりき。

『塵の中』

外で手毬や羽根つきをするよりも家で読書する方が好きというだけなら、控えめで内向

的な少女だということになるだろうが、好んで読んでいたのは、決して少女らしいものではない。「英雄豪傑」が「勇ましく」活躍する勧善懲悪の物語である。聞かされていた祖父・八左衛門の姿を、そこに透かし見ていたのかもしれない。

日本最大の長編小説といわれる滝沢馬琴の『南総里見八犬伝』全九八巻を、たった三日で読了したとのエピソードも残る。暗がりの中で貪るようにして読んだ。

おそらく兄たちの読んだ本が家にあったのだろう。しかし、女の子がこうしたものを読むことは決して推奨されなかった。読書の際の光度が視力にどう影響するかという医学的データはないらしいが、一葉は土蔵の中に隠れ、薄明りで読み耽《ふけ》ったがために後年ひどい近眼で苦しむことになった、と自分では信じていた。

ただし、こうして隠れて読書しなければならなかったというのも、一葉だけの事情というわけではなかった。

一葉の七歳下で、のちに『美人伝』に一葉の略伝を載せることになる後輩女性作家の長《は》谷川時雨《せがわしぐれ》も、幼少期の読書を止められた。その迫害たるやすさまじく、読書という「よからぬ習慣」のゆえに「奥蔵の縁の下に押込まれたり、蔵の三階に縛りつけられたり」し、それでもやめないと「冷水をあいてゐる口へつぎ込」まれ、ついには集めた本は燃やされてしまった（「渡りきらぬ橋」）。

幸いそこまで抑圧的ではなかった樋口家だが、しかし、読書傾向の修正はなされた。「英雄豪傑」譚から和歌へ、漢文脈から和文へというのは、男子向けから女子向けへというジェンダーの転換でもあった。もちろん和歌は女性のためのものだけではなかったが、明治以降は特に女子が学ぶ嗜《たしな》みとして確立されていった。男女の学問は、レベルとしても質としても分かたれていた。

福沢諭吉最大のベストセラー『学問のすゝめ』の初編が出たのは、一葉誕生と同じ明治五（一八七二）年。明治九年に第一七編をもって完結したこの本は三〇〇万部以上売れ、当時人口約三〇〇〇万人だった日本人の実に一〇人に一人が買った計算になる。福沢は明治期最大のベストセラー作家と言ってよい。しかし、その思想は一葉の人生を変えるところまでは届かなかった。

誰しもが身分にとらわれず、学問によって出世を目指すことができる、目指すべきであるというこの思想は多くの日本人の心を捉えた。

それに直接影響を受けたわけではないにせよ、一葉も幼いころから出世欲に駆られていた。

九つ斗《ばかり》の時よりは、我身の一生の世の常にて終らむことなげかはしく、あはれくれ竹

の一ふしぬけ出でしがなとぞあけくれに願ひける。

『塵の中』

さすが「英雄豪傑」の草双紙に日々心躍らせていただけのことはある。凡庸な人生には耐えられそうにない、と早くも満八歳のときから明けても暮れても願っていた。

クラーク博士が言ったとか言わないとか、どうやらほんとうに言ったらしい「少年よ、大志を抱け Boys, be ambitious!」も、日本滞在を終えた明治十年に、見送りに来た学生たちに向かって語られたことばだ。明治初年は、時代がそのような大望を抱く若者を求めていた。

ただしこれは基本的に、クラークが語りかけたように「少年 Boys」に対する要請であった。もちろんクラークの札幌農学校の教え子たちに女子がいなかったからではあるが、仮にそこに女子がいたとしても、「大志を抱け」とは言わなかったろう。少なくともこのころ急速に広まりつつあった近代的良妻賢母思想は、一葉のような、女性の大志を認めはしなかった。

一葉と同じ時代を生き、同じく紙幣の顔となった福沢諭吉の、「天は人の上に人を造らず人の下に人を造らずといへり」という『学問のすゝめ』の巻頭第一声も、「人」はまず

「男」を指すものとして読まれていただろう。身分制度の廃止により誰もが出世を目指すことができたが、それはつまり職業選択の自由に基づくものであり、女性の職業というものがほとんどなかった時代に、女性に出世への大志が求められるはずもない。
福沢自身は、男女の学問に差があるべきでないことを原理的には唱えていたが、それでも家事は女性の勤めであり、そのため学問に捧《ささ》げるべき時間が男性より少なくなることはやむを得ないと考えていた。

我日本国に於ては、古来女性の学問教育を等閑に附して既に其習慣を成したることなれば、今日遽《にわか》に之を起して遽に高尚の門に入れんとするも、言う可《べ》くして行わる可らざるの所望なれば、我輩は今後十年二十年の短日月に多きを求めず、他年の大成は他年の人の責任に遺して今日は今日の急を謀り、兎にも角にも今の女子をして文明普通の常識を得せしめんと欲する者なり。

『新女大学』

儒教道徳に基いて女性の生き方を細かく規定した「女大学」の類は江戸期から存在していたが、明治になって印刷メディアが普及するにつれてそうした言説は一層人びとの間に

定着していった。

それに対する反論として福沢が書いたのが『新女大学』だった。しかしそれでも、学問上で男女差がなくなるには「十年二十年」という短時日では無理だろうと予想していた。これが書かれたのは明治三十二（一八九九）年。三年前に一葉は既にこの世を去っている。一葉が学問によって出世するなど、間に合うはずもなかった。福沢の思想は一葉を救うことなく、また福沢はおそらく一葉の書いたものを読まなかった。一葉の生きた年月は福沢のそれにすっぽり含まれるが、二人が出会ったのは、一〇〇年以上のち、紙幣同士として隣り合わせになったときがはじめてだったろう。

ともあれ、一葉は「英雄豪傑」の草双紙から和歌へと読書傾向を変えた。それは自ら望んだ変化ではなかったかもしれないが、男性ジェンダーと女性ジェンダーとを象徴するような書物のどちらにも深く浸ったことは、のちに小説家となるにあたって大いに奏功することになる。

萩の舎入門

明治十六年に泣く泣く小学校を中退してから、母の言うとおり裁縫などを習いに行って

いた一葉だったが、夜毎《ごと》の勉強ぶりを見かねてか、父が再び動いた。知人の医師、遠田澄庵の紹介により、一葉を中島歌子の歌塾、萩の舎に入門させることにしたのだ。明治十九(一八八六)年八月のことである。

同年四月には小学校令が公布され、小学校の義務教育制が強化されたが、この間に一葉は十四歳になっており、小学校の義務化からは漏れた。それに、学校制度の中でその先に進むことは母が許さなかったろうから、歌の塾というのは、いわば折衷案だったのだろう。学校での学問とは異なり、歌塾では書道や歌を詠むことが教えられ、これは良家のお嬢様に必要な資質と思われていた。

和歌はもちろん女性だけのものではなかったが、明治以降は華道、茶道、楽器演奏、和歌などは特に女性の嗜みとして奨励された。歌塾萩の舎にも、ゲストとして男性歌人がしばしば顔を出しはしたが、生徒は女性だけだった。

望んだ出世に繋がるような男性の学問とは違ったが、それでも一葉は学べることの喜びに溢《あふ》れて、小石川安藤坂にある萩の舎の門を潜った。

入門間もない頃から一葉は、その才気を迸《ほとばし》らせていた。お茶汲《く》みをしているとき、皿にデザインとして書かれていた「赤壁賦」という蘇軾《そしょく》の詩のつづきを、頼まれもしないのにすらすらと暗唱しはじめ、周囲を感心させるというよりは鼻白ませたりしていた。そ

の場に居合わせた先輩であり、のちによきライバルともなる三宅花圃（田辺龍子）が記している（「女文豪が活躍の面影」）。溢れる才気を押しとどめることができないほど潑溂《はつらつ》と日々を送っていた一葉だが、のちには塾内で「ものつつみの君」と綽名《あだな》されるほど引っ込み思案になる。そのきっかけとなったのが、入門した翌年の発会だった。

その年の初めをしるしづける発会は、萩の舎では旧暦に沿ってであろう、二月末に開かれることになっていた。年が明けてから、塾生たちの間ではその日に何を着て行こうかという話で持ちきりとなっていた。

〈誰々は振袖をお召しになるそうよ／あなたは白襟にお裾模様がよろしくてよ／いえいえ白がさねにお裏模様の方が／色は何になさいます？／藤色に朽葉を……〉

一葉にとっては初めての発会で、その賑やかな話を聞くうちに、自分が場違いなところにいるのではという思いにじわじわと責め立てられるようになった。なにしろ萩の舎は、梨本宮妃伊都子《いつこ》をはじめ、前田侯爵夫人朗子《さえこ》、鍋島侯爵夫人栄子《ながこ》など、たくさんの皇族・華族たちを塾生として抱えていたからだ。

田舎から上京し、本郷に二〇〇坪の家屋敷を構えるまでに至った父・則義の才覚は疑うべくもないが、ちょうどその真向かいにあった旧前田家上屋敷は約一〇万四〇〇〇坪だった。比べものにならない。

発会での装いが話題になったこの日、一葉は皆が盛装する中で、自分の着ていくべき着物のことで頭を悩ませる。先輩の一人から〈あなたは何を着るの〉と尋ねられて、〈きれいな色の着物など持っていないので、普段着で〉と口籠りつつ答えたところ、〈私とおそろいで花色裏の着物にしましょうよ〉と気遣われて思わず涙ぐんでしまう。

憂鬱な思いで帰途につき、家に入ろうとしたところ、両親が揃っていそいそと出迎えた。見せるものがあるという。

緞子《どんす》の帯と八丈の着物だった。

緞子は高級織物だが、黄八丈はいかにも町娘の着物だ。しかも新品ではなく、生地はくたびれていた。両親としては、発会のためにわざわざ用意したものだった。服装の贅沢などこれまで一度もしたことのない両親だった。これでも奮発したつもりだった。

しかし、着物と同じくらいしおたれた一葉から、他の生徒たちの発会での衣裳について報告を受けた両親は当惑する。

〈そんなところにこの着物では恥がましい。行くのはおよしなさい〉と母は涙を浮かべ、父は〈どうでも自分の好きなようにしたらよい〉と苦り切る。

「家は貧に身はつたなし」。一葉は独り言《ご》つ。

これが二番目の挫折である。

たしかに、本郷の「桜木の宿」時代からすると、樋口家の経済状況はいささか傾きはじめていた。とはいえ、この「貧」は生活の困窮を意味する客観的な「貧困」とは決して言えない。あくまで相対的、主観的な「貧乏」である。そもそも萩の舎のようなところに通えている時点で、貧困層とは言えない。

だが、この萩の舎という場こそが、一葉のプライドを高めかつ傷つけるところであった。入門以来半年ばかりの間でも、既に皇族・華族たちとの彼我の差を見せつけられてきてはいただろう。稽古日には、萩の舎の前には黒塗りの家紋入り人力車がずらりと列を連ね、お嬢様方の帰りを待っていたという。一葉は三〇分以上かけて徒歩で通った。それでもまだ、同じ塾に通う学友としてという意識を持っていただろう。

萩の舎に通う弟子の中で、田中みの子と伊東夏子だけは平民で、一葉とともに「平民組」を自称していた。気が合うこともあり、後年まで仲が良く、特に伊東夏子は名が同じということもあって、互いに「イ夏ちゃん」「ヒ夏ちゃん」と呼び合う、生涯の親友と言える関係を築いた。この田中みの子と伊東夏子も、平民とはいえ、それなりに裕福に暮らしていた。伊東夏子はその母の代からの塾生であった。

だから「平民組」という謙遜も決して卑屈なものではなく、他の塾生との間の溝を示すものではなかった。しかも一葉一人は「平民組」の中で実は士族であり、そこでプライド

も保てた。

ただしそれはまだ平時の差にすぎなかった。お嬢様方はいわばまだ本気を出していなかったのだ。発会という年のはじめのおめでたい機会に、それぞれが美を尽くして絢爛《けんらん》を競おうというときに、一葉ははじめて、この人たちとはどうにも住む世界が違うのだということを思い知らされる。

それはまだ十四歳の一葉にとって、天地がひっくり返るような衝撃だったろう。それまで自分の家は豊かなのだとばかり思っていた。なにしろ父親は来客に銀の延べ棒を見せびらかしていたのであり、一葉はそれを見て、金持ちは嫌だなあとさえ思っていたのだから。段違いの金持ちを目の当たりにしたとき、一葉はそんな過去の自分をどう振り返っただろうか。

樋口家凋落《ちょうらく》の兆し

一葉が小学校を中退し、萩の舎の門を潜るまでの間に、家族にもさまざまな変化が生じていた。

先述のとおり、明治十二（一八七九）年に姉のふじは久保木長十郎と再婚し、家を出た。

夫・長十郎は農民・新井喜惣治の四男として生まれたが、袈裟《けさ》などを商う下総屋を経営していた久保木いせの養子となった。はじめの夫が官僚であったのに対し、長十郎は平民であり、定職も持たないその日暮らしの生活を送っていた。下総屋は既に閉じられていた。両親からすれば、この結婚はせっかく築いた樋口家の士族としての家格を傷つけるものであった。

つづいて明治十四（一八八一）年には、次兄・虎之助が久保木家に預けられ、分籍される。

この分籍は、一説によればその二年前に改正された徴兵令による徴兵を避けるためだったということだが、父・則義が虎之助の借金の尻拭いをさせられるのに手を焼いたためということもあった。前者の意図がなかったわけではないにせよ、おそらく後者が主な理由だったろう。長兄・泉太郎との扱いの違いがその傍証となっている。

虎之助は、分籍された翌年、成瀬誠志という薩摩焼の陶工のところに六年契約で弟子入りさせられる。まだ満十五歳のときだ。これは、則義自身の生き方とも、兄の泉太郎にさせようとした生き方とも全く異なる。士族の誇りよりも、あるいは学問によって出世することよりも、ともかく手に職をつけ、日銭を稼がせようとした。お金の大切さを教えるためだろう。分籍は、親を当てにした借金をさせないためだろう。

兄と同様に学校にはきちんと通わせてもらったが、勉強は肌に合わなかった。幼い頃は言語不明瞭だったとの親戚の証言もあり、優秀な兄と妹とに挟まれて子どもの頃からなにかと苦い思いをしていたのかもしれない。素行は悪くなる一方で、あちこちに借金を重ね、家のものを持ち出して質に入れさえしていた。分籍は勘当一歩手前のやむなき措置だったのだ。

一方、泉太郎は、明治十六（一八八三）年八月に、それまで通っていた濠西精舎を退学する。十九歳のときだ。もうこの頃には病が重りはじめていた。十二月に樋口家の戸主となり家督を継ぐが、父・則義はこのとき五十二歳。まだ警視庁に勤める現役だった。代替わりは間違いなく徴兵逃れのためだろう。兄の体はとても兵役に堪えられそうになかった。

明治六年発布の徴兵令では、戸主だけでなく嗣子も免除されることになっていた。次男の虎之助はともかく、長男の泉太郎は兵役につかずにすむはずだった。だが、その他さまざまな免除規定を駆使され、予定した人数が集まらなかったため、この十二月に改正された徴兵令では、長男であっても二十歳以上の男子の兵役が義務付けられた。次の週には年が明け、四月には二十歳になる泉太郎は、駆け込みで戸主となることにより、その義務を猶予されたのだ。

明けてすぐの明治十七（一八八四）年一月には、療養のために熱海に転地する。結核の

症状が抑えきれなくなってきていた。

なんとかもちなおし、明治十八（一八八五）年には明治法律学校（現・明治大学）に入学するも、翌年の十二月には、これも体がもたずに中退する。

この泉太郎の病が、樋口家の家計をじわじわと圧迫しはじめた。結核は当時「金食い病」と言われた。医療保険制度がないこの時代に、長患いはなにしろ金がかかった。結核は、特効薬がない以上、転地や滋養のある食べ物などで、ともかく身体そのものを時間をかけて養う以外に手立てがなかった。

さらに、自らの命の限界を感じたのか、泉太郎は明治法律学校中退後に功を焦るかのように実業に手を出して失敗を重ねた。まず神戸に出て貿易を、それから大阪に行って事業を興そうとするが、ともに出資金を無駄にしただけだった。その金は父・則義が出したものだった。

則義は明治九（一八七六）年に一度退官したが、その翌年十月に再び勤めをはじめていた。辞めたときは、今で言うところのＦＩＲＥ（Financial Independence, Retire Early＝経済的自立と早期リタイア）のようなつもりだったかもしれないが、長男の体調を見ているとそうも言っていられなくなった。

こうしたさなかでの、一葉の萩の舎入門であり、はじめての発会であった。

親としては娘の着物よりも、長男の命が重要だろう。それでも、娘の晴れの場の衣裳を忘れはしなかった。それだけでも十分親として立派だと思うが、一方、一葉が自分ひとりを悲劇のヒロインのように感じたのも、十四歳の少女としては無理もなかったかもしれない。この頃の日記には、病気の兄のことは一切出てこない。萩の舎での自分の位置づけだけが主題化されている。いや、というより、萩の舎、とりわけこの発会のことを書くためにこそ日記をつけはじめたのだ。

「日記」というドラマ

一葉は、何度かの中絶はあるものの、晩年まで日記をつけつづけた。

そのはじまりは、明治二十(一八八七)年一月十五日の記述からである。この年の稽古はじめとして萩の舎に行き、誰が出席したかなどの短い備忘録のようなもので、それだけ見ればごく普通の日記のようである。

それからは一週間おきに、すなわち土曜日の萩の舎の稽古のたびごとに記される。つまり、日記というより週記、萩の舎の記という体である。

しかしそれだけではない。一葉の日記はおよそ五〇冊にも亘《わた》るが、ただ『日記』『につ

記』と書かれているものと、表題のつけられているものとがある。表題としては『若葉かげ』『蓬生日記』『塵の中』『水の上』など、そのときの境遇を比喩的に示すものが多いが、その中にあって、この一番はじめの日記だけが特別な名づけられ方をしている。

その名も『身のふる衣　まきのいち』。

『まきのに』は書かれなかったようなので、以後たんに『身のふる衣』とする。

それにしても日記のタイトルとしてはずいぶん変わっている。「身の経る」と「古衣」の掛詞の使用はさておき、もちろんこの「古衣」とは、発会に着ていかねばならなかった、あのくたびれた黄八丈のことを言うのであろう。つまり、この日記は、その日その日の夜毎に書かれたものではなく、〈自分にとってはじめての発会〉という特定の主題を書くためにはじめられたものであるに違いない。

その日ごとの備忘録は別にあったのかもしれない。しかし現在残っているのは、発会が終わったあとのどこかの時点で、それを焦点として再構成するという手続きを経たものだ。何日か分をまとめてつけることはのちにもなされる。それは、〈この日のことはおぼえていない〉などという書き方が時々現れることからも明らかだ。

しかし、ある一つの山場に向けて盛り上げようと構成されたものを、はたして「日記」と呼んでよいものだろうか。一葉の日記を一種の私小説と見る見方もここから生ずる。一

葉の場合、日記はそのはじめから物語としての構造を意識したものだった。

「身のふる」＝老いるとは、十四歳にしてはずいぶんと枯れた心境で、もちろんこれはあくまで古典和歌を学ぶなかで身についた紋切型にすぎなかったにせよ、ここで、先輩の三宅花圃が観察したような才気走った少女が現実を見せつけられて一歩大人になったことは間違いない。

「ふる衣」、つまりくたびれた古着しかなくとも、一葉はこれを着て、絢爛豪華に着飾る皇族・華族に立ち混じって発会に出ることを決意する。親から受け取った着物の裾をほどき、縫い直した。三年間の裁縫修業がここで役立った。

こうして発会当日を待った。ここがこの日記＝物語の最大の見せ場となる。

発会での逆転劇

明治二十（一八八七）年二月二十一日月曜日。

いよいよその日の朝が来た。午前十一時頃、すすまぬ気持ちを奮い立たせて人力車で九段坂上の万源楼（日記では「万亀楼」）という貸席に行くと、既に多くの人は着いていて、手招きされた。

げにや善尽し美つくしたるきぬのもやう、おびの色、かゞやく斗《ばかり》に引つくろひ給ふ。

『身のふる衣』

やはり場違いだった。輝くばかりに装いを凝らした令嬢たちに囲まれ、しかし、親の気持ちを思う。

いとゞはづかしとはおもひ侍れど、此人々のあやにしきき給ひしよりは、わがふる衣こそ中々にたらちねの親の恵とそゞろうれしかりき。

『身のふる衣』

〈場違いで恥ずかしいとも思ったが、この人たちの綾錦より、自分の古着は親の愛情に満ちているのだと嬉しくも思われる〉

やがて、集合写真を撮るために、九段坂下に写真館を構える鈴木真一のところへ皆して行く。今に残るこの白黒写真からは、残念ながら綾錦と古着との格差はわからない。最後列で立っている一葉の顔はすましており、そこから感情を読み取ることも難しいが、実は

複雑な思いが去来していたことだろう。
しかしここから物語は急展開する。
写真館から帰っていよいよ歌会となった。「月前の柳」という題が出され、点が競われた。

おのゝきゝよみ出しに、親君の祈りてやおはしけん、天つ神の恵みにや有けん、まろふど方は六十人余りの内にて、第一の点恵ませ給ぬ。

『身のふる衣』

入門わずか半年の一葉が最高点をとったのだ。
ちなみにそのときの歌とは

打なびくやなぎを見ればのどかなるおぼろ月夜も風は有けり

というものだった。これが一位なのかとちょっと首をひねりたくなるが、「月前柳」という題に即してという条件で即座に詠めたからなのだろう。この素朴極まる歌で一位となり、

萩の舎発会写真　3列目左より3人目が一葉（明治20年2月21日鈴木真一撮影／山梨県立文学館所蔵）

三宅花圃ら先輩からは、〈新参者に高い点をとられたわ〉と背中を叩かれた。

一葉のはじめての日記は、この一場を頂点とする華麗なる逆転劇であった。

となれば、その前の失望との落差が大きければ大きい方がドラマになる。もちろん「家は貧に」という嘆きはまったくの嘘でなかったろう。発会でのよそおいの格差は、たしかに幼い一葉の心を傷つけた。だとしても、先輩から声をかけてもらったときの涙、家に帰って相談したときの母の涙ははたしてほんとうに流されたのか。また、「身はつたなし」

との自覚は、発会で最高点をとるときとのコントラストのための伏線として書き込まれたものではなかったか。

かような疑惑にまみれた日記は、このあと三月と四月、そして八月へと飛び、そのあとは散佚《さんいつ》してしまっている。しかし、二月以降は、せいぜい月に一日か、あっても二日しか記述がなく、既に一葉が発会までのことを記すときのエネルギーを失っていることは明らかだ。なにしろタイトルが『身のふる衣』であったことからすれば、もう話の山場はとっくに過ぎてしまっているのだから。

つまりこの日記は、紋付振袖の令嬢に混じって古着を纏《まと》って怯《おび》えていた少女が、一躍他に抜きんでて勝利する英雄物語、あるいは「みにくいアヒルの子」のような寓話《ぐうわ》であった。そのために「貧」という前提が必要とされたのだ。

「貧」なくして日記が書きはじめられることはなかった。そしてこの物語的日記がなければ、一葉が散文を書くことはなかったかもしれない。そして、この日記という物語の下積みがなければ、のちに小説を書こうとしたときにうまくいくことはなかっただろう。その意味で、この「貧」という出発点が一葉を小説家にしたとさえ言ってよい。

しかし、まだこの時点での「貧」という自覚は、あくまで物語を構成するためのものであり、生活を脅かすほどのものではなかった。相対的で主観的な「貧乏」のレベルである。

一葉は、自分のはじめての作品としての日記の中で、このモチーフをうまく使いこなしたと、得意にさえ思っていたかもしれない。

だが、「貧」というモチーフは、通奏低音のように一葉の諸作品の底で鳴り響き、次第にその音量を増し、やがて主題になってゆく。「貧」を書くだけでなく、「貧」に書かされるようになるのだ。はじめての発会で見事一等をとった一葉は、ここから着実にさらなる「貧」へと、すなわち相対的・主観的「貧乏」から絶対的・客観的「貧困」へと陥っていくことになる。

第三章　悲劇の幕開け　十五～十八歳

人生になんの屈折点もなく、なだらかな曲線を描いて静かに一生を終える人もいるだろう。一葉の二十四年という短い生涯であれば、死以外には特段の事件もなく幕を閉じることも十分にありえた。

しかし、一葉が個人的な挫折を経験したすぐあとに、今度は樋口家そのものが大きな転換点を迎える。しかも、それにより危機に瀕《ひん》した樋口家を、一葉が担わなければならなくなった。

このことが一葉に小説家への道の第一歩を踏み出させることになる。つまり未来の女文豪一葉のドラマはここからはじまることになるが、しかしそれはあくまで悲劇の幕開きだった。

明治二十（一八八七）年 十五歳

六月 父・則義、警視庁を依願退職。このとき一四等官で、月俸二五円。

九月　十七日　長兄・泉太郎、大蔵省出納局配賦課雇となる。月俸八円。
十一月　九日　磯部温泉にて開催された数詠の会に途中まで参加。
十二月　二十七日　長兄・泉太郎が大蔵省を病気退職。
長兄・泉太郎、肺結核にて死去。享年二十三。

明治二十一（一八八八）年　十六歳

二月　二十二日　父・則義を後見人として一葉が樋口家戸主となる。
五月　二十六日　西黒門町の家を売却し、芝区高輪《たかなわ》北町一九番地の次兄・虎之助の借家に同居。以降、一家は借家住まいに。
三十日　父・則義、荷馬車運輸請負業組合設立願書を提出。
六月　田辺龍子が、坪内逍遥《つぼうちしょうよう》の推挙により、花圃の名で『藪の鶯』を金港堂より出版。
十六日　父・則義、荷車請負業組合の設立を東京府より認可される。事務所を神田錦町一丁目に置く。
七月　父・則義、荷車請負業組合の事務総代となり、開業の運転資金をも負担する。

九月　九日　荷車請負業組合事務所に近い、神田区表神保町二番地の借家へ転居。しかし組合は仕事を開始せず、出資金も戻らなかった。

明治二十二（一八八九）年　十七歳

三月　十二日　神田区淡路町二丁目四番地に転居。
　　　二十九日　父・則義が発起人に名を連ねて、馬車運送「同益社」設立願書を提出するも、事業ならず。
五月　　父・則義、病床に臥《ふ》す。渋谷三郎に一葉と縁組し樋口家を託すことを願い、渋谷は承諾。
七月　十二日　父・則義死去。享年五十八。
　　　十四日　午後二時、出棺。四時葬式。会葬者八十数人。
八月　二十九日　父・則義の四十九日。
九月　　この頃、渋谷三郎との婚約が破談に。
　　　四日　この日から一葉と母、妹の三人が、芝の兄・虎之助の家へ同居させてもらうことに。

明治二十三（一八九〇）年　十八歳

一月　十七日　妹・邦子の奉公口を探すが見つからず、母や兄の異見もあり、妹の奉公は当分見合わせることに。

三月　一日　野尻理作に二〇円を貸す。

四月　第三回内国勧業博覧会の売り子になろうとする。

五月　萩の舎の内弟子となる。

六月　中島家の定という女中が辞め、一葉が家事を引き受けることになる。

九月　末　本郷区菊坂町七〇番地に、母・たき、妹・邦子とともに転居。以降、もっぱら裁縫や洗濯で生計を立てる。

◉明治二十年代前半の一円の価値

生産価値（巡査の初任給による）　一円≒二万五〇〇〇円

消費価値（かけそばの値段による）　一円≒三万円

二つの死

長兄・泉太郎の病との闘いはつづく。

前年末に明治法律学校を中退していたが、明治二十（一八八七）年六月には、なんとか大蔵省に滑り込むことができた。これは、警視庁に勤めていた父・則義が辞める代わりに、息子を斡旋《あっせん》してもらったということだ。親の代わりに息子が勤めるというのは、江戸時代からの習わしで、当時の給料は「禄」と呼ばれたが、これは個人にではなく、家に対して与えられるものだったからである。一家で二人以上勤めるというのは、例外的な措置だった。秩禄奉還は終わっても、まだ息子が勤めるためには父親が隠居するものだという意識が残っていたのだろう。

ただし、父の給料が二十五円（〃現・六二万五〇〇〇円）だったのに対し、泉太郎は月俸八円（〃現・二〇万円）からはじめなければならなかった。それでもこの代替わりは樋口家にとって重要で、泉太郎にはそれだけの期待がかけられていた。

明治十六（一八八三）年の暮れに戸主が父から譲られたのはあくまで徴兵逃れだったとしても、その翌年十月に、西黒門町に移転したときに購入した家屋の名義も泉太郎になっており、東京の樋口家は名実ともに二代目になった。甲州から江戸に出てきた樋口家は、

泉太郎の代で東京にしっかりと根付くはずだった。

だがしかし、結核は泉太郎の体と樋口家の財産を着実に食い荒らしていった。

明治二十（一八八七）年八月、一葉には、萩の舎のつきあいで、群馬の磯部温泉での数詠みの会に参加する余裕がまだあった。このころは泉太郎の回復の希望もあったのだろう。

しかし、その願いも虚しく、半年も経たない同年十一月には大蔵省を退職。年も押し詰まった十二月二十七日に、それまで何年にもわたって多額の療養費をつぎ込んだ甲斐もなく逝去した。わずか満二十三歳だった。家族の嘆きはいかばかりであったか。則義は計算高い男だったが、息子の天命ばかりはどうにも手出しのしようがなかった。

年が明けても、一家して喪に服す暗い正月を送った。

当時としては意外なことに、長男亡きあとに次男が跡を継ぐことはなかった。戸主を失った樋口家に、虎之助が呼び戻されることはなく、また父・則義が再び戸主に戻ることもなかった。則義は一葉を三代目の戸主に指名したのだ。

虎之助の分籍が徴兵逃れのためであったなら、復籍させて戸主に据えたのだろうが、そうはしなかった。則義の一存であったかどうかはわからない。おそらく樋口家全体に、虎之助の金遣いに対する不信があったのだろう。特に母・たきと虎之助の折り合いが悪かったという。

一葉が父・則義を後見人として正式に樋口家の戸主となったのは、明治二十一（一八八八）年二月二十二日。女が戸主になること自体は民法上認められていたものの、例外的である。女戸主の場合、家を捨てて他家に嫁にいくことが法的に許されなかった。

一葉はまだ満十五歳。どれほどの自覚があって引き受けたのかはわからないが、このことが一葉ののちの生涯に重くのしかかることになる。ここから残された時間はあと一〇年もない。悲劇はむしろ今幕が開いたばかりだ。

五月、父・則義は、泉太郎名義の西黒門町の家を売り払う。それは、長男の病と死の匂いの染みついた家から逃れたいと思ったからではないだろう。もっと物理的な理由があった。

というのも、泉太郎は戸主というばかりでなく、このとき樋口家唯一の働き手だったからである。則義はこのとき五十七歳。再び勤めに戻ることもできない。泉太郎の代わりに一葉を勤めに出そうにも、女には働く場所がない。則義は樋口家の将来のために恒産を立てねばならなかった。

金貸しは許可を受けていないあくまで個人的なやりとりであり、一葉にはできるだけ触れさせないようにしていたし、一葉自身も嫌っていた。それにもはや人に貸すほどの資金はなかった。となれば、なにか事業を興さねばならない。

則義は、人口が戻りつつあるばかりでなく、工業化し、物流の激しくなりつつある東京の姿に目を留めた。荷馬車輸送の組合を作ろう。そのための資金として西黒門町の家を売ることにしたのだ。泉太郎の療養費のため、銀の延べ棒はおろか、手持ちの金は底を尽きかけていた。

しばらくは次男の虎之助に頭を下げて、則義、たき、一葉、邦子を芝の虎之助の家に住まわせてもらうことにした。かつて本郷に二〇〇坪以上の邸宅をかまえていた一葉一家は、今後二度と土地を持つことはなかった。というのは、父・則義の事業はこのあとことごとく失敗するからである。

左から樋口家次男虎之助・父則義・長男泉太郎の写真（山梨県立文学館所蔵）

荷車請負業組合は、六月に無事東京府の認可を受けることができた。事務総代となった則義は開業資金を出し、さらに十二月を期限に、組合に一〇〇円（≒現、三〇〇万円）の貸し付けをした。

九月には、虎之助の家を出て、神田区表神保町の借家に転居する。組合の

事務所が近くの錦町にあったからだ。そこまでして則義はこの組合に賭けていた。

しかしあろうことか、組合は結局事業を始めることができなかった。資金を持ち逃げした者があり、先行きを危ぶんで脱会する者が続出したのだ。出資した金は戻ってこなかった。計算高かった則義は、最後に大きな計算間違いをしてしまった。

それでも諦めず、翌明治二十二（一八八九）年三月、則義は神田淡路町に転居し、ここから新たに馬車運送の会社を興そうとする。しかしこちらは借金をしても、資本金すら整わなかった。今度は則義が病に倒れたのだ。

五月には起き上がれなくなった。病床に、真下専之丞の妾腹《しょうふく》の孫・渋谷三郎を呼び、一葉と結婚し、樋口家を守ってくれるよう頼んだ。渋谷は承諾した。

七月十二日午後二時、則義死去。満五十八歳。

たかだか一年半ほどの間に、樋口家は二本の屋台骨を相次いで失った。兄の病気療養と父の事業失敗とによる借金だけが、戸主一葉の目の前に残された。

十八歳の女戸主

悲しみに沈んでいる暇はなかった。戸主として、父の葬儀一切を執り行わなければなら

ない。各新聞の死亡広告、僧侶、棺桶《かんおけ》、弔問客に振る舞うための酒や料理、引き出物の菓子など、手配しなければならないことが山ほどあった。一葉の一連の働きを見よう。

翌十三日には、昼と夜、二度にわたって築地本願寺から誦経のための僧侶を招いた。

十四日、葬儀。会葬者八十人余の大きな葬儀となった。警視庁勤めのときの上司、夏目漱石の父・直克も参列しただろう。直克は泉太郎の葬儀にも参列してくれていた。午後二時に出棺。日暮里の火葬場まで行ったが、火葬は夜の七時とのことで、棺が火にくべられるのを見届けて帰宅。

十五日、朝八時に家を出て、火葬場で骨上げ。

十六日、明日の初七日逮夜への招待状を出し、そこで振る舞う料理や引き出物の手配。

十七日、午後二時半頃、初七日逮夜の振る舞いのための料理人が来る。

十八日、初七日。築地本願寺に寺参り。

十九日、位牌を仏壇に上げる。

ここまで毎晩通夜が続いた。今でこそ数時間で終える半通夜などというものもあるが、本来はお釈迦様の入滅後七日間、弟子たちが生前の説法について夜通し語り合ったという故事に基く。そのとおり、一葉は初七日まで一週間、通夜を続けた。気の休まるときはなかったが、なんとか無事に喪主としての務めを終えた。

しかし、問題はこれからだ。樋口家にはもうなんの収入源もない。

一時はそれなりに成功した則義の葬儀の参列者は多く、香典も多かったが、父の名を辱めることのないよう、一葉はそれに見合う立派な葬式を出した。会葬者に配った引き菓子も、有名だった神田淡路町の風月堂《ふうげつどう》で調えている。

風月堂は古く宝暦三（一七五三）年に「大坂屋」という屋号で始まり、文化年間に元老中松平定信から「風月堂清白」の商号を頂戴し、以来「風月堂」を名乗った由緒ある菓子店である。明治五（一八七二）年に米津松造が暖簾《のれん》分けを許され、日本橋若松町からはじめ、銀座や神田に支店を出し、「東京風月堂」として今に知られる。この神田淡路町店は西洋料理も出し、夏目漱石ものちに足繁く通った。

横浜で修業した米津は、日本でどこよりも早く「貯古齢糖」すなわちチョコレートを製造販売し、ビスケットやシュークリームも出していたが、一葉が選んだ引き菓子はあくまで饅頭だったろう。風月堂は栗饅頭でも有名だった。今でも銀座の本店では洋菓子も和菓子も作っている。

さて話が逸れたが、会葬者には配っても、自分たちで高価な菓子を味わっている余裕は一葉たちにはなかった。

幸い、父は分光社という、互助会のようなところに加入していた。そこから死亡保険金

が下りることになっていた。父の死後五日目に一葉は必要な書類を分光社に提出している。ちなみに、この前後の一葉の日記の文体は、前の『身のふる衣』のなめらかな雅文体とはうってかわり、ごつごつとした漢文訓読調である。こなしていくべき一つひとつの仕事が並べられ、それに対する感想などは一切さしはさまれない。たとえば分光社に関する二十三日の記録はこうなっている。

分光社ノ件届出之節一週間内に沙汰有之可《これあるべき》の処申越無之《これなき》ニ付問合せの端書遣はし候事
本日兄君芝へ帰宅

『鳥之部』

『鳥之部』というのは、帳面の表紙に書かれた題だが、これは和歌の部立てであり、父の死という切迫した事情によって、歌を書くはずの帳面に記録されたものだろう。『身のふる衣』と打って変わって、題も内容も推敲のないまま、日件録として事務的に綴《つづ》られている。その分かえって、つくられた物語性にはないリアリティが浮かび上がってくる。

この文体は、父・則義が残したたくさんの覚書の類を真似ているのかもしれない。それが意図したものであるかどうかは別にして、いよいよ父の代わりに樋口家を一人で差配し

なければならないという自覚と決意が、一切の感情を排したこの書きぶりに現れている。

しかし、こうしたいかにも実務的な引き締まった文章とは裏腹に、分光社とのやりとりを見るに、一葉の実務能力は到底高いとは言えなかっただろうことが露呈する。その点では父には似なかった。

書類を提出して一週間近く経っても分光社から連絡がないので、待ちかねて葉書を出したり直接訪ねたりしたが、まだ神田区役所に照会中とのことですごすご帰宅した。

二十九日にようやく、〈明三十日に恵与金を渡すので、実印と契約書を持参するように〉との連絡を受けるが、実印はあっても契約書が見つからない。これまでお金に関する書類は父が一人で管理しており、一葉には任せていなかった。一葉も金のことは任されたくなかった。そのつけが回ってきた。

翌三十日午前中に分光社を訪ね、事の次第を説明するが、紛失届やら新たな契約書やらを書かねばならず、一旦帰宅。少しでも早く現金を手にしなければならない一葉は、その日のうちに再び分光社を訪れ、かくしてようやく恵与金を受け取ることができた。

この分光社からの帰りに、両替町にあった出版社から裕福そうな紳士が出てくるのを目にし、小説家だろうと思ってその職業に憧れた、ということを、このときの日記ではなく、あとから回想して述べている。

一葉がこの金持ちそうな人物を小説家だろうと推断し、それに憧れたのには理由があった。この前年、明治二十一（一八八八）年六月に、萩の舎の先輩、三宅（旧姓田辺）龍子が、花圃の名で『藪の鶯』という小説を出版し、三三円二〇銭（≒八三万円）の原稿料を手にしていたからである。

田辺龍子は蓮舟田辺太一の長女として、明治元（一八六九）年に生まれる。一葉より四歳上。

蓮舟は則義と同様、旧幕臣だったが、身分はずっと高かった。この時代に二度の渡欧経験を持ち、維新後は新政府において清国代理公使や元老院議官などを歴任したが、藩閥政治の中で感じた苦しみ、また長男を海外で亡くした悲しみを花柳界での散財で晴らし、それゆえに家計は崩壊寸前だった。

花圃自身は、兄の一周忌法要の費用すら出せない経済状況を破るために、この『藪の鶯』を書いたのだ、とのちに語っている。

もちろん、それだけが動機というわけではなかっただろう。まだ一度も書いたことのな

い小説でどれほどの原稿料が得られるのかなど、皆目わからなかったはずだから。

だから、兄の法要費用捻出というのは結果論で、まずは「書きたい」という気持ちがあったにちがいない。二、三年前に坪内逍遥の『当世書生気質』が出て評判を呼んだときに花圃もこれを読み、〈これなら自分にも書ける／書いてみたい〉と筆を執ったところ、出来上がったのが『藪の鶯』だったのだ。

書生の風俗を活写した『当世書生気質』のお嬢様版とも言えるこの作品が世に出るにあたっては、金港堂という当時一流の出版社に、父・太一の伝手があったという僥倖に恵まれた。しかも坪内逍遥自身が校閲というかたちで手を入れてくれた。

この話を萩の舎で聞いていた一葉は、その後、自身が父の葬儀を出す立場になったときに、自分も原稿料によってなんとか経済的苦境から抜け出せるのではないかと考えた。

そこに、出版社から出てきた身なりのよい紳士を見かけて、やはり小説家は儲かるのだと一人合点した。そしてなおのこと憧れた。

一葉の場合は、花圃とは逆に、文学的動機、表現意欲がないわけでないとしても、まずは経済的動機が先に立っていた。小説を書いたところでどうなるかわからなかった花圃の場合とは異なり、一葉にはデビュー小説で大金を稼いだ花圃という身近なモデルがいたのである。小説は和歌と違って金になる、と確信していた。

また、花圃には放蕩《ほうとう》三昧とはいえ稼ぎ手となる父が健在だったのに対し、一葉は兄ばかりでなく父も亡くし、ともかく何としてでも稼がなくてはならなかった。しかも、自分一人でなく、母と妹をも食べさせなくてはならなかった。それが戸主というものの務めだった。

かように、一葉にとって小説家になろうという動機はまずなによりも金だった、ということは記憶されねばならない。しかしそれを不純と言えるだろうか。

不純だ、と一葉自身は思った。

ただしそれはこのあと何年も経ってからのことである。今はとにかく、不純だろうとなんだろうといかにして口に糊《のり》するかを戸主として考えねばならなかった。不純かどうかなどということが頭をよぎることすらなかっただろう。金を稼ぐための手段として小説家を思い見たことを咎《とが》めることは誰にもできまい。女性が就くことのできる仕事が今とは比べようもないほど少なかった時代のことである。作家は一応女性にも開かれていた。まだそれで生計を立てたものはいなかったが、家計を助けるための執筆という点では、花圃が先鞭《せんべん》をつけてくれていた。

花圃も何度か寄稿していた「女学雑誌」には、度々おすすめの「女子の藝」として「小説の制作」が、あるいは良妻賢母でありつつも、家庭経営の傍らでもできる仕事として

「文筆業」が挙げられていた。

花圃がデビューした数え二十一歳までに、自分もデビューできるのではないか。一葉はそんな淡い期待を抱いた。それまでにはまだあと二年ある。だが、まだこのときまでに小説など一作も完成させたことはなかった。

父の四十九日

父の弔いもまだ完全には終わっていなかった。

今でこそ初七日ばかりか四十九日まで葬儀の日に一括繰り上げされることもあるが、一体いつからこれほど簡略化されたのだろうか。本来四十九日は、故人の裁きが確定して、三途の川を渡る重要な日であり、残された者たちはこの日まで、故人が極楽浄土に行けるよう、供養をしつづけるものとされていた。一葉もそれを固く守った。

八月二日は、三七日《みなぬか》。没後二十一日目の法要で、寺参り。
十二、十三日には、父の形見分けで、縁者の許を回った。
十五日は、今ではほとんど省略される五七日《いつなぬか》の法要。山本園の茶と凮月堂の菓子とを調え、車夫三人を雇って、母娘で手分けして縁者の許を回る。母・たきが築地本願寺に墓参。

十七日に母が新たな家探しに出かける。昨年九月から神保町、今年三月から淡路町に暮らしていたが、それは父が事業を興すのに便のよい場所というだけで、地縁があるわけではなかった。父亡きあとに、今の借家の家賃を払いつづけることもできなかった。次兄・虎之助の住む芝周辺を探したが、手ごろな家は見つからなかった。
二十九日。いよいよこの日が父の四十九日。この日までは霊がまだ家に宿っているということで、引っ越すにも引っ越せなかった。この日の記述を見よう。

同廿九日　四十九日ニ付四十九の餅調達　久保木より姉君代として秀太郎参る　稲葉氏も同様　朝来大雨　正午頃まで兄君待合せ居共《おれども》無入来依而《じゅらいなくよりて》母君幷《ならび》ニ前両人墓参三時過帰宅　直ニ芝へ問合せの端書を出す

『鳥之部』

追善法要のため、四十九個の法要餅など調えて会葬者を待つが、長姉・ふじはまだ十歳にもならない息子の秀太郎を代理で寄越しただけだった。
かつて母・たきがふじを他所に預けて乳母として仕えた稲葉家も同様だったと日記にはあり、諸注では、鉱ではなく息子の正朔が代理で来たとなっているが、本当だろうか。こ

の頃正朔はまだ満四歳にも満たない。誰かに付き添われてきたのだろうか。そうだとしても、法事での務めが果たせるとは思えない。少なくとも本人は、近所に遊びに行くようなつもりでしかなかっただろう。

いずれにせよ、四十九日ともなると、葬儀のときに比べればあまりにも寂しく、軽んじられていた。このとき一葉が何を思ったかは記されていないが、「去る者は日々に疎し」ということばを噛みしめていたことだろう。兄・虎之助に至っては、顔も出さず、連絡すらなかった。さすがにそれはなかろうと、葉書を出して問い合わせた。

翌三十日、虎之助がのこのこやってきた。一日数え間違えて、四十九日を今日だと思いこんでいたのだという。たしかに、父の亡くなった七月十二日に四十九日を足せば八月三十日になる。しかし、初七日もそうであったように、亡くなった当日を一日目と数えるのが法要の決まりだ。しかも一年半前に兄の亡くなったときにも一連の法要は執り行っていたから、知らなかったはずはないのだが。

ともあれ、既に分家した身として、父の四十九日をさほど真剣に考えていなかったことだけはたしかだろう。

しかし、母娘三人は、今やこの頼りない虎之助に頼るしかなかった。話し合って、三日後の九月二日に、芝の虎之助の家に再び同居させてもらうことにした。

はたして九月二日は大雨だった。引っ越しを二日ずらして四日とした。十二日、父の死後ちょうど二か月目に、一葉は父の後見人廃止届を出し、かくして樋口家の戸主として完全に自立した。芝の兄・虎之助の家には二つの樋口家が同居していたことになる。家主が分家、居候の方が本家だった。

漱石の義姉になりそこねる

一葉側、すなわち東京の樋口家本家には生業がない。経済的には分家の虎之助に依存していた。なんとか定期収入の途を探さねばならない。

いつとははっきりしないが、実は一葉にとって二つめとなる縁談が破談になっていた。一つめの縁談に関しては、後年、漱石の妻・夏目鏡子が伝えた話が残っている。先述のとおり、漱石の父と一葉の父とは警察庁で上司と部下の関係にあったが、そのとき、一葉を夏目家の長男・大助の嫁にという話が親同士の間で交わされたとのことだ。

そのころ父は府庁から警視庁にまわってそこで勤めていたのだそうですが、その下役に樋口一葉女史のお父さんが勤めておられまして、父は（中略）名主のいい顔で腕

利きだといっても学問はなし（中略）、樋口さんのほうは学問もあり（略）調法がって使っておりまして、時々は金を貸してやったものだと申します。一葉女史の貧乏は有名な話ですが、お父さんが生きていられる時から楽ではなかったらしいのです。（中略）言いなりに金を用立てていたものの、なかなか返してくれるということがありません。

（中略）樋口の娘に字も立派だし歌も作るし、第一たいそうな才媛がある。あれをもらっちゃどうかという話が持ち上がりました。ところが考えたのはお父さん。ただの下役でさえこれくらい金を借りられるのに、娘をもらったりなどしたら、それこそどうなることかと算盤《そろばん》を弾いたものとみえまして、この話はそれなりきりで、あたら一葉女史を夏目の家にもらいそこねたという話がございます。

『漱石の思い出』

また聞きのまた聞きだし、ずいぶん後になってからの回想を、漱石の娘婿だった松岡譲が聞き書きしたもので、正確さに疑いはあるものの、貴重な証言だ。少なくとも夏目家にはこのように伝わっていた。

一方、樋口家側には、この縁談の相手が漱石自身だったとの話も伝わるという。もし成

立していれば世にも稀な紙幣同士の夫婦ということになるが、ただ、もし先に結婚していたら、そもそも作家一葉は誕生していなかったろうから、これは無意味な空想だ。

さて前章で見たとおり、一葉の父・則義は、一度は勤めをすべて辞めたものの、長男の結核などによって再び宮仕えに戻らねばならなくなった。明治十（一八七七）年十月のことだった。まず、警視局雇、警視病院製薬会計係となるが、一葉の縁談はこのときのことではないだろう。「歌を作る」というのは萩の舎入塾以降の話と考えられ、となれば明治十九（一八八六）年以降の話ということになる。

則義は明治十二（一八七九）年に東京地方衛生会消毒係に転じ、十四（一八八一）年三月に再び警視庁に戻る。このときの上司が夏目直克だった。この年の六月に本郷の「桜木の宿」に別れを告げ、次男虎之助を分籍し、御徒町に転居しなければならなかった。

父親同士は上司と部下としてかなり親しくしていたようだが、鏡子の証言が正しければ、少なくとも一葉が歌を詠みはじめた、すなわち萩の舎に入った明治十九（一八八六）年頃には、樋口家の経済状況はかなり厳しくなっていたということになる。

夏目直克は樋口泉太郎の葬儀に香典を包んでいるが、泉太郎の病気療養と事業の失敗が樋口家の家産を蝕《むしば》んでいたことを直克も知っていたかもしれない。上司である直克に借金を頼んでも返せなかったというのだから、萩の舎でのはじめての発会で一葉に晴れ着を仕

立ててやれなかったのも仕方ない。

夏目家は樋口家のような上京成り上がり組ではなく、江戸時代からの名主の家柄で、維新を経て名主制度が廃止され、東京府が六つの大区に編成されたときに、直克は第四大区の区長に任命され、一一小区一五六町を支配した。

借金がなければ、一葉はこの夏目家の長男の嫁、つまり漱石の兄嫁になっていたかもしれない。ただ、もしそうだとしても、夏目大助も萩の舎の発会の翌月には結核によって三十一歳で死んでしまう。だから、鏡子の証言の「歌も作るし」というあたりのタイミングは多少怪しいところがある。やはり大助ではなく、漱石の嫁に、という話だったのだろうか。

いずれにせよ、歌の才能が認められての縁談ではなかったかもしれないが、縁談そのものはほんとうにあったのだろう。この頃はまだ一葉は戸主ではなく、当然他家へ嫁入りすることが望まれていた。

漱石も兄として慕っていた長男・大助は、子どもの頃から頭がよく、一家の期待を背負って開成学校（現・東京大学）に通ったが、病弱のために中退し、警視庁で翻訳係をしていた。そして結核で夭逝する。樋口家の事情によく似ている。

一葉が夏目家に嫁いでいたとしたら、漱石は千円札の顔であっても、一葉が五千円札に

選ばれることはなかっただろう。夏目家の嫁になっていれば、小説家になろうというきっかけも生まれなかっただろうから。苦しんで作家になるのと、嫁入りしてすぐに夫を亡くすのと、どちらが幸せだったろうか。ともあれ、はじめの縁談がまとまらなかった理由は、借金のゆえだった。

ただ、一度目の破談は、一葉自身のまったくあずかり知らぬところだったかもしれない。仮に知っていたとしても、「夏目」という名にピンと来るところはなにもなかっただろう。漱石の兄嫁になっていたとしても、漱石が小説家としてデビューするのはずっとのちのこと。一葉没後一〇年近く経ってからのことだった。漱石は一葉より五歳年上だったが、文壇ではずっと後輩だった。これも鏡子の証言によれば、漱石はのちに『一葉全集』を読み、しきりに『たけくらべ』に感嘆していたという。

二度目の破談

一葉の心にのちのち傷を残したのは二度目の破談だ。

父・則義が病の床で、渋谷三郎に一葉と樋口家を託し、渋谷も承諾していたが、則義没後しばらくしてその話が壊れた。

江戸に出てきた父が頼った真下専之丞には正妻との間に子がなく、渋谷三郎は、専之丞の妾腹の子・渋谷徳次郎の子にあたる。漱石と同じ慶応三（一八六七）年生まれ。一葉より五歳上。則義が倒れた明治二十二（一八八九）年の五月には、姉の夫の援助を受けて、東京専門学校（現・早稲田大学）に通っていた。渋谷家は兄の仙二郎が継いでいたため、樋口家に婿入りすることに問題はなかった。

則義の死と同月、七月に東京専門学校を卒業。これからどうするかというときに、しかし一葉との縁談は破局した。

というのも、渋谷は卒業後もさらなる勉学への志やみがたく、そのための多額の学資の援助を樋口家に求めたからだ。縁談の承諾が欲得ずくだったと思った一葉の母・たきが渋谷を拒絶した。則義が亡くなった弱みにつけこまれたとも思った。

しかしこのことで渋谷を責めることができるだろうか。彼もまたこの時期の、『学問のすゝめ』にのっとって大志を抱く青年の一人だった。これは投資であり、自分が婿入りする以上、ひいては樋口家の発展にも繋がることだった。不当な要求とは思わなかっただろう。すくなくとも悪気はなかった。その証拠に、こののちも渋谷は悪びれることなく樋口家と交際をつづけようとする。むしろ破談の理由がわからず、首をひねっていたのかもしれない。

だが、樋口家は渋谷を援助しようにも、自家の経済さえたちゆかなくなるところだった。渋谷は羽振りの良かった頃の樋口家をしか知らなかった。たきからすれば、人の家の事情も知らないで、という腹立ちもあっただろう。理由をきちんと告げることも恥ずかしくてできないままに、断りを入れてしまった。つまり、二度目の破談の原因も要は樋口家の貧乏にあったことになる。

もし父・則義が生きていれば、あるいは莫大な財産を遺していれば、渋谷からの援助の申し込みにそれほど腹を立てることもなかったろう。むしろ、渋谷は非常に優れた投資対象だったのだ。則義もだからこそ一葉と樋口家を託そうと思ったのだ。しかし、樋口家にはもう投資するだけの資金がなかった。

渋谷三郎肖像（『東北六県酒類密造矯正沿革誌』より）

一葉自身はこの破談に異を唱えなかった。とはいえ、心にはわだかまりが残った。のちの日記に、渋谷についてこう記している。

我もとより是れに心の引かるゝにも非ず、さりとて憎くきにもあらねば

『しのぶくさ』

好きでもなく嫌いでもない、というのであれば、十分結婚はできただろう。それが当時の結婚の常識だ。結婚は自分個人のためというより家のためにある。このときまだ満十七歳で、恋は和歌や物語の中で予習していたが、熱き思いで胸を焦がしたことはなかった。ただ、一葉が書き物に使った紙の余白には、のちに登場する半井《なからい》桃水《とうすい》とともに渋谷三郎の名が度々手習いのように書かれている。のちになって渋谷の夢を見たことも日記には書き込まれている。恋とまでは言えないかもしれないが、ずっと気にかかる人物であったことはたしかだろう。もともと心ひかれていたわけではない、と誰に見せるわけでもない日記でことさらに弁明することに、屈折した思いがはしなくもあらわれている。

だが一方、戸主となって一年以上、一葉には既に樋口家の当主としての自覚が備わっていた。一家の主にとって大切なのは、自分の気持ちよりなにより、「家」を立派に守ることである。

しかし、よき婿を迎えるために必要な先立つものが、もうこのときの樋口家にはなかった。

渋谷はのちに秋田県知事、山梨県知事、早稲田大学理事などを歴任する。「家」として考えるならば、一葉は良縁を逃したと言うしかない。渋谷がそこに至る前に一葉はこの世

を去ってしまうのだが、もし渋谷に縁づいて裕福な暮らしをしていれば、病魔に蝕まれてこれほど短命に終わることもなかったかもしれないのだ。

仮定の話はさておいて、一葉に具体的な結婚の話がもちあがったのは、生涯にこの二度しかなかった。まだまだ若く適齢期を越えない一葉にとって、しかしこのあと結婚はどんどん遠ざかっていく。

一つには戸主になってしまったからだった。この時代の戸主には、誰を「家」の一員とするかを決める権利、家族の居所を定める権利があり、一方で家族を扶養する義務、家を存続させる義務が課せられた。女戸主も認められたが、入夫婚姻（婿取り）をして息子を生み、早い段階で隠居してその息子に戸主を譲ることが慣習として求められた。つまり、一葉自身は戸主になることにより、他家に嫁に行くことが制限された。基本的に長男とは結婚できなくなったということだ。

またそれに加えて、士族とはいえ、樋口家は既に婿を迎えるほどの家ではなくなっていたからでもあった。もはや財産も、秩禄のような定期収入もなく、入夫するメリットはあまりなかった。言い換えれば、金さえあれば、夏子の夫として樋口家の戸主になろうとする男はいくらでも見つかったはずだ。ただそのときには作家「一葉」は生まれなかっただろうが。

萩の舎のはじめての発会に際して独り言ちた「家は貧に」が、まだまだ甘い感傷だったことを一葉は少しずつ自覚しはじめる。あのときはまだ自身の「貧乏」を散文に仕立てて、そこからの逆転を描く余裕があったが、今は現実的な「貧困」が目の前に迫っていた。

経済的自立への模索

虎之助の許に身を寄せた母娘三人の居心地は決して良くなかった。

そもそも実の親子でありきょうだいであり、子どもたちは誰も結婚もしていないのだから、共に暮らす方が当時としては自然だったろう。しかし、身から出た錆《さび》とはいえ、分籍された虎之助に家を追われたという意識のなかろうはずはない。しかも、兄と父とが死んだ後も籍は戻されなかった。そこへ本家の女三人が転がり込んだのだ。特に母と虎之助の折り合いが悪かったと伝わる。

女たちの居心地も悪かったろう。男が働き女が家を守るのがあたりまえだった時代でも、ここには二つの「家」があり、二人の戸主がいるのだ。女だけの「家」は自分たちでなんとかしなければならない、という思いが女三人の中にあった。

虎之助の家での同居のはじまった九月以降、その年の日記は途絶える。再開されるのは、

年が明けて明治二十三（一八九〇）年一月のことで、その最初の日が、小正月も過ぎたばかりの十六日である。

朝来曇天　十時頃より追々快晴と成る　午後四時過頃野尻君来ル　晩飯ノ馳走ヲナス　職人小僧ヲ芝山門エ《ママ》遣ス　十一時頃帰宅スルニ依リテ烈シク談ジヲナス　該夜野尻君一泊

『鳥之部』

この「烈シク談ジヲナス」の内容は書かれていない。しかし、翌十七日には、妹・邦子の奉公口を探すために、一葉が一緒に朝から方々を歩き回ったことが記されている。昨年九月以来、いかにしてこの居食いの状況を打破するかを考えていたのだろう。だが、どうすることもできないまま数か月がいたずらに過ぎた。そして正月気分も抜けたところで、家族の間に衝突が起きた。そのため慌てて邦子が奉公に出ようということになったに違いない。

しかし、ふさわしい口は見つからなかった。これは一葉と妹だけで決めたことらしい。帰宅して不首尾を報告した一葉たちに対して、母と兄はそもそも邦子を奉公に出すこと自

体に反対した。このとき邦子はまだ満十五歳。かわいそうにも思ったろうし、もしかするとこの末娘が母と兄との間の潤滑油になっていたのかもしれない。結局、邦子を奉公に出すという話は少なくとも当分見合わせることになった。

ところで、この「烈シク談ジヲナス」間も家にいて話を聞いていた野尻とは何者か。父・則義の葬儀のときもいろいろ立ち働いて樋口家を助けていた。

野尻理作は、一葉の父母と同郷で、甲府の徽典館《きでんかん》を出た後、帝国大学文科大学古典講習科に進んでいた。進学に際して、父・則義が保証人となり、実家からの学費の送金なども則義宛てになっていた。一葉より五歳年長だった。

男手のなくなった樋口東京本家にとっては、なにかと頼りになる存在だった。妹・邦子が密かに思いを寄せてもいた。理作の方は、一葉を慕っていたと伝えられる。則義亡きあとも、野尻家は樋口家を通して理作に送金した。

それほどの結びつきだからだろう。この年、三月二日に、理作に二〇円を貸したという記録が残る。これがなんのための借金だったのかはわからない。きちんと返金されたのかもわからない。だが注目すべきは、この時期の樋口家にはまだ他人に貸す二〇円の余裕はあったということだ。生産価値としてなら現在の約五〇万円、消費価値としてなら約六〇万円。大金だ。

いや、はたしてほんとうに余裕などあったのだろうか。世話になっている理作のためだからと、なけなしの貯金をはたいたのではないか。

というのも、その翌月には、自ら第三回内国勧業博覧会の売り子になろうとしているからだ。当時の売り子がどのようなものだったか、一葉自身が習作で書いた小説の一節がそれをなまなましく示している。「おやへ（八重）」とその兄、母の会話部分である。

「今度上野へ何とかいひましたつけ、何でも博覧会みた様なかん工場のやうなものが出来舛《まし》て、夫《それ》のマア売子ですねへ。十五位から廿五六までの女をほしいといふの。そして給料は一番下等で一日七銭ですとさ。夫から廿銭まで有といふの（中略）お前もしやつてみる気があるなら頼んで上るよと仰しやつてくださいましたの。でも私は、一応母や兄に聞ましてからといつてしつかりへんじはしませんでしたけれど、やつてみたいと私は思ひます（中略）

「一寸聞《ちよつときく》とい丶ようだけれど、中々いふ様な訳にはいかないからねへ。最下等が七銭といつたら七銭を目安にしなくちや。当事《あてごと》といふものは多くはづれ安いから、夫よりも第一はそんな多人数に顔をさらすのもあんまりお前気のどくでねへ。私には何とも。しかしねへ、おつかさんどうでしよう

「左様さねへ。わたしもマアお前のお説さ外の事はとも角も、おやへがあんまりかわいさうだから

「アラおつかさんも兄さんもそんな事仰しやつちやいけませんよ。何に顔をさらすたつて人に恥る事をするのじやなし（中略）人中へ顔を出さないなんかつていふのは昔の事ですわ。ましてわたしらなんざ何かまふことが有ますもんか、いくらでも御金のとれることをして早くよくなる工夫をするのですもの。夫に最下等の七銭より外とれないだろふといふこともなかろうかとわたしや思ひ舛わ。何でも是までといふ制限が有事でも其極りよりうへに上りたいのよ。一番上等が廿銭なら廿二三銭とれる様にしたいのネー。兄さんどうぞ出して頂戴な。（後略）

『作品1（残簡その一）』

もちろんこれは小説として書かれたものだが、当時一葉の置かれた現実を示唆して余りある。書かれた月日を確定することはできないが、残るものの中ではおそらく最も早い。この年の五月から中島歌子の内弟子として萩の舎に住み込むが、そこで書かれたものと推定される。

「博覧会みた様なかん工場のやうなもの」すなわち内国勧業博覧会とは、政府主導で、国

内の産業を振興し輸出品を育てるために、東京で三回、京都と大阪で一回ずつの計五回開かれたものである。東京での最後となる第三回は、明治二十三年四月一日から七月三十一日まで、上野公園で開催された。入場者数一〇二万三六九三人。

この習作断片で、「おやへ」は売り子になることを兄と母とに相談しており、一葉自身の立場と重なる。もちろん一言一句このとおりではなかったにせよ、同様のやりとりが樋口家でも交わされたのではないだろうか。

やってみたいと言う娘に対し、懸念材料は二点。

一つは賃金の安さである。生産価値で換算すると、七銭は現在の約一七五〇円。時給ではなく日給である。二〇銭でも五〇〇〇円。何時間働かされるのかはわからないが、世慣れた兄はこの最低賃金に甘んじる覚悟が必要だと説く。

もう一つは、「多人数に顔をさらす」のが気の毒だということだ。つまり、女性が働く姿を人に見せるのははしたないという「常識」が兄や母にはあった。一葉の母・たきはかつて旗本の家の乳母を務めたが、邸の奥深く、人目に晒《さら》されることはなかった。一方、売り子とは、みっともない仕事と思われた。

しかし「おやへ」は、女性が働く姿を晒すのを恥じるのは旧時代の精神だと敢然と反論する。賃金も自分の働き次第で最高額をさらに上回ってみせると胸を張る。この時点では

まだ数え九歳の頃の「あはれくれ竹の一ふしぬけ出でしがなとぞあけくれに願ひける」という出世意欲は健在だ。

小説ではたして「おやへ」がめでたく売り子になれたかどうかはわからない。このはじめての習作は、引用部分で全体の三分の一程度になるほどの断片でしかない。現実では一葉が売り子になることはなかった。妹・邦子が奉公に出ようとしたときと同じような母や兄からの反対があったのかもしれない。

いずれにせよ、片方で知人に現在の価値で五〇万円以上もの金を貸しつつ、もう一方で、自分は二〇〇〇円に満たない日給で汗をかいて働こうとする一葉の金銭感覚は、一見不思議とも思える。いや、もっと端的に言えば、金銭感覚がおかしい、あるいは経済観念というものがないのではないか。

かつて両親に迷惑をかけるほど金にだらしのなかった虎之助すら、おかしいと思ったに違いない。自分のところに寄食していながら、赤の他人に大金を貸すのだ。そんな金があるなら、とも思っただろう。

内国勧業博覧会の売り子を諦めた一葉は、少しでも食い扶持を減らすため、師の中島歌子に頼み、萩の舎の内弟子にしてもらうことにした。五月のことだ。

思い出の本郷へ

日記『鳥之部』は、父の死を中心に、硬質な漢文訓読体で、主観を交えずに事実のみが淡々と書かれていたが、前書きと後書き部分だけは雅文で、思いが溢れ出している。

さま〴〵に思ひみだれたる折の事にしあれば、忘れたるもいと多くしらで過つるも少なからねど、時過程隔たりてはいよ〳〵しれ難くやあらん。今はた思ひ出るまゝに、我しりたるをのみしるすになん。

涙のとしの葉月廿日頃、みの虫のちゝよ〳〵と嵐のやどりにしるす。

この前書きによれば、父の死の七月十二日から書き起こされてはいるが、実際に筆をとったのは八月二十日で、ひと月あまりのことを一気にまとめて書いたのだった。一葉の日記全般に言えることだが、その日その日の終わりに今日あったことを記すというより、あとからまとめて書くことが多い。そうすると自然に話の中心が生まれ、それとの関係で記憶が取捨選択される。それは日記をおもしろくするが、その取捨選択に働いたであろう意識をも読み込むことが要求されてくる。

『身のふる衣』のテーマは萩の舎での逆転劇、この『鳥之部』の中心はもちろん父の死だった。この前書きの「みの虫のちゝよ〳〵と」という部分は『枕草子』の第四〇段を踏まえている。そこには、親に逃げられた蓑虫《みのむし》が、八月の風の音を聞きながら「父よ、父よとはかなげに鳴く、いみじうあはれなり」とあった。

かつての名門から落魄しつつ、頼る者もないまま女性として身を立てようとした清少納言に自身を重ねつつ、この痛切な思いを抱え、しかし日記本文では感情を一切入れなかった。この文体は、父・則義の日記のそれに似ている。文体を通じて一葉は「父よ、父よ」と泣いていた。

「嵐のやどり」という語は父亡きあとの暮らしの困難を予期していたことを示している。日記本文は、三月十四日の「母君、先生へ行」という一文で終わっている。母・たきが一葉を内弟子にしてくれるよう頼みに行ったのだろう。

そのあとの後書きは次のようになっている。

世の中の事程しれ難き物はあらじかし。必らずなど頼めたる事も大方は違ひぬさえひたぶるに違ふかとすれば、又さもなかりけり。いかにしていかにかせまし。唯、物の成行を見てこそ頼つめやなん〳〵。

浮草の根を絶たるがごと、青柳のかぜになびくがごと、みさほなきこそよは安けれ。

これが十八歳の娘の人生観だろうか。〈世の中に絶対頼りになるものなどない、とはいえまったく頼りにならないかと言えばそうでもない。頼れるかどうか、物事の成り行きをよくよく観察せよ。何かに操など立てず、その成り行きに身を任せるのが処世のコツだ〉と言う。この頼りなく揺れ動くイメージは、のちの「一葉」というペンネームに結びつくことになるだろう。

長兄も父も、決して家族をないがしろにするような人間ではなかったが、自分自身の運命をコントロールすることはできず、家族をおいて先に逝ってしまった。婚約者には頼るどころか頼られた。次兄は辛うじて半年ほど家に置いてくれたが、これ以上は頼れそうもない。「嵐のやどり」がまさにはじまろうとしていたが、頼りになりそうな男は周りにいない。「いかにしていかにかせまし」。

ならばはたして中島歌子は全面的に信頼してよいのだろうか。一葉の人生観からすれば、それは危険だということになる。そしてそのとおり、はじめは何もかもうまくいっているように見えた萩の舎での内弟子生活も、すぐに「頼めたることも大方は違ひぬ」ことが明らかになる。

五月に芝の兄・虎之助の家を出て萩の舎に住み込んでしばらくは、歌子もその母・幾子もちやほやと客人扱いしてくれた。六月には、自分が売り子になろうとした第三回内国勧業博覧会に幾子が連れて行ってくれた。

七月に、一葉は会ったことのない母方の祖母・古屋よしに次のような手紙を出した。

日ましの御暑さに御座候へど、御祖母様にはいつも〳〵ご機嫌よくいらせられ候や御伺申上候。東京にてはみな〳〵かはることもなく暮し居候間、御安神願上候。私ことは去る五月中より例の歌之師匠之方へ参り居候。それかれに而度々御機げんも御伺不申上御免し被下度候。御聞及びも被為入候が、この中嶋と申は民間にての評判はあまり高からず候へど、宮内省にては下田歌子と申人と一二と申うわさに御座候。夫故弟子と申はいづれも花族勅任之類のみに御座候間、私共の見聞致し候事はいづれも上等ならざるはなく、我々平人のしらざる事のみにて一々驚入候。これと申も親のいたしくれ候事と有がたく覚え候。私身分は寄宿生にもこれなく、奉公人にてもなく、娘同様に致しくれ候間、少しも心配はこれなく候間、御安神願上候。中上度事は海山つきせず候へど、筆まはりかね候間、先は御機げん御伺のみに御座候。

草々かしこ

『身のふる衣』のときには屈辱の種だったはずの塾生たちの身分は、ここでは逆に自慢の種になっている。どれほど窮しようと、一葉は萩の舎をやめようとはしなかった。つかず離れずの距離を保ちながら、「物の成行を見て」いたのかもしれない。

注目すべきは、「私身分は寄宿生にもこれなく、奉公人にてもなく、娘同様に致しくれ候間、少しも心配はこれなく」という一節である。たしかに博覧会に連れて行ってもらうなど、はじめこそ手厚い待遇を受けていたが、六月に、定という名の女中が辞めてから、一葉がその代わりに家事全般を行っていた。

もちろん内弟子というものは、師匠の身の回りの世話全般をするものではあろう。しかし、それまでいた女中が辞めて、その一切を引き受けるとなれば、弟子でなく無給の女中なのではないか。このタイミングで女中が辞めたのはたまたまなのか。結局、定の代わりの女中は入ってこなかった。

この間、一葉は家事の忙しさで歌を詠むことなどできなかった、と妹・邦子が後年述べている。「少しも心配はこれなく」というのはあくまで祖母を安心させるための方便だったのか。日記の人生観からすれば、これくらいの「嵐」、これくらいの人の世の信用できなさは予期できていたのではないかとも思われる。

とはいえ、女中仕事をするために内弟子になったわけではない。一方、残してきた母は、兄とますますぶつかるようになってきた。一葉はそれを口実に、萩の舎を出て、母と妹とを引き取ることにした。大柄な母と妹との間で、一番華奢《きゃしゃ》な一葉が戸主として新たに家を構えることにしたのである。

場所は本郷区菊坂。かつて暮らした「桜木の宿」を少し西に下ったところである。萩の舎まで歩いて行けるし、近くには姉・ふじの久保木一家も暮らしていた。生計は女三人で裁縫や洗い張りをして立てようと考えた。

ここからはいよいよ誰にも頼らず自らの力で生きていこうと腹を括った。まだわずか満十八歳のときのことだった。

第四章　恋と文学と借金と　十八～十九歳

兄と父とを相継いで失ったことが樋口家の凋落のきっかけになるだろうことは、残された一葉にも十分自覚されていた。戸主としての一葉は、ある決意をもってこの運命に抗おうとする。

それが、小説家になる、ということだった。

数え二十歳をもって、萩の舎の先輩、三宅花圃に倣って小説家デビューを果たすべく、具体的な行動に出るが、そのなかで半井桃水という小説家に出会い、師事することになったのは大きな転機となった。俠気《おとこぎ》に溢れる桃水に対して、たんなる師へのそれを超えた思いを抱くようになり、桃水との関係で激しく一喜一憂する。

恋に胸を焦がすのもはじめてなら、小説も書きはじめ、そして一方においては借金生活のはじまりと、新しいことが一気に押し寄せて、荒波に揺られる一葉の舟としての自身を自覚する一葉だった。

明治二十四（一八九一）年　十九歳

一月頃　三宅花圃に倣い、数え二十歳を期して小説家として身を立てることを決意。

四月　十一日　隅田河畔の吉田鎌子《かとりこ》の邸宅での花見に誘われる。

十五日　半井桃水を初訪問。

六月　十七日　半井桃水から自作の小説の厳しい批評を受ける。

七月　二十一日　稲葉寛来訪。落魄し、車夫になろうという。

八月　三日　妹・邦子が、蟬表《せみおもて》の技術で第一との評判を聞く。

九月　七日　母・たきが浅草の三枝信三郎《さえぐさ》のところに借金に行く。

八日　母・たき、小柳町の望月米吉・とく夫妻のところへ赤子の見舞に行き、借りた金の一部を又貸しする。

十月　二日　藤田屋が来て、七円を来月返金の約束で貸す。

十日　兄・虎之助から、金銭的苦境を知らせる手紙。

◉明治二十年代前半の一円の価値

生産価値（巡査の初任給による）　一円≒二万五〇〇〇円

消費価値（かけそばの値段による）　一円≒三万円

「縁」から「円」へ――本郷菊坂

明治二十四（一八九一）年が明けた。満で言えばまだ十八歳だが、一葉自身は一月一日に二十歳になったという自覚を持った。萩の舎の先輩田辺龍子が花圃の名で金港堂から『藪の鶯』を出したのは満で十九、数えで二十一。それで花圃の得た稿料三三円二〇銭は、裁縫と洗濯とでようやく身過ぎをする今の一葉にとって垂涎の的だった。

自分も小説家になりたい。

そこはかとない思いはこれまでも胸の奥に秘めてきた。花圃は逍遥の『当世書生気質』を読んで、これなら自分も書ける、と思って『藪の鶯』を書いたが、一葉も『藪の鶯』を読んで、これなら自分でも、と思った。似た口調の習作もいくつか実際に書いた。第三章で見た『作品1』の文体も明らかに花圃の影響を受けている。

ただどれも断片どまりで、作品として完成したものは一つもなかった。しかし、今年こそ世に出したい。言いかえれば、作品を仕上げてなんとしてもお金に換えたい。そうしな

ければならない台所事情だった。

この頃の樋口家の収支を推定してみよう。一葉晩年に、短いながら親しい時間を持った男に、横山源之助がいる。毎日新聞の記者で、一葉とも貧困の問題について話し合った。彼が明治三十二（一八九九）年に出した、『日本の下層社会』というルポルタージュが手掛かりになる。

まず収入だが、裁縫と洗濯だけが収入源だった。しかし通りに看板を掲げて店を出したわけではない。あくまで知人から頼まれたものを引き受ける、その都度都度の賃仕事である。定期的な内職とすら言えない。当時の女性の内職には、マッチの箱貼りから編み物、煙草巻きなどさまざまあったが、賃金にそれほど差はなかったそうだ。大抵、一日六〜七銭。仮に女三人総出でやれば、二〇銭前後にはなる。毎日決まった量の仕事が入るわけでない樋口家の一日の収入は、これより低いことはあっても高いことはなかったろう。月にすれば六円ほど、現在の生産価値なら一五万円ほどだ。

一方、支出に関してだが、横山の調べによれば、ある人力車夫の一日の費用は次のとおり。

米代：二八銭六厘　石油代：八厘　薪代：二銭五厘　炭代：三銭

朝の汁：二銭　家賃：四銭　おかず：五銭

合計四五銭九厘

これは一人の老婆、二人の子供を抱える五人家族だというから、樋口家よりかかりが多かったかもしれず、また十二月の記録だというから、他の季節より薪代、炭代が高くなっているだろう。

米代：一七銭　酒代：三銭　薪炭代：二銭　煙草代：七厘　肴代：四銭
石油代：五厘　子供の小遣：一銭　布団損料：二銭六厘　家賃：二銭五厘

合計三三銭三厘

こちらは子ども一人を持つ芸人の三人家族である。樋口家で煙草を喫《の》む者はいなかったが、酒はたまに母が飲んでいたようだ。

さまざま細かい違いはあるが、この二例から考えるに、三人家族の樋口家では、一日あたり最低でも三〇銭程度はかかっただろう。月では一〇円弱、現在の消費価値で三〇万円ほどになる。

となれば、単純に考えて、一日二〇銭では費えの約半分強しか稼げず、毎日一五銭ほどの赤字となる。しかも、父・則義が事業に失敗して遺した借金もあった。逆に、わずかながら父が人に貸した分もあり、その返済を受けもしたが、こちらが返さねばならない額の方が多かった。この借金の分を除いても、月に四円は足りない。多くもない貯えを切り崩していく以外に生活は成り立たなかった。

兄の虎之助の許を出たのは甘い見通しだったかもしれない。それでも、母と兄との関係は悪くなるばかりで、自分は萩の舎で給料の出ない小間使いのような立場に置かれ、自立はやむをえない決断だった。

さてではどこへ行こうかと考えたときに、本郷という土地に一縷《いちる》の望みを見出した。かつて「桜木の宿」で安楽に暮らした思い出に浸ろうとしたわけではない。そこには「親戚」が多く暮らしており、その「縁」に縋ろうとしたのだ。

まず姉・ふじとその夫・久保木長十郎が同じ町内にいた。

さらに父の「兄」、西村熊次郎こと上野兵蔵が本郷六丁目に、同じく「伯父」安達礼助が息子の盛貞の代になり、ほど近い湯島天神町に住んでいた。この「兄」とか「伯父」とかは、父・則義が御家人の株を買うために偽装した縁戚関係だった。しかし、逆に、血縁を装ってくれるほど親しい間柄だったということもできる。

また、かつて父の仕えた菊池隆吉の未亡人が本郷元町で「むさしや」という紙問屋を営み、母・たきが乳母として仕えた稲葉鉱が夫の寛とともに本郷五丁目に、さらに稲葉家に仕え、則義とたきが仲人になった森良之進の息子・西村釧之助《せんのすけ》が小石川表町で「礫川堂」という文房具の店を出していた。

一葉は、樋口家にとっての旧幕時代からのネットワークの中に、再び入っていこうとしたのだ。

しかし、明治の東京で生まれた一葉にとって、それは時代錯誤な挑戦だった。

一世代以上前なら、真下専之丞がそうしたように、同郷の者たちを集め、互助的な組織を形成することができた。だが、その後を継ぐかと期待された父・則義は失脚した。

それは個人の才覚というより時代の趨勢《すうせい》によるものであり、「個」という最終単位に向かって「家」などの集団が急激に解体されてゆく時期に、他人から無償の援助を期待することはできなかった。人と人との間に貨幣経済というものが深く浸透しはじめていた。

現代人にとっては、多くの関係は仕事上すなわち経済上のものであり、仕事が終われば関係も解消されるのが当然だが、近代以前はそうではなかった。一度結んだら死ぬまで続く「縁」が、人間関係の中心であった。明治とは、しかし、その都度結ばれ、決済とともに終了する「円」＝金に基づく関係性の時代の幕開けだった。

一葉はその「縁」から「円」への流れに逆らって、「縁」を頼りに「家」を維持しようとしたのである。しかし、樋口家の周りには無条件で誰かを助けることのできる余裕のある「縁者」は誰もいなかった。一時的にわずかに支え合うことはあったにせよ、一方的に助けつづけることはできない。大きく支えるときには、必ずその見返りが求められるようになってきた。

夏目漱石は、この時代の流れを、デビュー作のなかでしっかり見据えていた。

日本でも山の中へ這入って見給え。一家一門ことごとく一軒のうちにごろごろしている。主張すべき個性もなく、あっても主張しないから、あれで済むのだが文明の民はたとい親子の間でもお互に我儘《わがまま》を張れるだけ張らなければ損になるから勢い両者の安全を保持するためには別居しなければならない。欧洲は文明が進んでいるから日本より早くこの制度が行われている。たまたま親子同居するものがあっても、息子がおやじから利息のつく金を借りたり、他人のように下宿料を払ったりする。親が息子の個性を認めてこれに尊敬を払えばこそ、こんな美風が成立するのだ。この風は早晩日本へも是非輸入しなければならん。

『吾輩は猫である』

日本の田舎ではあたりまえな大家族は解体され、親子は別居し、あるいは同居していてさえその間に金銭というものが介入してくる時代が予見されている。樋口家はまさに、山梨の田舎暮らしを嫌って「文明が進んでいる」江戸＝東京に出て、さらには次男の虎之助と別居を決めたのではなかったか。

その一方で、擬制された「縁者」たちの関係性に頼ろうというのは、計算が甘かったと言わざるをえない。

とはいえ、それ以外に母と兄との諍《いさか》いと、萩の舎での自分の不遇を解消する手立てを見出すことはできなかったろう。その中で本郷を最善の場所として選んだのだ。

新たに居を定めた本郷菊坂は、萩の舎にも近い。芝の虎之助のところからは、小石川水道町の萩の舎まで通いづらかった。

それにしても、日々の暮らしに事欠きながらも、一葉は歌塾に通うことを止めなかった。いや、実は日々窮していたればこそ、萩の舎が必要だったのだ。兄のところから母と妹を引き取って自立するにあたっては、萩の舎に集う上流階級の人たちを裁縫や洗濯のお得意様にしようという目算があった。

中島歌子が最大の顧客だった。仕事を請け負ったそれ以外の塾生の名前は日記にはほと

んど出てこないが、一葉は萩の舎に通う度に、そこに居並ぶ黒塗りの立派な人力車を横目で見ながら、一人、仕立物や洗濯物の入った大きな風呂敷包みを背負って門を潜った。生きるために忍ばねばならない屈辱だった。

その生活を支えたのは、萩の舎での自分の地位だった。一葉は、三宅花圃、親友の伊東夏子とあわせて、「萩の舎の三才媛」と呼ばれていた。歌子が月のもので体調の優れないときなど、代わりに指導することさえあった。若いながら歌子の一番弟子をもって任じていたところもあろう。

本郷菊坂は、プライドと貧困との狭間にある一葉を象徴するような場所だった。

同じ本郷でも、赤門向いの「桜木の宿」とはあまりに違う。二〇〇坪のお屋敷から、二間ばかりの借家へ。しかも今度の土地は菊坂と言っても坂を下りたところであり、赤門のある本郷台地の崖に北東側と南西側とを挟まれた、今でこそ風情溢れる路地が探訪の名所となっているが、当時は貧しい人びとの小さな家が立ち並ぶ場所だった。

赤門前の標高が約二四メートルなのに対し、菊坂の住まいは約一〇メートル。距離にすれば徒歩三分もかからないが、これだけ下るのだ。それは樋口家の没落そのものを象徴していた。少なくとも一葉や家族はそう感じざるをえなかった。よかったのは、萩の舎に通うなら、九年前の家より少し近く、坂の上り下りがないことくらいだったろう。

小説の練習台としての日記

土曜の稽古は欠かさず、それ以外にも歌子の用事で呼ばれれば出向き、あるいは塾の季節の催しなどにも無理して参加した。それは萩の舎での「縁」を切らないためだった。たとえば、明治二十四（一八九一）年の四月十一日には、塾生の一人、吉田鎌子に招かれ、萩の舎の面々と隅田河畔まで花見に出かけている。

広大な邸内や近所をそぞろ歩きしながら、ちょうど隅田川で行われていた大学ボートレースを双眼鏡で見物したり歌を詠んだり、その間、お供の男たちには酒を振る舞ったりと一大饗宴であった。おそらくそこに集ったお嬢様方の装いも、かつての発会に劣らぬ華やかなものばかりだったろう。そこに立ち交じって精一杯の愛想をつくりながらも、一葉の思いは複雑だった。

そもそも家を出るときには、毎日引き籠って内職ばかりしている妹・邦子を不憫《ふびん》に思い、途中まで連れ出して、吉田邸に行く前に上野の山を一緒に散策した。本郷の側から山を登って反対側に降りると、そこはかつて暮らした御徒町のそばだった。たった八年の間に町は変わり果てていた。なにより変わったのは明治十八（一八八五）年の上野駅舎の完成だ。

一葉はそれに加えて、区役所や郵便局などの建物に驚いた。それは新時代の到来に心を躍らせるといったようなものではなく、かつて今より豊かに穏やかに暮らしたあの暮らしが二度とは戻らないことを思い知らされた落胆だった。ここで共に暮らした父を想って思わず歌と涙がこぼれ出た。

山桜ことしもにほふ花かげにちりてかへらぬ君をこそ思へ

『若葉かげ』

途中から人力車に乗り、隅田川まで行って、今に残る名物、長命寺の桜餅を買って母への土産とし、そのあと妹を家に帰した。貧しい中でも妹を人力車に乗せて花見をさせ、母への気遣いも忘れなかった。

吉田家に着く前に、こうして亡き父を含め、家族のことで頭をいっぱいにしていた。純粋に花見やボートレースや遊びとしての歌を楽しめるはずなどない。

この千々に乱れた思いをこそ書き留めようとして、新たな日記が書かれた。『若葉かげ』と題するこの日記は、『身のふる衣』とは異なり、歌会での勝利や父の死のような特定の話題の焦点を一見持たない、はじめての日記らしい日記である。

書かれた時期はふた月ばかりだが、しかしここには一葉の人生にとって大きな転換点となることが書き込まれている。それは書き手として生きる決意である。『若葉かげ』の冒頭に置かれた前書きには次のようにある。

おもふことといはざらむは腹ふくるゝてふたとへも侍れば、おのが心にうれしともかなしともおもひあまりたるをもらすになん。さるはもとより世の人にみすべきものならねば、ふでに花なく文に艶なし。

『若葉かげ』

〈言いたいことを言わないと腹がふくれる〉という、清少納言の『枕草子』に自分も倣って、〈嬉しかろうと悲しかろうと、ともかく思いから溢れることを書き連ねるのだ〉という。〈ただ、世間の人に見せるべきようなものではないから文章は拙い〉とあらかじめ謙遜してみせる。

しかし、謙遜とはそもそも他者がいなければ存在しえないものだ。一葉は一体誰に対して自分の文章の拙さの弁明をしているのだろう。〈世間の人に見せるべきものでもない〉と言明する中に、誰かに見せることへの意識が既に確実に入り込んでいる。

この日記が赤の他人に読まれることにどこまで自覚的であったかはわからないものの、少なくとも人に読まれてもよいものたるべく意識されていた。十一日の花見をめぐる一日の描写は、小説内の一場のスケッチとして読まれてもまったく遜色ない。謙遜にそぐわない達筆の美文である。

『若葉かげ』は小説家になるための備えとして書かれた。少なくともその決意をもってはじめられた。そうでなければ、巻頭一日目だけで三〇〇〇字近くを費やしたりはしなかっただろう。毎日このペースで日記を書き進めるのは大変すぎる。

実際、花見のあと三日は何も書かれない。というより、十一日から四日間をかけてこの花見の一日の記述が練られたのではないだろうか。

新たな師との出会い

次は十五日に飛ぶ。一葉の生涯にとって運命の日と言ってよい。こののち、師とも兄とも思い人ともなる、半井桃水に初めて出会った日である。

一葉が萩の舎の縁で裁縫や洗濯の仕事を受注したように、妹・邦子は自分の通っていた裁縫学校の生徒の伝手を頼った。その中に、東京府立高等女学校生徒の野々宮菊子がおり、

その学友に鶴田たみ子がいた。たみ子は福井県敦賀《つるが》の出身で、半井桃水の家に寄宿していた。たみ子自身と、またそこから半井家の繕い物や洗濯物を、邦子は請け負ってきていた。

当時、半井家は、妻を亡くした三十歳の当主桃水が、弟の浩と茂太、妹の幸子、そして鶴田たみ子を監督しつつ、一つ屋根の下で暮らしていた。

その桃水を、野々宮菊子が一葉に紹介してくれるという。

東京朝日新聞に書いている小説記者だ、ということくらいしか知らなかったが、それでも願ってもない話だと一葉は思った。というのは、三宅花圃のデビューには、後ろ盾として坪内逍遥がいたからだ。『藪の鶯』は、坪内逍遥の校閲があればこそ、出版もでき、話題にもなったのだ。自分だって伝手さえあれば……かねがね心の底でそう思っていた。一葉は、花圃にとっての逍遥の役割を桃水に期待した。ただちょっとプロの小説家に会って見ようとか、桃水の小説に感銘を受けて、その作者の謦咳《けいがい》に接したいと思ったとかいうわけではなかった。

そうではなく、自分の小説を世に出す仲立ちをしてほしいという切なる願いからであり、悪い言い方をすれば、桃水はあくまで出世のための道具にすぎなかった。

家を訪ねると、桃水は留守で、妹の幸子が出てきて応対してくれた。やがて帰宅した桃水は、女性が小説で身を立てることなど止した方がよいと諭した。というのも、まだこの

ときまでに日本に女性の職業作家など一人もいなかったからだ。しかも小説家はやくざな商売だと思われていた。逍遥などはそうした風潮に風穴を開けようと、文学の地位向上のために奮闘していたのではあるが。

しかし一葉は、針仕事くらいでは母娘三人が生きていくのは難しいと食い下がった。桃水の回想ではこういう押し問答があったが、一葉の日記では桃水からの反対は記されず、ただ「我れ師といはれん能はあらねど、談合の相手にはいつにても成なん。遠慮なく来たまへ」と、一葉をすぐに受け入れたことになっている。その日の日記には、第一印象の美男ぶりからはじまって、夕飯をご馳走してくれ、雨が降る中、手回しよく帰りの人力車まで手配してくれる親切尽くしと、ひたすらに桃水の美点が羅列される。

このときの対話で重要なのは、桃水の文学観である。〈自分が書く小説はあくまで父母弟妹を食べさせるために読者の幼稚な文学観に合わせたものであって、自分でも満足してはいない。新聞の小説には奸臣賊子《かんしんぞくし》や姦婦淫女《かんぷいんじょ》を書かねばならず、世の学者たちからは非難されるが、いつか自分の思うままに書くときが来れば、そんな非難を受けることはない〉と大笑したという。

「世の学者たち」とはすなわち逍遥一派である。藝術《げいじゅつ》としての小説を安易低俗な戯作から脱皮させようと運動を興した坪内逍遥は、小説家である以前にまずは英文学者なのであ

り、教師としての収入があった。しかし筆一本で食べなければならなかった桃水は、新しい文学の価値を認めつつも、読者の人気を第一に考えなければならない。

花より団子、藝術性より金だ、と言うときの桃水の笑いの裏には忸怩《じくじ》たる思いが隠されていただろう。実際、桃水が自分の思うがままに書いて、文学史に残るような作品を仕上げる日が来ることはなかった。

しかし、このときの一葉にはそんなものはどうでもよかった。桃水の負け惜しみともとれる発言は、一葉にとっては安心材料であり、勝利宣言ですらあった。読者さえ獲得できれば、父母弟妹を養えるということを桃水自身が示していたのだから。

一葉はこの日、帰り際に「したゝめ置たる小説の草稿一回分丈」を置いていった。用意周到だった。これが訪問の目的だった。できることならこれをこのまま朝日新聞にでも載せてもらえまいか。「一回」というのは、新聞連載の一回分を指す。花圃の顰《ひそみ》に倣って、小説家としてデビューしたいという決意を、この日に行動に表したのだ。

しかし、世馴れた桃水の目からすれば、御殿の奥女中のような地味で遠慮深い娘が勇気を奮い起こして決意を露わにしたからといって、そのとおりに物事が進むほど世の中は甘くなかった。

一葉は、子どものときから新聞を読んでいたが、まだ新聞小説というものがなんたるか

がわかっていなかった。世話になろうという桃水の小説すらろくに読んだことがなかったのだ。鷹揚な桃水は、腹を立てることもなく自分の小説四、五冊を貸し与えた。

デビュー計画の挫折

ちょうど一週間後の二十二日、再び桃水を訪ねる。昨晩は、先週渡した第一回目のつづきとして五回分ほどを清書していたが、あまりに夜も更けたので、母に咎められた。新聞連載でのデビューを空想して、弾む足取りで芝の桃水の家に向かった。

……が、だめだった。新聞小説としては使い物にならないと言われた。ただ、物言いはあくまで柔らかく、「先の日の小説一回、新聞にのせんには少し長文なるが上に、余り和文めかしき所多かり。今少し俗調に」とたしなめられた。

問題は長さと文体だけだと思ったのだろう。昨夜書いた続きの原稿を、添削してほしいと置いて帰った。桃水の困惑した顔が目に浮かぶ。実は話の内容も到底使いものにならないと内心思っていたからだ。

しかし一葉は前に置いていったものを書き直すことなく、二日後には残りの原稿を完成させて桃水に郵便で送りつけた。

次の日、桃水から郵便で呼び出され、翌二十六日の日曜に桃水を訪ねた。このときはじめて具体的な小説の書き方を指南され、題材も提供してもらった。桃水自身が書こうとしていたものを譲ってくれるのだという。なんとも親切な男だったが、つまりは、一葉の書いたものは箸にも棒にも掛からないということだったのだ。この作品でデビューを飾ろうという皮算用は脆《もろ》くも崩れた。

ただ、一葉の執筆の動機があくまで金のためであったことを理解していた桃水は、小説とは関係なく、もし困ったときには遠慮なく相談してくれればできるかぎりのことはすると請け合ってくれた。あくまで親切な桃水だった。さらには、自身の貧乏の来歴を詳しく語ってくれ、それを聞くと、我が家の貧乏などまだそれほどでもない、と思う一葉だった。この日も昼食をご馳走になった。ここから頻繁な桃水詣でがはじまる。

五月に入り、一葉は二日に満十九歳になった。日本で個人の誕生日が祝われるようになったのは、昭和二十四(一九四九)年に「年齢のとなえ方に関する法律」が制定され、満年齢での数え方が普及しはじめてからだという説が一般的だが、少なくとも一葉たちは既にこの頃から旧暦ではあるが、誕生日を祝う習慣を持っていた。年齢はたしかに「数え」、すなわち一月一日に誰もが一斉に齢をとるものだという感覚だったが、同時に西洋由来の「誕生日」も意識していた。年齢を自覚させられる機会は多かった。折節、デビューへの

焦りも募ったことだろう。

八日、桃水のところで、東京朝日新聞の初代主筆だった小宮山即真に紹介される。これも一葉デビューのために桃水がお膳立てしてくれたものだった。月末には新たな小説を桃水に届け、そこで朝鮮の元山からきた鶴を夕飯で振る舞われる。おそらく人生最初で最後の珍味だった。帰りはまたも人力車を仕立ててくれた。どこまでも親切な桃水だった。

六月からは上野の図書館に通いはじめる。小説の題材を仕込むためだった。入館一回につき二銭が必要だった。それ位の出費にはまだ耐えられたが、執筆や図書館通いに時間がとられるということは、その分、内職ができないということでもあった。それでも母や妹は許してくれた。それは、一葉の小説が売り物になるまでの辛抱だと思えばこそだった。

十七日午後。昨日桃水から手紙で呼び出されたので、出向こうとしたところ、父の遺した借金の債権者だった奥田栄がやってきて、出端を挫かれる。借金の返済が滞りがちになっていた。応対で遅くなり、慌てて出かけたが、桃水は留守で、妹の幸子と話しているうちに夕方になり、夕飯をご馳走になる。やがて桃水帰宅。はたして呼び出しの意図は、予想通り、先月末に見せた小説の事だった。

小宮山にも目を通してもらったとのことで、二人からの助言をもらう。死にたくなった。

秋の夕暮ならねど、思ふことある身には、みる物聞ものはらわたを断ぬはなく、ともすれば身をさへあらぬさまにもなさまほしけれど、親はらからなどの上を思ひ初れば、我身一ッにてはあらざりけりと思ひもかへしつべし。

『若葉かげ』

書いた小説にダメ出しを食らったからというだけで、帰り道で自殺を考えるほど感傷的になり、しかし親きょうだいのことを思えば、と踏みとどまったという。

いかにも大仰な書きぶりである。日記であっても読者の目をまだまだ意識しているかのような自己劇化が、この箇所に限らずあちこちに散見される。やがて自身を悲劇のヒロインとして飾り立てるこのような表現は削ぎ落されていくことになるが、まだこの頃、小説の練習台としての日記には未熟さが目立ち、つまりそれゆえ小説家としてのデビューはまだまだ先になりそうだ。一葉自身も、二度たてつづけに作品を否定され、さすがにそのことを自覚しただろう。

蝉表と人力車

決意も新たに、この日を境に桃水を訪ねるのを止め、図書館通いに精を出すことにした。弁当持参で、朝から晩まで詰めて猛勉強することにした。極度の近眼のところに毎日勉強を重ね、頭痛と肩凝りがどうにも耐え難くなったため、灸治にも通わなければならないほどになった。

そんな中でも、母が茄子を植えたり、大家が採り残した梅の実をようやく味噌漉し一杯分集めたり、姉の久保木家から釣りに行ったおすそ分けで魚をもらったりして食卓の賑わいを保とうとした。二十二日には、ささやかながら妹・邦子の誕生祝いもした。

邦子はこの頃から、針仕事とは別に蟬表の内職をするようになった。蟬表とは、駒下駄の表に貼るために籐《とう》を細く削って編み合わせたもので、特に夏に需要が多かった。邦子は腕が良く、仲買人から「当時蟬表職中一の手利き」と褒められた。それに気をよくしたか、母・たきはその晩いたく酒に酔った。一葉と邦子はそのあと買い物に出て、布地や紙や小間物などを買った。まだわずかながら生活に潤いがあった。

それに引きかえ、かつて母が乳母として仕えた稲葉家の凋落ぶりには目も当てられないほどだった。

七月のある日、稲葉寛がやってきて、人力車夫になることにしたと言う。寛は二五〇〇石取りの旗本稲葉家の跡取り娘・鉱に入婿したが、維新後に没落し、さまざまな事業に手

を出しては悉《ことごと》く失敗していた。いわゆる「武士の商法」というやつだった。

車夫は貧民の代表的な職業で、健康以外無一物の男性が最も多く行きつく先だった。明治二（一八六九）年に和泉《いずみ》要助によって考案されたという人力車は、あっという間に都市部に広がり、欧米からの訪問者を良くも悪くも驚かせた。便利ではあるが、彼らからすると人間を牛馬のように使うことには馴染みづらかったようだ。

たしかに牛馬の扱いに等しかったかもしれない。いや、むしろ馬より安く使われていたのである。柳田國男は言う。

馬の代わりを人というなどは、今ならだれでも進歩とは思うまいが、あのころには輓馬《ばんば》は決して得やすからず、人足は余るまであった。（中略）つまりはこれだけがあの時代の手ごろの職業であったのである。最初にはもちろん雲助の失業者が入ってきたが、士族でもただ腕力しか持ち合わせないものは、零落してこれに加わっていた。（中略）これには格別の資格というものも要らなかった。当時ただ一つの自由業であったのである。

『明治大正史　世相篇』

職にあぶれ、秩禄も処分された士族たちは、それこそ掃いて捨てるほど東京にいた。供給が多ければ値段が下がるのが道理である。

横山源之助の『日本の下層社会』によれば、車夫には三つの等級があった。金持ちの「おかかえ」、組合に所属する「ばん」、そして個人営業の「もうろう」。今のタクシーの制度にも似るが、一番多いのは貧民による「もうろう」で、これは自前の車を持たず、営業するには、人力車ばかりでなく、ときには筒袖や股引も借りなければならなかった。

一日に稼げるのは平均五〇銭ほど。そこから車などの借り賃を六〜一〇銭引かれる。先に見た人力車夫の家の一日のかかりが四五銭を超えていたから、これではほぼ赤字である。蓄財など不可能で、一度車夫に身を落としてしまうと、浮かび上がるのは難しかった。

そのうちに体力は自然と衰える。明治二十六（一八九三）年の松原岩五郎の『最暗黒の東京』には、六十歳を過ぎても車を牽《ひ》かなければならない貧民の哀れが描かれている。落語の『反対俥《はんたいぐるま》』でも、病院から出てきたばかりでよろよろなのに、生きるために車を牽く車夫が出てくるが、乗った客がいい迷惑だった。遅いわ道は間違うわでいつまでたっても目的地には着かない。もちろん、現実はあんな笑い話ではすまない。人は余っているので、わざわざそんな車夫の車に乗ろうとする者はいない。車夫は「当時ただ一つの自由業」とは言われても、実際は先の見通しのない不自由な職業だった。

一葉も、いくら貧しても、足として人力車を使うことはあったが、そのとき車を牽く者の哀れも感じていただろう。作品中にしばしば現れる車夫は、凋落の象徴となっている。『別れ霜』では「一人並の男になりながら、何んの腑甲斐《ふがい》ない、車夫風情にまで落魄《おちぶれ》ずともの こと、外に仕やうのあらう物を」と言われていた。

稲葉寛自身も「いよ〳〵落はふれにしかば車引かばや」と樋口家に来て自らの落魄を語ったのだった。このとき寛、三十六歳。体力はここから下がることはあっても上がることはないだろう。この凋落はまだ底を打ってはいないことが予想された。

それよりはまだ、針仕事や蟬表の内職の方がましかもしれない。しかし、いくら「蟬表職中一の手利き」と褒めそやされようと、手間賃は高が知れていた。一葉自身がのちに小説『にごりえ』の中で蟬表内職について書いているところによれば、一日かけても「十五銭が関の山」だということだ。これは邦子の実際の経験に基づいたものだろう。現在の生産価値ならば、およそ三七五〇円。

女性の他の内職に比べれば倍ほどの賃金とはいえ、肉体労働の人力車牽きの三分の一程度でしかない。女三人がこぞって日がな蟬表を作りつづけてようやく一日の暮らしの収支の帳尻が合うくらいの稼ぎしか得ることはできなかった。

当然、生活はじわじわと蝕まれてゆく。結局、一葉も勉強の合間に蟬表づくりの手伝い

もし、針仕事もしなければならなかった。しかも、極度の近眼ということもあり、裁縫も蝉表も得意ではなかったうえに、これもまた目を酷使し、頭痛と肩凝りとを悪化させた。

母と妹はそんな一葉を支えた。図書館通いの帰りが遅ければ心配して家の外で待ち、行水用の湯を沸かし、夕飯に一葉の好物の「薩摩煎り」という、煎った米に小豆とさつま芋を混ぜた料理を用意しておいてくれていた。

借金生活のはじまり

貯蓄は着実に切り崩されていった。

不思議なのは、にもかかわらず樋口家にあまり生活を切り詰める様子が見られないことである。もちろん、兄や父が存命だったときに比べれば、家は狭い借家となり、食べるものも質素にはなっただろう。

しかし、この年の八月九日には妹・邦子に新しい帯を一本仕立て、さらには出入りの植木屋に建仁寺垣を結わせ、洋傘を二本張り替えた。この傘の張り替えだけで一円一〇銭もかかっている。数日分の内職がいっぺんにふっ飛んでしまう値段である。現在の消費価値なら、三万円強である。

幼いときから豪快なことを好んだ一葉に、倹約という観念はあまりなかったのかもしれない。戸主として、扶養家族に惨めな思いをさせたくないとも思っただろう。だが、こんな生活がつづくはずもなかった。

九月に入り、いよいよ樋口家の家計は逼迫した。売れる小説はまだ書けそうもない。妹の邦子はここのところ体調がすぐれず、蟬表から得られるはずの日銭も入らない。

七日の朝、母・たきが動いた。

三枝信三郎を頼ることにした。三枝は、真下専之丞の長女とみと三枝惟直の子。本郷近辺に寄り集まった者たちと異なり、銀行家となって裕福に暮らしていた。

たきは午前中に家を出た。菊坂を上り、現在の本郷三丁目交差点からひたすら東に三キロほど、途中で以前はなかった鉄道の線路を跨《また》ぎ、浅草三筋町の三枝の家を目指した。

家で待つ一葉たちも気を揉《も》んでいた。午後三時を過ぎても帰らない。なにかあったのか。

その間に一葉はつらつら思う。

かう落はふれてかゝることといひ行たりとて、誰かはものがたらひ合せだにやはする。いふかひなさに、いづくをか猶もとめ給ふにや、など思ふもいとむねいたし。とあるにつけ、かゝるにつけ、身のいとかひなきなん、なげかはしうて、いたづらな、その

身は女といふとも、はや廿とも成れるを、老たる母君一人をだにやしなひがたきなんしれたりや。我身ひとつの故成りせば、いかゞいやしき折立たる業をもしてやしなひ参せばやとおもへども、母君はいといたく名をこのみ給ふ質におはしませば、児賤業をいとなめば、我死すともよし、我をやしなはんとならば、人め見苦しからぬ業をせよ、となんの給ふ。そもことはりぞかし。

『筆すさび　一』

〈落ちぶれて、このような迷惑なことを頼みに行ったからといって誰が話し相手になってくれよう。頼んでも甲斐なく、どこかほかを探しておられるのだろうと思うだけでひどく胸が痛む。ことあるごとに自分の非力さが嘆かわしく、一体なにをやってるんだ、女の身とはいえもう二十歳にもなって老母一人養えないとは。自分のことだけなら、卑しい仕事をしてでも母を養おうと思うが、母はひどく名声を気にするたちなので、私が賤業につくなら自分が死ぬ、自分を養おうと言うなら、人から見られて憚りない仕事をせよ、とおっしゃるが、それももっともだ〉

父亡きあと、一葉は次第に「人にはあなづられ、世にはかろしめらる」ようになっていることを実感していた。昔の知人だからといって、いきなり押しかけて借金はできまい。

といって、母は他にどこを頼るというのだろう。母をそんな目にあわせる自分を不甲斐なく思うが、かといって賤業につくことはその母が許さない。

落ちぶれた末に男が行きつく先が車夫であったとすれば、女の場合は手内職ではなかった。中島歌子の夫と同じ水戸藩の下級武士の家の出だった母・千世の話を娘の山川菊栄がまとめた『武家の女性』によれば、貧しい田舎武士の娘は教師か女工になることが多く、対照的に、没落した旗本の娘は娼妓や妾になることが多かったという。一葉の父・則義は田舎武士でなく、幕府直参だったが、旗本でもなかった。幸い、没落したからといって娘を売るようなことは、父も母もしなかった。身を売ること、妾になることに対する感覚は現在とは違うことに留意しなければならないが、少なくとも母は「賤業」と見なしていた。娘がそんなことをするくらいなら、自分は死ぬ、と母は言うのだ。

この五年後に一葉は『わかれ道』で、針仕事だけでは食い詰めた二十歳あまりの女性がついに妾になる話を書くことになるが、このときの一葉の前には「借金」か「賤業」かという選択肢が置かれていた。

夕方四時になり、ようやく帰ってきた母は、喜色満面で事の次第を語った。三枝は喜んで金を貸してくれた。

融通してくれたのは三〇円。今なら生産価値で七五万円ほど。消費価値では九〇万円に

なる。このころの樋口家なら三、四か月を楽に暮らせる額である。しかもこの金は商売として、つまり銀行家として利子付きで貸してくれたのではない。あくまで昔からの「縁」のゆえである。帰りが遅くなったのは、久しぶりに会ったたきが痩せてしまっているのを見て、鰻までとってごちそうしてくれたのだという。樋口家の母娘三人は、まだ辛うじて生きていた「縁」を感じた。

しかし、ここから本格的な借金生活がはじまる。なにしろこの三〇円という大金を返せるあてはどこにもないのだ。そのことをこの三人はどれほど自覚できていただろうか。少なくともこの日の日記によれば、涙し、三枝家の方を心の中で伏し拝む、など「縁」というもののありがたさに感動し酔いしれるばかりで、先への不安は見えていない。

しかも、またもすぐ涙を流したり伏し拝んだりという紋切型の表現がぞろぞろと出てきてしまうあたり、まだ小説家デビューは難しいだろう。

借金は天下の回りもの

その証拠とも言える出来事がすぐあとに起きる。母・たきが、知り合いの望月米吉の家に、病気の赤子の見舞いに行ったところ、そのあまりの痩せように、昨日三枝から借りた

ばかりの金のいくばくかを又貸ししたのだ。しかし帰り道で我に返り、さすがにまずいことをしたと思ったのか、帰宅後、きまり悪そうに事の次第を打ち明けた。

その母に対して、「そはいとよくもせさせ給ひし哉」〈それはなんとも良いことをなさいました〉と、一葉は即答した。「情けは人のためならず」というのだから、できるかぎりのことをすべきです、と。

「縁」や「情」を大切にする、感動的なエピソードではある。だが現実的ではない。どうやって三枝からの借財を返そうというのだろうか。「情」が人のためでなく自らのためにいつか戻ってくることを確信していたのだろうか。

そうかもしれない。このひと月後に、またもや三枝から借りた金を、父の時代からの「縁」者だった藤田屋に又貸ししてしまうのだ。ひと月の期限で七円。かなりの額だ。しかし、樋口家から金を借りようとするほど困窮した人たちが、きちんと返してくれるだろうか。その見込みが薄いことは、自家の事情から十分わかっていたはずではないか。

十日。兄の虎之助から手紙が来る。借金の裁判が重なり、どうにも返済の方法がなく財産が差し押さえられることになり、三円あればなんとかなるが、明日の期限を過ぎれば破産、公民権を失う、とのこと。

驚き慌てて、母に相談する。手許にあるのは四円。これを貸してしまえば、自分たちが

困窮するが、兄が公権を剝奪《はくだつ》される恥辱にまみれるくらいなら、自分が萩の舎に行くときのための着物を売ってもよいので、と母に金を持たせて、いそぎ人力車に乗せた。母は夜十一時頃帰宅。渡した金でなんとかかたがつきそうだと聞いてひとまず胸を撫で下ろした。

しかし真に安心などできようはずもない。三枝信三郎から三〇円という大金を借りたのは先月七日。驚くべきことに、まだひと月ほどしか経っていないのに、もう四円しか手許に残っていなかったのである。三、四か月はそれだけで暮らせるはずの金を、この短期間で使い果たしてしまったのだ。兄を含めて三人に又貸ししたので、自分たちだけで浪費したわけではないが、それにしても金の流れをコントロールすることのできない戸主だった。

こうした借金は、父・則義が借りたり貸したりしていたのとは性質のまったく異なるものだった。父も膨大な借金をした。だがそれは困窮のゆえではなく、あくまで将来の自分に対する投資としてだった。人に金を貸すときも、返すあてのある者からはきちんと利子をとった。困窮者に貸すこともあったが、それは恵むつもりだった。それができたのは、自分によほど余裕があるときだった。

しかし、一葉が戸主になってからの借金は違う。お互いに返すあてのないままに、たまたまそのとき持てる者から持たない者へと、つまり低い方からより低い方へと水が流れ落ちていくような金のやりとりだった。貧者たちのやむにやまれぬ助け合いではあったが、

ひと度この流れに身を沈めてしまうと、なかなかそこから浮かび上がることは難しい。

唯一の望みは、小説家になることだった。ますますその必要性は増していたが、一葉の筆先は行きつ戻りつを重ねるばかりだった。

このころ、一葉は、桃水のことを思い返している。六月後半に桃水の家でプライドを完膚なきまでにへし折られて以来、見返すことができるような作品が書けるまでと、訪問をずっと我慢していた。しかし、あのときもらった教えを踏まえた作品が今の自分に書けるのだろうか。

読むことも書くことも中途半端な日々が繰り返されるなかで、一葉は深まりゆく自己嫌悪を日記に綴っている。


筆をとればものかゝんことを願ひ、ふみに向へば読明めんことをしおもへど、こゝろざし浅く思ひ至らねばにや、凡智凡慮いよ〳〵くらく、しり難きことは日を追ひてしり難く、昨日覚えつることは今日は忘れぬ。婦女のふむべき道ふまばやとねがへど、そも成難く、さはとておの子のおこなふ道、まして伺ひしるべきにしもあらずかし。かくてはて〳〵は何とかならん。老たる親おはします。此御上のいとなげかはしきに、よろしき程なる妹が身の有つきもいと不便也。とざまかうざまにおもへば、只身のか

ひなきのみにぞ寄ける。

『蓬生日記　一』

〈小説の勉強がうまくいかない以上、女性として生きる道を選ぼうにも、戸主としての立場で身動きとれず、一方、男性のように外で働くなど考えもつかない。親を養うことも、妹を嫁がせることもできず、これはただ自分の不甲斐なさからくるものだ〉

やはり小説に賭けるしかない。それだけが残された可能性だった。ここからも必死に図書館通いをつづけた。

しかし、花圃に倣ってデビューを目指すのであれば、残された時間は少ない。もし年内に、つまり数え二十歳でデビューできれば、花圃より一年早くということになるが、はたして……。

第五章

デビューと失恋　十九〜二十歳

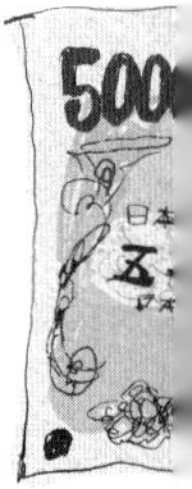

精進を重ねた一葉はいよいよ小説家としてのデビューを果たす。ただしそれは、世に認められたというより、一葉を弟子として受け入れた半井桃水の恩情によるものだった。新聞への売り込みはつづけてくれていたが、なかなか買い手がつかず、それならと、新たに自分で雑誌を創刊することにしたのだ。もちろん自身のため、同人のためもあったろうが、なにより一葉にお披露目の場を作ってやりたかった。

しかし、それほどの親切が男から女へと向けられるとき、世間はそこに親切以上のものを見る。萩の舎の女たちもそうだった。そこから一葉と桃水の関係は急転直下、突然の破綻を迎える。

その後、桃水の目論見どおり、一葉は他の媒体へと活動の場を広げていくが、桃水を踏み台としてのし上がったような形になる。そのこともあって、桃水の存在はずっと心に刺さったまま、一葉を苦しめつづける。

明治二十四（一八九一）年　十九歳

十二月　二十五日　佐藤梅吉が歳暮に来る。鮭一尾をもらう。夜、半井桃水から、小田果園を通じて一五円が届けられる。

二十六日　小林好愛から金二〇円借用。

明治二十五（一八九二）年　二十歳

一月　三日　三枝信三郎が来訪。年始として金子を贈られる。

二月　四日　半井桃水を訪ねる。新雑誌の創刊号に寄せる原稿を依頼される。

十五日　芝の兄・虎之助から、病気で困窮しているという葉書。

十六日　母・たきが森照次のところに借金を頼みに行く。

十八日　森家に一昨日頼んであった借金をしに行き、証書を書いて八円借りる。

三月　二十三日　森照次から来月以降の借金を断る手紙。

二十五日　一葉の誕生日で、魚を買い、祝う。母たきとともに、森照次を訪ね、翌明治二十六年三月三十日を期限として一六円の借用証書を書く。

二十七日　午後から半井桃水を訪ねる。「武蔵野」が発刊になり、一冊与えられる。藤田屋来訪。一円を借り、兄に二円を貸す。

五月　五日　本郷区菊坂町七〇番地から西隣の六九番地に移る。

二十七日　半井桃水から、生活費の援助が難しくなったという旨の手紙が来る。

六月　七日　半井桃水を訪ねる。尾崎紅葉への紹介を約束される。

十二日　伊東夏子に、半井桃水との関係が醜聞として広まっていることを告げられ、関係解消を迫られる。

十四日　中島歌子に、半井桃水とのことを相談。関係解消を決断する。

十五日　半井桃水を訪ね、しばらく来られないこと、尾崎紅葉への紹介も断ることを告げる。

八月　三日　母・たきが山崎正助から一〇円借金をして来て、奥田栄のところに利子を持参する。

二十七日　中島歌子から、一葉を淑徳女学校の教師に周旋しようという話がある。

三十日　母・たきが安達盛貞の所に借金に行くが、断られる。

九月　三十一日　山崎正助が借金返済のことで来訪。
十月　一日　母・たきが石川銀次郎から一五円借りて帰宅。すぐに山崎正助に一〇円を返しに行く。
　　二日　『うもれ木』を先ずは「都の花」に載せたい、原稿料は一枚二五銭でどうかとの金港堂からの打診。
　　二十一日　金港堂の編集者藤本藤蔭が、留守中に『うもれ木』の原稿料一一円七五銭を持参。
　　二十三日　母・たきが、『うもれ木』稿料のうち六円を持って三枝に返しに行く。
十二月　上旬　三枝信三郎から借金。
　　二十七日　亡兄・泉太郎の祥月命日。奥田栄に、借金の元金二円五〇銭は待ってもらい、利子二円を返す。
　　二十八日　借金が返済できない言い訳のため駿河台の伊東夏子宅へ寄る。藤本藤蔭から『暁月夜』の原稿料一一円四〇銭を受け取る。帰路、原稿料が予想よりも多かったので、稲葉宅へ行き、歳暮として金子を贈る。

◉明治二十年代前半の一円の価値
生産価値（巡査の初任給による）　一円≒二万二〇〇〇円
消費価値（かけそばの値段による）　一円≒二万五〇〇〇円

初の原稿料？

年内に、という夢は叶わなかった。一葉は、小説家デビューを果たせぬまま、数え二十歳の明治二十四（一八九一）年を越すことになる。

この年の六月に、半井桃水からのダメ出しを受けて以来四か月、今度は文句をつけられない作品を書こうと心に決めたが、生活苦に喘ぐなか、何本もの習作が未完に終わった。

自分がそうやってもがいている一方、妹・邦子の蟬表の仕事はますます評判が高くなる。それを喜ばしく思いつつ、自分の創作と比較されたらと思うと恥じ入るばかりだった。萩の舎でこそ自分の歌も賞賛を浴びたが、歌は金にならない。小説もまだ一つも売れていない。

そんななか、桃水がその後の一葉のことを心配しており、また訪ねて来るようにと言っているとの伝言が野々宮菊子からもたらされた。

一も二もなくとりいそぎ作品を最後まで書き上げ、桃水に郵送し、十月三十日におそるおそる家を訪ねた。今度はダメとは言われなかった。それどころか、これをどこかに持ち込んであげようかと言う。未熟なものではあるが、いかようにでもとお願いした。目の前が開けた感じがした。もしかしたら年内に、つまり二十歳の間にデビューが叶うかもしれない。

翌三十一日には、萩の舎での稽古の帰り際に、中島歌子が小紋の縮緬《ちりめん》の三つ紋付をくれた。歳暮には少し早いが、年始回りに紋付がなくては困るでしょうから、と。人びとの情が身に染みた。

とはいえ、暮らしが楽になったわけではない。十月二十八日には濃尾大地震が起き、その後、家を訪ねて来た人が義捐金を出すというので自分もと思ったが、母・たきが許さなかった。赤の他人を憐れんでいる余裕などないというのだ。

たしかにそれももっともだが、母自身も、ついひと月ほど前に、人から借りたばかりの金を、もっと困窮した人に又貸ししていたではないか。その後も他人や息子にも貸していたが、しかし濃尾地震の義捐金は出すべきでないと言う。一葉の目にはそれが矛盾に映っ

た。一葉はいくらかなりと義捐金も出すべきだと思った。

これは性格の違いからくるのではなく、母・たきと一葉との世代の差によるところが大きい。一葉は、たき三十七歳のときの子どもで、二人の間には明治維新という巨大な谷が挟まっている。母は江戸時代の村に生まれ、一方、一葉は近代国民国家の下に生まれた。つまり、母にとって共同体は直接触れうる「縁」者の範囲のみだったのに対し、一葉の受けた教育では「日本」こそが最も重視すべき共同体だった。

小学校中退であったとはいえ、幼いときからずっと新聞を読み、貧しいなかでもできるかぎり新聞をとりつづけた一葉は、しばしば日記の中に「国家」という単語を記している。自身が貧しさに喘ぐようになってからは、自分の家族や近辺の人間ばかりでなく、新聞でしか出会わないような偉大な「日本人」に憧れ、また逆に、貧民を生み出す社会というものにも次第に意識を向けるようになっていった。

こうして晩年には現実の社会問題への関心を高めることになるが、今はともあれ、目の前の自家の貧窮が問題だった。桃水が小説を売り込んでくれるばかりを心頼みにしていた。それがなければ樋口家の家計は赤字がつづくばかりで、これまでの借金を返すどころか、さらに借金を増やすしかないのだ。

このころからようやく日記にも倹約意識が見えはじめる。十一月十日には、大根がよほ

ど豊作だったのか、一四、五本を三銭五厘で売っているのを見つけ、その安さに驚いて、買って帰ったという記述がある。一人で運ぶのは大変だったろう。しかも、母娘三人で十四、五本の大根を食べきるには、優にひと月以上はかかったろう。おそらくは周りにおすそ分けし、代わりに何かを受け取ったのだろう。そうでもなければ、いくら安いとはいえ大根だけに三銭五厘、現在の消費価値で一〇〇〇円近くを出すのは、樋口家の経済状態からいってありえない。

こうしてなんとか一日一日を食いつなぎながら、桃水からの連絡を待った。十一月が虚しく過ぎた。月末に訪ねたときは、小説の書き方について懇切なアドバイスをくれたが、先の原稿のゆくえについての話は出なかった。こちらからも訊きづらかった。ただ家の困窮ぶりを伝えると、なんとか援助してくれると言ってくれた。桃水は、押しかけ弟子に対しても親切だった。

十二月。半ばを過ぎても、まだ連絡はない。今と違い、年末にはその年のつけを一気に清算するのが習わしだった。年始を迎えるにはそれなりの備えも必要だ。このままでは年が越せるかどうかもわからない。

十九日。桃水から、先に渡してあった原稿の稿料を二十五日に前渡しする、と手紙がきた。これで年が越せるという安心と、なによりこれで小説家になれる、道が開ける、とい

う喜びがあったろう。

二十五日。生涯の親友・伊東夏子をはじめ、一葉の知人にはクリスチャンが多かったが、樋口家ではクリスマスを祝う習慣はない。だが、桃水からのプレゼントが届けられた。一五円。生産価値で現在の約三三万円。三宅花圃がデビューしたときの半額以下とはいえ、かなりの額である。どれほどありがたかったことだろう。

しかし、樋口家にとってはこれでもまだ年を越すにはまったく足りなかった。翌二十六日には、父・則義の東京府勤め時代の上司、小林好愛の家に行き、二〇円を借りなければならなかった。

しかも、である。昨日の桃水からの一五円は「原稿料の前払い」と言っていたが、どこに載るのかも伝えられていなかった。つまりこの時点でまだ売り込み先が決まっていなかったのだ。これは桃水の精一杯の厚意だった。一葉も、掲載先が告げられない以上、この「前払い」が一葉に負い目を感じさせまいがための口実であることを見破っていたはずだ。

結局、このときの原稿はどこにも採用されなかった。デビューはまだ遠い。

新たなる決意

この年の暮れ、一葉は自分の文筆活動を振り返ってつくづくと思った。

小説のことに従事し始めて一年にも近くなりぬ。いまだよに出したるものもなく、我が心ゆくものなし。親はらからなどの、「なれは決断の心うとく跡のみかへり見ればぞ、かく月日斗《ばかり》重ぬるなれ。名人上手と呼ばるゝ人も、初作より世にもてはやさるゝべきにはあるまじ。批難せられてこそそのあたひも定まるなれ」などくれぐ〳〵せめらる。おのれ思ふに、はかなき戯作のよしなしごとなるものから、我が筆とるはまことなり。衣食の為になすといへども、雨露しのぐ為の業といへど、拙なるものは誰が目にも拙とみゆらん。我れ筆とるといふ名ある上は、いかで大方のよの人のごと一たび読みさればば屑籠に投げいらるゝものは得かくまじ、人情浮薄にて今日喜ばるゝもの明日は捨らるゝのよといへども、真情に訴へ真情をうつさば一葉の戯著といふともなどかは値のあらざるべき。我れは錦衣を望むものならず。高殿と願ふならず。千載にのこさん名、一時の為にえやは汚《け》がす。一片の短文、三度稿をかえて、而して世の評を仰がんとするも、空しく紙筆のつひへに終らば猶天命と観ぜんのみ。

『森のした艸　一』

〈小説に従事して一年にもなる。まだ一編たりと出版できず、自分で満足いく作品もない。親兄弟は「お前は思い切りが悪く、後ろを振り返ってばかりいるので、こんなに無駄に月日を重ねているばかりなのだ。名人であっても、初めから世間でもてはやされるわけではない。批難を受けてこそ、評価も定まってくるのだ」などと繰り返し責められる。思うに、価値のない戯作であっても、私がこうして書くことは真実である。衣食のため、雨露をしのぐためという言い訳をしても、まずいものは誰が見てもまずいものと見えるだろう。私がこうして筆を執るからには、一読して捨てられるようなものは書くまい。今の世は人情に薄く、今日喜ばれていても明日には捨てられるものだとはいえ、真心に訴え真心を写すならば、一片のつまらぬ作といえど、どうして価値がないと言えよう。私は豪華な服や立派な家を望みはしない。ただ一〇〇〇年の後にまで残そうとする名前を、一時の栄誉のために穢《けが》すことがなぜできよう。短文をすら三度も描き直し世間の評価を受けようとして、結局紙や筆を無駄にするだけに終わるとするなら、それでもよい、それは天命と受け入れよう〉

デビューを果たす前にはやくも一葉は転向した。小説家を目指したのは、女性であっても金を稼げるからであり、もともと父亡きあと、「衣食の為」「雨露しのぐ為の業」であったはずだ。

母も妹も当然そうだと思っていた。だからこそ、母が洗い張りをし、妹が蟬表を作るかたわらで、一葉が机に向かっていても許していたのだ。しかしいつまで待っても反故が増えるばかりで一向に作品は完成したように見えず、いよいよ一葉を責めはじめた。書き上げる前にああだこうだと考えてもしかたがない、とりあえずは世に出して批判を浴びよ、という非常に実際的なアドバイスである。

しかし、口でなんと言っていたかはわからないが、一葉の心の中ではなみなみならぬ決意が固まっていた。目指すところは「千載にのこさん名」である。そのためには、「今日喜ばるゝもの明日は捨らるゝのよ」の人びとの好みに迎合してはならない。

これは桃水の教えに反するものだ。桃水自身、自分が小説を書くときはあくまで読者のレベルに合わせているのだと言っていた。しかし一葉は、そんなものを書いて、すぐに読み捨てられるのは嫌だというのである。

この転向とも深化とも言える文学観の変化はどこからきたのか。

一つには、桃水に対する複雑な感情が作用していただろう。はじめて会った日から、一葉は自分の恋心を自覚していた。初対面の際、桃水の方は、一葉がずっと恥ずかしそうに俯いていたと証言しているが、いつ覗き見ていたのか、一葉の方は桃水の容姿の美しさを日記に書き連ねている。

そこからはただ一途に憧れ、思いを寄せる日々がつづいていた。作品に対して厳しいことを言われても、はたまた野々宮菊子らから桃水の借金や素行不良について吹聴されても、あるいは弟の浩が鶴田たみ子を妊娠させてしまったときに実は桃水の子なのではないかと疑いはしても、それでも桃水に対する思いは萎えなかった。

ただ、男性としての桃水の魅力にはあてられつつも、小説家としての桃水には疑問を感じはじめていた。しばらくあとのことにはなるが、一葉は桃水の小説を次のように評した。

桃水うし、もとより文章粗にして華麗と幽棲とをかき給へり。又みづからも文に勉むる所なく、ひたすら趣向意匠をのみ尊び給ふと見えたり。（中略）いでよしや此小説、うき世の捨ものに而、人の為には半文のあたひあらずともよし。我が為、生涯の友これを置て外に何かはあらん。

『よもきふ日記』

かなり手厳しく批判しているが、それでも、桃水の小説は読み捨てにされるレベルのものであって、他の人には価値のないものであっても、自分にとっては生涯の友として無二のものなのだ、と客観的評価と主観的評価とを分裂させる。個人的には読んで「只涙こぼ

れにこぼれぬ」と、ここでも涙を流している。これは純粋に作品に対するものではなく、桃水という人間に対する複雑な思いが去来するがゆえだったろう。

桃水の小説術は、とにもかくにも「趣向意匠」、つまり話題性や筋のはこびばかりを重んずるものであり、文章を磨くことはおろそかにされていた。一葉は相性の悪い師に出会ってしまった。

一葉の教養の中心は古典であり和歌であった。それを学ぶということは、すなわちことばづかいを学ぶということだった。同じことを言うにもいかにして雅な物言いにするかに腐心してきたのだ。

もちろん、桃水も「趣向意匠」にこだわるのは、読者のレベルに合わせるためだと弁明していたし、売れるためなら仕方ないと一葉も一度は受け入れるつもりでいた。しかし、ダメ出しをされてから必死で「趣向意匠」のネタを探しに図書館に通っても、読むのは古典ばかりだったのだ。

しかも、読者に迎合して「趣向意匠」を説く桃水自身、超売れっ子作家だったというわけでもなかった。かつて出版社から出てくる風采のよい人物を勝手に小説家と思いこみ、小説とは儲かるものだと考え、また三宅花圃のようにちょこちょこっと書いた作品で三〇円が手に入るのだと考えていたのは間違っていたかもしれないと薄々気づきはじめていた。

桃水のような新聞の小説記者でも、裕福どころか多額の借金を背負っているというのだ。

どうせそれほど儲からないのであれば、と一葉は考えた。そもそも金持ちになりたいなどと思ったわけではない。それならせめて名を残したい。桃水の作品は後世には残るまい。しかし、自分がこれまで学んできた古典は、既に残っているからこそ古典なのである。『古今和歌集』は一〇〇〇年前に編まれたものだ。そのあとに清紫の二人の女性作家が来る。となれば、自分が「千載にのこさん名」を願っても、それほど大それた望みではないのではないか。通り一遍のつきあいしかなかった人間には計り知れないほどの巨大な自負を、一葉はつねに裡に抱えていた。

だから、ここで桃水の教えを離れて、今の世で受け入れられることよりも、時代を超える作品を残そうと新たに決意したことは、一種の転向ではあっても、幼いときからの一葉の願いを考えれば、むしろ一葉の生涯を貫くものであったとさえ言えるだろう。

「我身の一生の世の常にて終らむことなげかはしく、あはれくれ竹の一ふしぬけ出でしがなとぞあけくれに願ひ」「金銀はほとんど塵芥の様にぞ覚えし」という数え九歳のときの思いはここに甦《よみがえ》ったのである。貧乏から抜け出られないことを覚悟してからの一葉は強い。ここから残りの人生を全力で一気に駆け抜けてゆく。

デビュー前夜

明治二十五（一八九二）年の正月はこともなく過ぎた。縁者たちとの間で年始の往来があり、来た客には酒も出し、三枝信三郎などはこちらが借金をしているのに、年玉として金をくれた。妹・邦子は元日から裁縫をはじめた。一葉は読書。その後、図書館が開けば勉強に通い、帰ってきてからは、どこに掲載するあてもない小説を書いた。萩の舎の稽古には出かけ、その後、田中みの子の家でかるた会があり、午前三時まで遊び、そのまま泊まって、母・たきをいたく立腹させた。戸主ではあったが、まだ満十九歳の少女の一面も垣間見える。

ただ、夜更かしがたたったのか、翌日咳が止まらなくなった。おそらく、このときには既に結核の症状が出はじめていたのだろう。一葉に結核をうつしたのは兄・泉太郎であった可能性が高く、泉太郎はおよそ四年前に死んでいた。そこから病は、残された家族の中で一番華奢だった一葉の体を少しずつ蝕んでいった。貧乏が募るなかで無理がつづくとこうしてときどき熱や咳として顔を出すようになった。

しかし、二月の四日、事態が大きく動く。雪の中をおして半井桃水を訪ねると、新しく雑誌を発刊するという話があるのだという。十五日までにそこに一本なにかを書いてくれ

ないか、と。

この雑誌は、桃水自身が企画したもので、おそらくは一葉の小説を載せてくれる媒体が見つからなかったため、なんとか世に出すきっかけをつくってやろうということが一つの大きな要因になっていた。桃水はほんとうに面倒見のよい男だった。

一葉は、創刊号に自分などおそれおおいと言いつつ、持参していた書きかけの原稿を見てもらった。これを載せよう、ということになり、桃水は手ずから汁粉を作って振る舞ってくれた。このうえなく幸せな時間が流れた。

雪がひどいから泊まっていくとよい、自分は隣の知人の家に行くから、と勧められるが、先日の外泊でひどく叱られたこともあり、固辞して帰った。桃水が人力車を手配してくれた。帰宅して母や妹とともに喜びを分かち合った。

ただし、デビューはできたとしても、金銭的保証はまったくなかった。桃水も、はじめのうちは原稿料なしで、ただし雑誌が売れるようになったらまず一葉に配当を出す、と言っていた。樋口家の家計が少しずつ苦しくなっていく状況に変化はなかった。

それどころか、兄・虎之助から、昨年十月に四円を渡したのに、病気で困窮しているからとまた無心の葉書が来た。そんな余裕があるわけがなかったが、一葉はいくばくかを握りしめて、兄を見舞うために鉄道馬車と人力車を乗り継いで芝に急いだ。乗り換えなどせ

ずとも、はじめから小回りの利く人力車を使えばよさそうにも思えるが、人力車は鉄道馬車に比べて高かった。

当時の鉄道馬車は、新橋から浅草橋経由で浅草広小路行き、同じく新橋から万世橋経由で浅草広小路行き、浅草広小路から上野広小路行きの三路線があり、一路線内の運賃は一等が三銭、二等が二銭だった。一葉が乗ったのは二番目の路線であり、席は当然二等だったろう。現在の消費価値にしておよそ八〇〇円。今の鉄道に比べれば高いが、同じ距離を人力車で行けばこの一〇倍はとられる。日記を見るかぎり、一葉はそこそこの頻度で人力車に乗っているが、誰かの心づけで乗せてもらうことが多く、自腹で乗るときは、天候や時間や疲労など、やむにやまれぬ事情があったときに限られている。

幸い兄の病はそこまで重くはなかった。帰りは人力車を使わず新橋まで歩き、そこからまた鉄道馬車に乗った。交通費だけでも馬鹿にはならなかった。

やむなく母が、父・則義の東京府勤務時代の上司であった森照次を訪ねて借金を頼んだ。その日は都合がつかなかったが、半年間毎月援助してもらえることになり、ほっとした。二日後に再訪し、八円借りた。ほぼ丸々ひと月分の生活費であり、助かるには違いないが、返せるあてはない。

一葉が預けた原稿が載るはずの雑誌もなかなか出なかった。

三月に入ってすぐ、田中みの子から話があった。新聞に一葉の小説を斡旋《あっせん》しようとしたが、まず一、二回分読んだ上でのことでと言われたので、その日のうちに一回分を書き上げた。一日からこんなよい話があるのだから、今月はきっといい月になるだろうと、無邪気な妹は喜んだ。この話は結局実を結ばなかったが、一葉の速筆には驚かされる。日々の勉強の成果が堰《せき》を切って溢れようとしていた。

桃水からは、雑誌のタイトルが「武蔵野」となったこと、十五日発売、第二号の原稿締め切りを二十日過ぎとすることなどを告げられた。こちらは信じてよいようだった。

月半ばには、萩の舎の面々で江東に梅見に出かけるが、人力車を列ねてあちこちの梅をめぐり、最後に有名な植半楼という料亭で食事といっても、家で待つ母や妹のことを思えば、ろくろく味もしなかったにちがいない。

稲葉家の困窮も甚だしかった。寛が事業にあれこれ手を出しては悉く失敗し、他の出資者たちからは詐欺師のように扱われ、そこから逃げるように転居したところ、債権者たちが居所を探して樋口家まで押し寄せてきた。あとから訪れた鉱に母・たきが絶縁を申し出ると、鉱は必死に弁解し、そこからは涙の愁嘆場となった。

樋口家だとて、このまま借金がかさみつづけ、どうにも返せなくなれば、稲葉家に起きたことは他人事ではなくなる。それでも三月には三日の上巳の節句や二十日の春季皇霊祭

などがあり、白酒と煎り豆で祝ったり、近所に寿司を配ったりすることは欠かさなかった。

しかし、二十日が過ぎても「武蔵野」は出ない。

二十三日には、森照次から手紙が来て、今後の援助が難しくなったと言われた。一葉が小説家として身を立てる見込みを、借金の担保にしていたようだが、いつまで経ってもデビューの気配がなく、不安に思ったのだろう。驚き戸惑う母と妹を見て、一葉は翌日桃水を頼ることにした。いくら借りたかは書かれていない。

日記には書かれている借金と書かれていない借金とがある。正確な出納帳ではなく日記なのだから、忙しくて書けなかった日もあるかもしれないが、桃水に関しては相当多額の借金をしているはずなのに、なぜか具体的なことはほぼ伏せられている。

一葉の親しい人間関係は、借金との関連で分類することができる。
一、父以前の代からの親類縁者：借金の際の経緯も額も明確に書かれる。
二、萩の舎関係：師や親しい友からは援助を受けるが、あまり明確には記述されない。
三、萩の舎や縁者でも、プライドから借金を頼まない関係：渋谷三郎など。
四、金銭と師弟と恋愛との入り混じった関係：半井桃水。借金のことはぼかされる。
五、借金するためだけに結んだ関係：これから登場。
六、一切借金のない金銭的に清い関係：これから登場。

桃水からの借金を極力書かないようにしたのは、自分の純粋な恋心に金銭を介入させないようにと思ったからだろう。王朝物に学んだ恋愛には、金銭などという下世話なものは介在しなかった。単純に、恋愛が上、金銭は下、という考えをしていた。だからごく初期の作品も、恋愛しか出てこない。金や貧乏の話は顔を出さない。

しかしたった二、三年で金銭の話題が入り込み、それが主題として取って代わることで、一葉は文学史に燦然《さんぜん》と輝く作家になりえたのである。そのためには、恋愛の陰に隠してはおけないほど自身の借金が膨らむ必要があった。

だが、まずはデビューである。

二十五日、一葉の誕生日になっても、「武蔵野」は出なかった。めずらしく魚を買ってそれを祝いとしたが、森照次に一年後を期限として、これまで借りた一六円の借用証書を書かねばならなかった。めでたい気分になどなれない。一日に、今月はよい月になりそうだなどと言ったのが虚しく思われた。

「一葉女史」デビュー

しかし、二十七日、待ちに待った「武蔵野」第一編が発刊した。一葉はそこに『闇桜』

を載せていた。しかも、桃水は、預けておいた一葉の別の小説を「改進新聞」に斡旋してくれ、話が整ったと言う。明後日から掲載なので、今晩までにはじめの二回分の校正をしてくれとのこと。あまりに慌ただしいが、母も兄も大喜びした。こちらは確実に原稿料が出るだろうからだ。

藤田屋にこの話をして一円を借り、兄に二円を貸した。これで暮らしを立てていくとすれば、一葉は小説家、日本初の職業女性作家になったのだ。「武蔵野」は月刊を予定していた。「改進新聞」は毎日連載で、三十五回ほどを予定していた。一葉はにわかに締め切りに追われる身になった。

デビュー作『闇桜』の冒頭を見よう。

隔ては中垣の建仁寺にゆづりて汲かはす庭井の水の交はりの底きよく深く軒端に咲く梅一木に両家の春を見せて薫りも分ち合ふ中村園田と呼ぶ宿あり園田の主人は一昨年なくなりて相続は良之助廿二の若者何某学校の通学生とかや中村のかたには娘只一人男子もありたれど早世しての一粒ものとて寵愛はいとゞ手のうちの玉かざしの花に吹かぬ風まづいとひて願ふはあし田鶴の齢ながゝれとにや千代となづけし親心にぞ見ゆらんものよ（後略）

あれ、と首を傾げた方も多いのではないか。桃水は何度も、読者のレベルに合わせるようにと忠告していたはずではなかったか。これはあまりに美文に過ぎはしまいか。

一葉が憧れた三宅花圃の『藪の鶯』（明治二十一年六月）第一回冒頭部分と比べれば、そのことは明らかだ。

男「アハハハハ。このツー、レデースは。パアトナアばかりお好きで僕なんぞとおどつては。夜会に来たやうなお心持が遊ばさぬといふのだから。

甲女「うそ。うそばかり。さうじやござりませんけれども。あなたとおどるとやたらにお引張り回し遊ばすものですから……あの目がまはるようでござりますんで。そのおことわりを申し上げたのですワ。

男「まだワルツがきまりませんなら願いませうか。

ときれいにかざりたるプログレムを出して名を書きつける。

明治二十（一八八七）年に二葉亭四迷が『浮雲』を発表して以来、言文一致体が次第に小説の文章の主流を占めるようになっていったのは常識だろう。『藪の鶯』はその翌年六

月の作である。それなのに、そこから四年経っても、一葉はあえて古い文章にこだわった。

桃水の教えをまったく無視したわけではない。すくなくとも「趣向」すなわち話の筋はわかりやすくした。だが、こと文章に関しては決して譲らなかった。習作の段階では、『藪の鶯』ばりの言文一致体を試みはしたが、結局デビューに向けて古風な文体に戻っていったのだ。

先に見たとおり、一葉は桃水の文章は評価していなかった。桃水に倣うよりも、あくまで自分がよいと思うように文章を彫《ちょう》琢《たく》することに賭けた。それが自分の名を残すことになるのだ、と。

金を第一目標に据えたのならば、花圃の真似をして二匹目の泥鰌《どじょう》を狙えばよかったろう。しかし、富貴よりも名を選んだ。「一葉」という名を。

この署名は前年の秋頃から使われはじめた。それ以前は、「夏子」「なつ」と書いていた。「武蔵野」創刊号には「一葉女史」と書かれた。「女史」というのは自分で名乗るものではない。編集者による。

「一葉」という号の意味については、達磨大師が一葉の舟に乗って長江を渡る絵にちなんで「おあし（足／銭）がないから」と洒落たのだと、三宅花圃が回想している（「一葉女史を憶ふ」）。たしかに一葉自身も「我こそはだるま大師に成にけれとぶらはんにもあしな

しにして」と日記に綴り、「芦の一葉にのりて舟遊山をしたる達磨大師さへ御坐候ものをや」と伊東夏子への手紙にも書いている（明治二十七年四月）。

だがまた、「なみ風のありもあらずも何かせん一葉のふねのうきよ也けり」という歌も詠んでおり（明治二十五年八月二十三日）、定まらぬ浮世に漂うあてどなさをイメージしてもいたことは間違いない。無論、どちらか一方に限定する必要はなく、貧乏ゆえになおのこと浮世で頼りなくさまよう自身のイメージをこの名に結晶させたのだと考えればよいだろう。先輩の「花圃」（本名・龍子）の明るさ華やかさに比べて、はじめからはかなさを覚悟していた。

その差がデビュー作の作風の違いとなってあらわれていたのだろう。

花圃の『藪の鶯』は、冒頭のシーンからわかるように、当時の紳士淑女のダンスパーティーを通じ、軽薄な風俗を揶揄的《やゆてき》に描くものだった。一方、一葉の『闇桜』は隣同士で育った幼馴染の男性に片恋を募らせたまま、言い出せずに死ぬ少女の悲劇である。一葉はこのあともずっと、「おあしがないから」というような諧謔《かいぎやく》は一切封印して、この浮世に寄る辺のない人びとの悲劇ばかりを描きつづける。

「改進新聞」や「甲陽新報」など、新聞連載に際しては、それぞれ「浅香のぬま子」「春日野しか子」という別名も使ったが、結局「一葉」に統一されてゆく。それは、どれほど

たくさんの作品を書いたとしても、いつまでも寄る辺なかった一葉の生涯を象徴するのにこれ以上ふさわしい名はなかったからだ。

桃水との離別

念願のデビューを果たしたばかりでなく、新聞連載も決まった。「改進新聞」に『別れ霜』を連載しつつ、「武蔵野」第二編には『たま襷《たすき》』を載せた。新聞連載は四月の十八日で終わったが、すぐに「武蔵野」第三編の締め切りが迫っていた。

月内には仕上げられず、五月九日の午後になんとか『五月雨』を脱稿。桃水のところに届けた。その日は萩の舎の月次会だったが、大遅刻。本来なら早朝から手伝いをするところ、着いたのは夕方で、中島歌子はいたくご立腹だった。

そうまでして仕上げた原稿だったが、金にはならなかった。「武蔵野」は売れず、次号で終刊。典型的な「三号雑誌」となってしまった。一葉に配当を渡すどころか、桃水はこれによりさらに借金を増やしてしまった。ただ、どこまでも親切な桃水は、今度は一葉を尾崎紅葉に引き合わせようと言ってくれた。その伝手で読売新聞に書かせてもらえるようにとの配慮である。一葉はただただ感謝するしかなかった。

脱稿した翌日から、一葉は妹・邦子に習って蟬表の内職を手伝った。

月末には、桃水から、約束していた生活費の援助ができかねる旨の手紙が来た。自分が書いた原稿料を回してくれようとしていたが、載せるはずの「回天」という雑誌が休刊になってしまったからだった。一葉は、小説家という職業がかつて夢見たような楽な商売でないことを改めて思い知らされた。

六月に入り、中島歌子の母・幾子が亡くなった。一時期内弟子として同じ屋根の下で暮らしていたときには、遊びに連れ出してもらったりと大いに世話になった人であり、ショックは大きかった。悲しみに暮れつつも葬儀の手伝いが連日つづく慌ただしさのなか、伊東夏子に突然呼び止められた。一葉と桃水との仲が萩の舎中で噂になっているというのだ。家名を重んずるなら桃水との交際は断つべきだ、と迫られた。

そう言われると、誰も彼もが自分を疑いの目で見ているような気がする。思い切って歌子に訊いてみたところ、「結婚の約束があるのではないのか」と逆に問われた。桃水は一葉を自分の妻だと言いふらしており、女中までもその噂を知らぬ者はない、と。

仰天して激怒した一葉は、翌日桃水を訪ね、やんわりとではあるが、絶交を宣言した。「中島歌子に萩の舎の手伝いを懇望されたから」という理由だけでは腑に落ちない桃水は、とりあえず尾崎紅葉との面会の約束だけ果たすよう促すが、その日は返事をせずに帰った。

さらに翌日、花圃に、桃水とは縁を切るので、「都の花」に書かせてもらえないかと相談を持ちかけた。「都の花」は、花圃が『藪の鶯』を上梓した出版社、金港堂から出ていた当時一流の雑誌だった。花圃は親身にアドバイスをくれ、金港堂への仲介も請け合ってくれた。

この数日間の一連の行動は、書いても金にならない桃水の許を離れて、ビジネスとして成功している出版社へと鞍替えしたということを意味する。そしてこの行動によってたしかに一葉は職業作家として次の一歩を踏み出すことになった。その点で結果的に、一葉には珍しく非常に計算高い立ち振る舞いだったということになる。

だが、この前後の日記に見られる動転ぶりや、のちのちまでの桃水への未練を考えると、そこまでの計算は働いていなかっただろう。たとえば、恋人に裏切られたときに、相手の鼻を明かしてやろうと、あなたなんていなくてもやっていける、と見せつけるために急いで別の人の許に走る、そんな気持ちに近かったのではないか。それほどにこの数日間の一葉の感情の起伏は激しく、行動は性急だった。

数日後、落ち着きを取り戻した一葉は、あらためて桃水を訪ね、絶縁の本当の理由を話した。自分たち二人の関係が大きな噂になってしまい、桃水にも迷惑をかけるので、もう会いにも来られない、と。

桃水は、噂になった場合は、男より女の方が大変だろうといたわってくれた。その噂の出所は、野々宮菊子に対して、自分が一葉を褒めそやし、婿入りでもできればなどと冗談を言ったからだろう、と自分の落ち度だと言ってくれた。大人の対応だ。

一葉は、桃水の真心に感謝しつつも、その軽口のせいでこんなことに、と腹立ちをおさえることはできなかった。

それにしても、絶縁をめぐる一葉の反応はいささか激しすぎはしないだろうか。この間の詳しい事情を伝えるのは一葉自身の日記しかない。にもかかわらず、一葉の心の動きについていくのは難しい。あれほど慕い、世話になった桃水と、噂話をされただけですぐさま絶縁するとは。

この激高は、士族としてのプライドが傷つけられたからばかりではないだろう。自尊心という内面の問題というよりも、萩の舎の中での体面の問題が大きかった。

おそらくは場所とタイミングが悪かった。これが近所の人たちの噂であれば、収まるのを待つこともできただろう。しかし、良家の子女ばかりの集う萩の舎の中で未婚の一葉が男との関係を疑われるということは、たんなる口さがない噂では済まず、そこから放逐されることをも覚悟しなければならなかった。そして、このとき一葉には萩の舎しか寄る辺がなかった。桃水経由で小説家になっても、食べていけるあてが見込めないことがわかっ

た直後のことだったからである。

未だに歌子をはじめ、萩の舎の人たちから針仕事をもらっていた。それは屈辱的にも思えたが、一方、歌では一目置かれ、歌子の代わりに指導をすることのプライドで心の釣り合いもとれていた。文学活動も、萩の舎の縁故を辿ることを考えていた。今、萩の舎を追われるようなことがあれば、なにもかもがたちゆかなくなる。

だから、桃水の代わりに、すぐに花圃を頼って、別の方面から小説も書きつづける途を探った。怒りに任せてではあったが、その程度の打算はあっただろう。生きていくために、あるいはそれ以前に母と妹を路頭に迷わせないためにも、萩の舎での居場所を確保しつづけなければならなかった。

こうした一葉のギリギリの状況を知ってか知らずか、桃水はあくまで鷹揚《おうよう》に構え、一葉を見限ったりはしなかった。これほどまでに親切だったからこそ、二人の関係は一線を越えていただろうと勘繰る者も少なくない。桃水は文学上の師として自分のできることをしたし、金銭的にもかなりの援助をしていた。返ってくるあてがなさそうなことも見越していた。

二人の関係を怪しむのは、当時一葉の周囲にいた者にせよ、後世の研究者にせよ、男が見返りもなく女に経済的援助をしつづけるはずはない、という前提に立っている。しかし、

逆に言えば、根拠はそれしかない。一葉、桃水、またその周囲の人びとの書き残したものを読む限りは、桃水はどこまでも親分肌の面倒見のいい男でしかない。そういう人間がいてもまったく不思議はないだろうと思う。

それでも疑う人が絶えないのは、一葉の周囲の他の男たちがわかりやすい欲望にまみれた者たちばかりだったからである。たとえば、そのうちの一人が既出にして、このあともう一度一葉の人生を横切る渋谷三郎、もう一人はのちに出会う久《く》佐《さ》賀《か》義孝《よしたか》である。ただし、一葉はこの二人に対してまったく異なる態度をとる。

渋谷三郎ふたたび

さて、七月に入ると、自分から絶縁しておきながら、ことあるごとに桃水に手紙を書いたり、口実をつくっては家を訪ねたりせずにはいられない一葉だった。だが、桃水も小説だけでは生活が苦しく、葉茶屋の店を出すために神田三崎町に引っ越すことになり、通いづらくなってしまった。自分の作品の発表の場まで作ってもらいながら、一方的に縁を切ったことが自責となり、それが恋しさをなおのこと募らせた。

三崎町まで桃水の顔を覗きに行っては、次のように独り言ちる。

月日隔てゝものぐるほしきまでおもひみだれたるを、君はさしもおぼさじかし。心にもあらぬやうなる別れのその折は、さま〴〵いひさわがれたる人ごとのつらさに、何ごとをおもひ分くるいとまもなかりしを、今さらにとりかへさまほしうおぼゆるぞかひなき。はじめよりにくからざりし人の、しかも情ぶかうおもひやりのなみ成らざりしなどおもひ出るまゝに、何故にかく成けん、身はよしや、さは大かたのよにつまはじきされなんとも、朝夕なれ聞こえなましかば、中々にいけるよのかひなるべきをなど取あつむれば、人も我も世の中さへもいとにくしかし。

『道しばのつゆ』

〈会わずにいる月日が長く、恋しさに気も狂わんばかりに思い乱れていたのに、あなたはさほどとも思っていらっしゃらないのでしょうか。心ならずも別れてしまったときは、他人に騒がれることの辛さに、きちんと分別をもって考える時間もなかったが、今やりなおせればと思うのも甲斐のないことだ。もともと慕わしく思っていた人が、情に篤く人並ならぬ思いやりを示してくれたことを思い出すだに、なんでこんなことになってしまったのか、自分は非難され、世間の爪弾きになっても、朝夕一緒にいられれば、生きる甲斐もあ

ったものを、などとあれこれ取り集めて思い返すと、人も自分も世の中もすべてがとても憎らしく思われる〉

しかし、後悔は先には立たない。覆水は盆には返らない。一葉のまっすぐな性格は、一葉に前言を翻させず、自分がとってしまった行動の責任を取らせる。『五月雨』の載った「武蔵野」第三編は月末に出たが、もはや桃水から直接受け取る事はできず、一葉は八月に入ってから本屋で買った。

先述のとおり、これが最終号となった。三号を通じて一葉の作品が、花圃の『藪の鶯』のような評判を呼ぶことはなかった。花圃の紹介で「都の花」に書かせてもらうことが今後の一縷の望みとなった。兄・虎之助の助けも借りつつ、貧しい陶工の話を書くつもりだった。

しかし、自身の貧しさも日を追うごとにますます募ってきていた。父の遺した借金の債権者である奥田栄への利子の支払いも滞っていた。やむなく、八月三日に母が、父のかつての知人、山崎正助のところに行って一〇円を借り、奥田に支払った。この一〇円は月内に返す約束になっていたが、細々と続けている内職以外に、他所から金の入るあてはなかった。

二十二日、夜になって突然、渋谷三郎が現れた。検事として新潟の裁判所に勤めていた

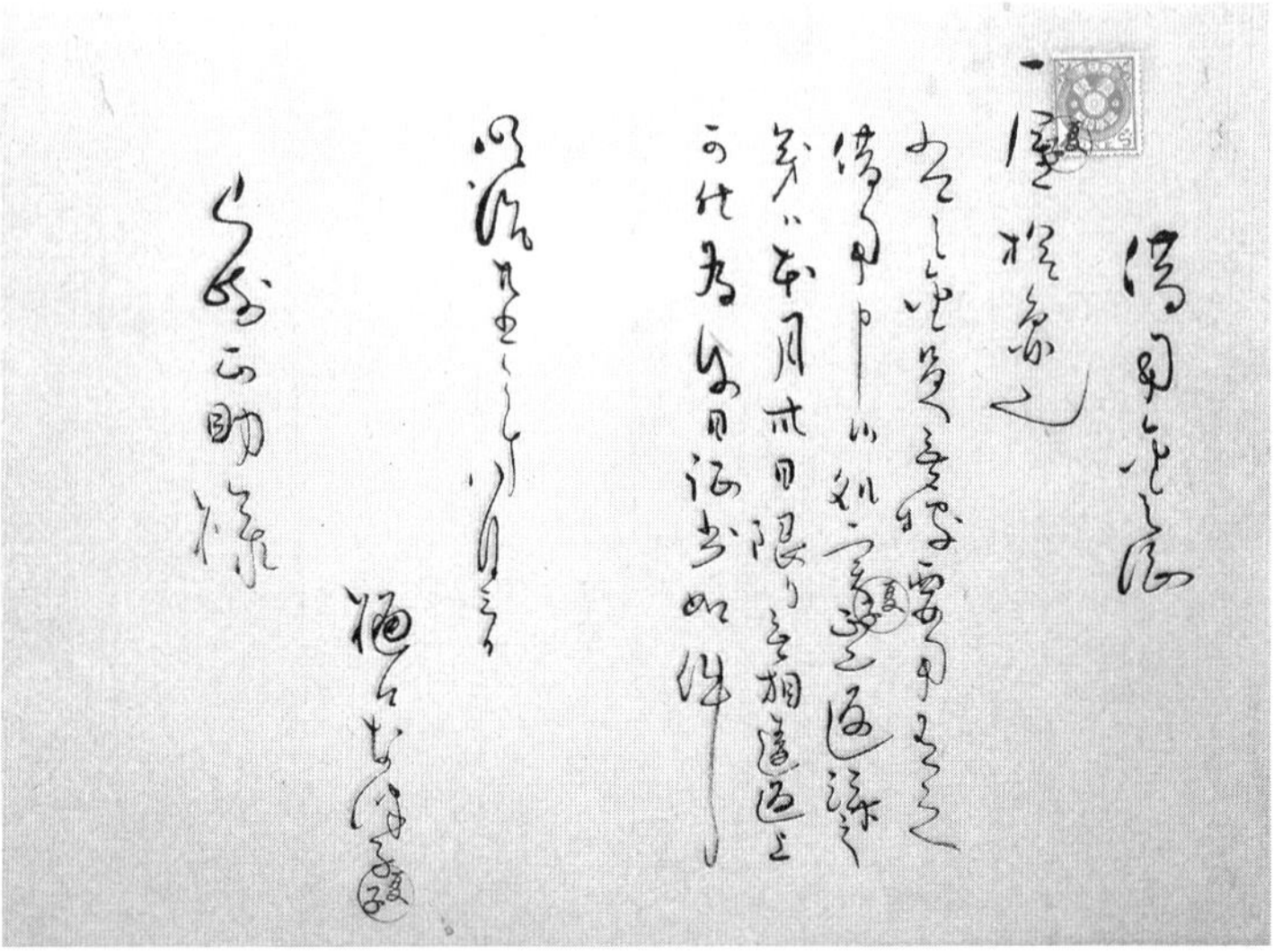

山崎正助宛借用金之証（台東区立一葉記念館所蔵）

が、夏期休暇で帰京したのだという。三枝信三郎のところで樋口家の現在の窮状を聞いてきていた。一葉との婚約が破談になった際には、樋口家の事情を知らず、無理な金銭的支援をお願いしてすまなかったと詫《わ》びてきた。

　渋谷は昨年判事補になって一年半もしないうちに検事に昇進し、月給は五〇円だという。金時計を下げ、髭を蓄えており、すっかり紳士然としていた。はじめて出会ったのは数えで渋谷十九歳、一葉十四歳のときだったが、そこからかたや出世の階段を昇りつづけ、かたや借金を増やしながら坂を転がり落ちてゆくという落差を思い知った。

　渋谷は、一葉が小説を書いていると

聞き、出版費用の援助や、坪内逍遥らへの紹介を申し出てくれた。渋谷は東京専門学校（現、早稲田大学）を出ており、逍遥はそこで講師をしていた。

夜も更けたので、また明日来ると言い残して十一時頃帰っていった。

はたして約束通り、翌日も菓子を土産にやってきた。昨日の帰りに、本屋を叩き起こして一葉の作品の載っている雑誌を買おうとしたが、「武蔵野」でなく間違えて「東錦」を買ってしまったので、あとで取り換えてこようと笑った。一葉と妹・邦子と三人で写真を撮りに行こうとせがんできたが、やんわりと断った。新潟に戻ったら手紙をやりとりするという約束を交わして渋谷は帰っていった。

さて渋谷の突然の訪問と親切尽くしとの理由は、翌週、九月一日に明らかになった。先月末が期限だった借金の返済に、母が山崎正助を訪ねたときに、山崎が一葉と渋谷の復縁を打診してきたからだ。一葉が嫁に行くのが無理なら、渋谷が婿に入ってもよいという。そう言えば、たしかに先週渋谷が来たときも、なんとなく結婚話を匂わせて、一葉の方から言い出すのを待っていたようにも思われる。

しかし今ごろ復縁を求めてくるというのはどうしたことだろうか。樋口家は傾き、昔のかげさえないのに対し、渋谷家の方はと言えば、姉は生糸商の妻となって月三〇〇円の収入があるそうで、三郎も検事として正八位に叙せられ月給五〇円。ちなみにこの頃の巡査

の初任給は八円である。二十六歳にして月五〇円は立派なものだった。

上昇志向の強い渋谷がそれでも一葉との縁組を再び望んだのは、一葉に女性として、あるいは妻としての魅力を感じたからではあるまい。破談になって以来、ほとんど会うことはなかった。ましてやもちろん、一葉の文才に惹《ひ》かれたわけでもない。渋谷はまだ一葉の作品を読んだことはなかった。だとすれば、渋谷にとって樋口家の価値は一つしかない。それは、かつて則義が四〇〇両という大金をはたいて手に入れた御家人株、今となっては士族の身分である。渋谷は真下専之丞の孫ではあったが、妾腹で、平民だったのだ。

一葉がそのねらいに気づいていたかどうかはわからない。だが、悪い話ではなかったはずだ。渋谷三郎の夢を見たことを日記に書き、またその名を何度も書き物の余白に記してもいた。決して憎い相手というわけではなかった。しかも、婿に入ってくれるのだという。もし樋口三郎が戸主となってくれれば、今の借金苦から解放されるばかりでなく、樋口の家は立派に持ち直すだろう。

しかし母は断った。一葉も同意見だった。樋口家に残された唯一の財産であるところの士族の身分にはまた、士族としてのプライドが分かちがたく結びついていた。母に苦しい思いをさせず、妹に良縁を結ばせさえすれば、自分は路傍に寝てもよい、富貴栄誉は捨て、野垂れ死んだと言われる小野小町のような末路を覚悟で文学に志す決意を新たにする一葉

だった。

ちなみにこののち、渋谷三郎はドイツに留学、帰国後、第二次大隈内閣成立時に秋田県知事、また山梨県知事となり、早大理事、報知新聞社副社長など数々の栄誉あるポストを渡り歩く。一葉の死後、大正五（一九一六）年に、両親の故郷山梨の慈雲寺に記念碑が建立された際の式典に出席した渋谷が、一葉ファンから殴りかかられたというエピソードがある。許嫁だった一葉を捨て、樋口家を困窮に陥らせたという誤解がまかりとおっていたからだが、日記をよく読めば渋谷がかわいそうになる。最終的に断ったのは一葉の方だった。

小説家としての離陸

プライドを守ったことと引き換えに貧窮はますます極まっていった。

中島歌子が、伝通院内にあった淑徳女学校の教師に周旋しようと言ってくれたり、山梨に帰り、「甲陽新報」という新聞の仕事をしていた野尻理作から原稿依頼があったりしたが、どちらも今月末をしのぐには間に合わなそうだった。三十日には、山崎正助から借りた一〇円を返さねばならないが、一銭の金を得るあてもなかった。人の信用を失うのが残

念で、色々相談し、一葉と邦子の着物を全部質入れして急場をしのごうということになった。

三十日。質入れに抵抗のあった母が、かつて父・則義と共に菊池家に仕えていた安達盛貞に借金を頼もうと言った。一葉は止めたが、朝も早くに母は出かけた。結局借りることはできなかったが、質屋よりは知人から借りた方が恥ずかしくないという発想はおそらく今とは逆だろう。母はまだ「縁」の中で生きていた。一方、一葉はそろそろ「縁」が制度疲労を起こしていることを冷静に悟りはじめていた。結局、山崎へのこの日の返済の約束は果たせなかった。

翌三十一日、山崎正助の方から訪ねてきたが、もう少しだけ待ってもらえるよう頼んだ。

九月一日、母が石川銀次郎を訪ねて一五円を借りて来た。石川は則義が生前に世話をした人物で、神田区鍛冶町で蒲鉾《かまぼこ》屋を営んでいた。そのうち一〇円をすぐに山崎に返した。しかし、相手が変わっただけで、先月初めの一〇円の借金は、今月には五割増しの一五円になった。しかも、手許に残った五円から、奥田栄への月ごとの借金の利子返済もしなければならない。一葉自身も洗い張りに精を出すが、借金はかさむ一方で、持病の頭痛もだんだんひどくなり、萩の舎の稽古にも顔を出せなくなった。

そんな貧困ゆえの多忙と不調との合間を縫って、執筆はつづけていた。花圃経由で、金

港堂から出してもらうための原稿である。十五日には脱稿して花圃のところに届けたが、ちょうど花圃は三宅雪嶺との結婚が決まったとのことだった。花圃はそれでも、金港堂に頼んで、できれば書籍にしてやろうと請け合ってくれた。

月末、稽古日をあえて避けて萩の舎に中島歌子を訪ねると、埼玉の大宮公園に秋の草を見に行こうと誘われ、お供した。十一時の汽車に乗り、三時の汽車で帰った。距離も時間も短い小旅行だったが、おそらく一葉にとってこれが汽車に乗り、東京を離れる、二度目にして最後の経験だった。最近顔を見せない一葉を心配して、気晴らしに外へ連れ出してくれたのだろう。

一葉は周りのさまざまな人たちから愛されている。思わず手を差し伸べたくなるなにかを持っていたのだろう。だが、その手を握り、相手の懐に飛び込んで身を委ねてしまうことはできなかった。一葉は、はかなげで控え目な魅力と、自分の芯を決して崩さない頑なさとをその小さな体に同居させていた。母と妹を食べさせるために人の助けを借りなければならないとしても、自分は小説家として生きていくのだ。

幸い、桃水の許を離れても、小説の仕事は順調に離陸しはじめていた。

十月に入り、金港堂から花圃経由で、『うもれ木』を単行本ではなくまず「都の花」に載せたい、原稿料は一枚二五銭でどうかと言ってきた。すぐに承知の返事を出す。計、一

〇円ほどになるはずで、母・たきはこの葉書を持って三枝信三郎を訪ね、今月の生活費として六円借りてきた。

十八日から二十五日までは、「甲陽新報」に『経つくえ』が連載された。

二十一日、金港堂の編集者、藤本藤蔭が、待ちかねた原稿料、一一円七五銭を持って訪れた。あいにく一葉は図書館で勉強中だったが、次回作も頼みたいという伝言だったので、翌日にこちらから猿楽町の藤蔭の家を訪ねた。気も急《せ》いて、人力車を奮発した。

依頼は「都の花」新年号に関するもので、付録に松竹梅として女流三人を起用したいとのこと。花圃、一葉、そしてもう一人を佐々木竹伯園か坪井秋香に頼むつもりだと。二つ返事で引き受けて、そこから直接、その日が稽古日だった萩の舎に意気揚々と出かけた。

翌二十三日、母が『うもれ木』の稿料のうち六円を持って、三枝のところに返しにいった。三枝は大変喜んでくれた。それは貸した金が返ってきたことよりも、縁ある樋口家がこれでなんとか没落から免れるかもしれないという安心感からくるものだった。

十一月は月末に『うもれ木』が「都の花」に分載されはじめたが、新たに書けた作品はなかった。もし一葉の原稿だけで樋口家の家計一切を賄おうとするならば、月に一本は『うもれ木』程度の分量の小説を仕上げなければならない。一日一枚二五銭ではちょっと心もとない。二日で三枚くらいのペースならなんとかなる。はたしてここから一葉の作家

活動は軌道に乗るのか。

十二月、先月は作品が仕上がらなかったので、また三枝信三郎のところに借金に行った。十日頃に、「都の花」用の新作『暁月夜』が脱稿した。この原稿料が入らなければ年が越せない。

二十四日、三宅花圃から、女学雑誌社から新たに出る「文学界」への寄稿依頼が届く。こうして注文が来るのは助かるが、先日読んだ「早稲田文学」(第二十四、二十五号)の奥泰資による『文学と糊口《ここう》と』という記事が思い出されて複雑な気分になる。そこには、文学雑誌が相継いで創刊されている状況について、「或は文学を一種の新職業と思惟し名誉金銭地位を得るに最軽便なるものと思へるもあらん万一にも然ることあらば是れ一大謬見なり啻《ただ》に其人の為に取らざるのみならず文学の為にも嘆はしき事なり」という一節があった。文学を金儲けのための職業と考えるのは、当人のためにも文学のためにもよくないというのである。まさに一葉の今の思いを抉《えぐ》るようなことばだった。金のために書くのは自分としても潔しとしないが、書きつづけるためにも金は必要なのだ。

暮れもそろそろ押し詰まる二十七日、奥田栄が訪ねて来たので、借金返済の元金分二円五〇円は待ってもらい、利子二円だけをなんとか返した。ただ、このままでは正月の餅も買えない。そこに、藤本藤蔭から便りがあり、明日、『暁月夜』の原稿料を渡すという。

胸を撫で下ろした。

二十八日、日本橋の金港堂に原稿料を受け取りに行くが、その前に駿河台の伊東夏子のところに立ち寄った。年内に借金の清算ができないことの言い訳のためだった。一葉は最も親しい伊東夏子には困窮を隠すことなく、しばしば借金をしたが、他の萩の舎の同窓に頼むときは言い出しづらかったらしい。伊東夏子によれば、他にも、一葉を訪ねると鰻を振る舞われ、帰るとすぐに借金を求める手紙が追いかけるようにして届いた人もあったという。ただそれは、借金を断れないようにするための戦略と疑われ、かえってよく思われなかった（『一葉の憶ひ出』）。

ともあれ、金港堂に着くと、原稿料一一円四〇銭を渡された。三八枚の原稿だったので、一枚あたり三〇銭に値上がりしていた。これは作品の評判にもとづくもので、予想外に多かったため、稲葉鉱のところに行って歳暮としていくらかを包んだ。夫の寛は車夫として仕事に出るところで、かつて二五〇〇石のお姫様だった方の変りはてた姿と、息子・正朔の様子がなんとも哀れだった。

大晦日、三宅花圃に「文学界」の原稿が書けない旨を詫びる手紙を出した。金のために意に染まぬ作品を世に出すことはできない。そのことを自分自身にもはっきりさせて、すっきりした気持ちで年を越したいと思った。

ただし、この潔い決意が、せっかく一人前の作家として離陸した一葉を大きく躓《つまず》かせることになる。

第六章

間奏　二十～二十一歳

――大成のための寄り道

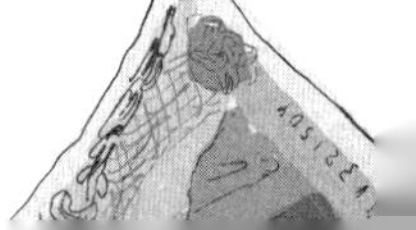

せっかく原稿料収入が得られるようになった一葉だったが、はじめに小説家を志したときから意識に変化が生じていた。文学はたんなる娯楽ではなく、それゆえ売るために読者の好みに迎合するなどもってのほかだ、と思うようになった。藝術として一〇〇年のちにも残るようなものを、と考えると、なかなか思うように筆も進まなくなった。

一葉が執筆に集中できるようにと、内職や家事の分担をできるだけ減らしてあげていた母や妹の不満は当然募る。注文はあるのになぜ書かないのか。

一葉は生きるために書くことを捨てた。そうではなく書くために生きるのだ。となれば、生きるためには別の手段を講じなければならない。小さな商いをはじめよう。そうやって日々の暮らしを立て直し、小説を書くことと生計を分けよう。荒物屋を開くことに決めた。

ここから有名な竜泉寺時代がはじまる。ただ、「時代」とはいえ、実際は十か月に満たない短い期間だった。この間、小商いは日々忙しく、小説はほとんど書けなかった。あと二年しかない一葉の生涯において、この寄り道は大変もったいないようにも見える。

しかし、開店に伴いさらなる借金にまみれ、吉原脇のこの場所で貧しい人びとの中で暮らし、また店に来る子どもたちを観察することがのちの作品に与えた影響を考えれば、決して無駄な時間ではなかった。むしろこの十か月なくして、紙幣の顔になるほどの一葉の活躍はありえなかった。

明治二十六（一八九三）年　二十一歳

一月　二十三日　母・たきが小林好愛のところに借金に行く。

二月　二十一日　小林好愛から、これまでの借金の証文を一通にまとめるよう依頼される。

二十七日　三枝信三郎に借金返済が果たせないことへの詫び状を出す。

三月　三日　姉・久保木ふじがお金を借りに来る。

十五日　昨日から家に一銭もなく、母・たきが姉・久保木ふじから二〇銭借りてくる。

四月　三日　夜、伊勢屋へ行く。

十九日　関根只誠《しせい》が昨日死去との報を新聞で見、弔いに行きたく思うが、香典代がなく、西村釧之助のところへに行き、一円を借りてく

る。

五月　二日　望月とくが利子を持参。小袖四枚羽織二枚を風呂敷に包み伊勢屋に行く。

三日　母・たきが昨日に続き伊勢屋に行く。

四日　西村釧之助に金を返しに行く。稲葉鉱が来訪。これから西村に借金に行くとのこと。

二十五日　妹・邦子が蟬表の内職を辞める。

二十九日　伊東夏子のところに行き、八円借りる。

六月　二十七日　金の工面に奔走。上野家などを頼る。

二十九日　上野が来訪し、一昨日頼んでおいた借金の話を断られる。あちこち金策に歩き、伊東夏子のところから日暮れ後帰宅。夜、家族で相談し商売を始める事を決める。

七月　一日　母・たきが、神田鍛冶町の石川銀次郎から一五円を融通してもらう。芦沢芳太郎に、商売をはじめることにしたからと、山梨の実家から五〇円借りてくれるように頼む。

四日　母・たき、小林好愛の所へ開業資金として五〇円ほどの借金を

頼みに行く。既に借金があるので書画類を一〇幅ほど預ける意向を取り次いでもらう。

五日　小林好愛から昨日頼んだ借金を断られる。

九日　母・たき、田部井のところへ行き、衣類の売買の約束をする。

十日　田部井から昨日約束した金を受け取り、その金で夜、伊勢屋に預けておいた質草を受け出し、あらためて売りに出す。

二十日　下谷区龍泉寺町三六八番地へ移る。

二十七日　西村釧之助から三円融通される。

二十九日　母・たき、望月米吉の所へ毎月の利子を取りに行くも、一銭ももらえずに帰宅。

三十一日　二十日から三十一日までの家賃六〇銭を支払う。

八月

二日　望月とくが二五銭を持参。広瀬伊三郎から為替が届く。夜、開店についての家族会議。

三日　下谷郵便局で昨日来た為替の七円を受け取る。

六日　荒物駄菓子店を開店。母・たきは奥田栄へ毎月の利子の支払いに行く。着物を三、四枚持って本郷の伊勢屋へ行く。四円五〇

十月　八日　銭借りてくる。下谷区役所で菓子小売願いの鑑札に奥印をもらい、東京府庁の分署へ行く。印紙料三〇銭、半年分の税金五〇銭を納める。

九日　西村釧之助から一〇円借りる。

十二日　言いようがないほど忙しかったが、売り上げは僅か二八、九銭ほど。

十一月　五日　田部井に預けておいた家財道具が八円で売れる。

四日　久保木から五円借りる。

十二月　七日　奥田栄に利子を支払う。広瀬伊三郎から高利で五円借りる。夜、父・則義時代に貸していた後屋敷の芦沢に返金催促の手紙を出す。

十六日　母・たきが明日、後屋敷まで借金の取り立てに行くことに。旅費は全て伊三郎が用立てた。

十八日　後屋敷より、全額の返済はできぬものの五円は送った旨を知らされる。母と入れ違いだった。

十九日　広瀬のところに利子を持参。

二十六日　夕方、母・たきが後屋敷での交渉で、一銭も持ち帰ることなく帰京。
二十八日　伊勢利から通運便で五円五〇銭が届く。奥田へ支払う元金と利息の分。星野天知からも「文学界」第十二号に出した『琴の音』の原稿料一円五〇銭が送られる。
二十九日　奥田へ借金返済に行く。

◉明治二十年代後半の一円の価値
生産価値（巡査の初任給による）　一円≒二万二〇〇〇円
消費価値（かけそばの値段による）　一円≒二万五〇〇〇円

貧乏を嗤《わら》う

明治二十六（一八九三）年は比較的穏やかに明けた。父・則義が生きていたときには、三が日は年始客の応接で羽根つきする暇もないと恨んだものだったが、今はほとんど客も

ない。姉の久保木ふじを呼んでかるたとりをするなど、家族団欒を楽しんだ。

八日に三宅花圃のところに年始参りに行くと、「文学界」の創刊号には間に合わなくとも、ぜひ二号に寄稿するようにと勧められた。一応請け合ったところ、十七日に催促の手紙が来て憂鬱になった。親切はありがたかったが、締め切りに合わせて書くことに疑問を感じはじめてもいたのだ。

ただ、現在でも文芸雑誌の存在意義は締め切りにあるとも言われる。作家というものは、いつまででもよいと言われると、いつまでも書けないもののようだ。

一葉もなんとか催促されて三日後の二十日には『雪の日』を書き上げ、翌日に花圃に郵送した。しかし、年が明けて他に原稿料収入のあてはまだない。二十三日に母・たきが小林好愛のところに借金に出かけた。小林にはこれまでも借金を重ねており、貸してはくれたが、今までの分をまとめて一枚の証文にするように求められた。いくつか小説が売れたからとて所詮焼け石に水で、暮らしは日増しに悪くなるばかりだった。三枝信三郎への返済も滞りがちで、二月末には詫び状を書いた。

一葉は次の原稿に悩んでいた。

昨年読んだ、「早稲田文学」の『文学と糊口と』が脳裏から離れなかった。文学は糊口のために為すものにあらず。そのとおりだ。だからこそ、新しい作品に登場させるべき理

想の美人像を探しあぐねていた。どうしても平凡世俗なパターン化された人物しか浮かんでこない。

「都の花」の金港堂からの注文が難しかった。和歌の入った小説を、という。歌を詠む人たちの優雅な世界を、というのは萩の舎の主要メンバーである一葉ならではの注文だっただろう。しかし、ながらく歌を詠む人たちに立ち混じってきたからこそ、書けなかった。

たしかに身分の高い人たちばかりで、ことばや立ち居振る舞いは優美かもしれない。しかし、その裏は嫉妬と憎悪の渦巻く世界で、噂話によって他人を失脚させることに暗い喜びを感じる者たちの寄り集まりだった。一葉自身がその罠《わな》にはまり、桃水の許を去ることを余儀なくされたのだし、師の中島歌子はしばしば弟子の愚痴を一葉に洩《も》らし、弟子たちは弟子たちで師に不満を持ち、分裂やクーデターさえ企てる者さえいたようだ。

こんな場所から真の美や優雅さを導き出すことはできない。真を追求すれば、人間の悪い部分を剝《む》き出しにし、仲間の偽善を暴くことになってしまう。それはこの一五年ほどのちに田山花袋《かたい》が『蒲団』を書いて以来、やがては文壇の主流にさえなる方向だが、まだいささか早すぎたし、一葉は長生きしてもそちらの方には進まなかっただろう。

たしかにこれから一葉は、次第にたんなる表面的・通俗的な美よりも、悪や苦しみに向かっていくことになるが、それは社会や環境によるものであって、人間の内面の奥底から

発する悪ではなかった。

一葉の描く悪人は総じて薄っぺらい。それは、根っからの悪人というものはいないと頭の片隅でわかっているのに、読者に迎合して典型的な悪役を描いてしまっていたからだ。しかし、後期にいくにしたがって、そういう人物は鳴りを潜めていく。悪の権化のような人間を登場させずとも、この世には悪も苦しみも存在するという現実を味わうからである。

ただし、そこに至るにはまだもう少し時間と経験とが必要だった。作家にはなったが、産みの苦しみは以前に増してひどくなった。

注文が来ていることを知っている母たちは、一葉の様子を気を揉みながら眺めていたが、年明け以来、三月半ばをすぎても一葉の稼ぎは一銭もなく、姉の久保木家に行って、たかだか二〇銭を借りてこなければならないところまで追い込まれた。

月末になり、二十五日の一葉の誕生日は、とりあえず赤飯を炊いてこともなく過ぎたが、三十日に母の怒りが爆発した。

〈努力しても買い手がないならどうしようもないが、せっかく注文はあるのに、自分から引き延ばして世に出さないのはおかしい。誰だってはじめから優れたものが書けるわけではない。多少気に入らないところも飲み込むべきだ。一〇年後に満足いくものが書けるようになったとしても、それまで飲まず食わずというわけにはいかない。たとえ小役人でも

商人でも定収入があればこんな思いをせずにすむものを〉

ほとんど字の読めない母に、「文学と糊口」の話をしても通じはしないだろう。母にとっては蟬表の製作も小説の創作も、生きるための手段に過ぎない。しかし一葉にとっては、立派な作品を仕上げることこそが生きる目的になっていた。母の意に沿えないことを申し訳なく思いつつ、自分を曲げることもできなかった。

もう借りられるところからはあらかた借り尽くしてしまっていた。やむなく、近所の質屋、伊勢屋に行く。日記上は四月三日がはじめて質屋の暖簾をくぐった日ということになっている。とうとう売り食いの日々がはじまった。返せるあてのない質入れは、売り払うのと変わりない。母の小言の日々もつづく。

近所の関根只誠が亡くなったときも、香典が出せず、妹・邦子が自分の着物をすべて質に出してもよいと言ってくれたが、さすがに思いきれず、その優柔不断さを母と妹から責められた。結局、西村釧之助を頼り、危急の場合だからと一円借りて、弔いに行った。

この出来事と前後して、稲葉寛が幸いにも市ヶ谷監獄の看守として奉職することが決まったとの知らせがもたらされた。一時の貧窮ぶりからすれば、一葉としても喜ぶべきことだったが、思いは複雑だった。男であれば、どん底からでも這い上がることができる。しかし、女には働こうにも職業の選択肢がないのだということをあらためて思い知らされた。

葬式に出る金すらないわが身を詠んだのが次の歌である。

我こそはだるま大師に成にけれ　とぶらはんにもあしなしにして

『蓬生日記』

ここで「一葉」というペンネームは、「あし＝足／銭」のない達磨を載せた一葉舟という「貧乏」のイメージと強く結びつく。作家として生きていくならば、「あしなし」を覚悟しなければならない。ただし、この狂歌からも明らかなように、もはや以前のようにただ泣き暮らしているわけではない。むしろ開き直って、自らの苦境を諧謔的に見ている。もはや涙はなく、くぐもった笑い声さえ聞こえてきそうだ。

これからの一年は、最後に大きく羽ばたくための充電期間となる。

質屋通い

五月に入っても新しい原稿は書けず、樋口家の主な収入源は相変わらず質入れを含む借金しかない。二日には、先月につづいて伊勢屋に行かねばならなかった。

伊勢屋は本郷菊坂にあった質屋で、今でも跡見学園が建物を保存し、一般公開もしてくれている。ここから避けていたはずの質屋通いがはじまり、伊勢屋との繋がりは一葉の死後まで続くことになる。

ちなみにこのとき質入れしたのは、小袖四枚と羽織二枚。これではたしていくら借りられたのかは記録がないが、かつて一葉が萩の舎ではじめての発会のとき、着ていく着物がなくて親子三人泣いたエピソードからするなら、高価な着物であったはずはあるまい。まだ父・則義も存命で余裕があった頃から、樋口家はそれほど衣類に金をかける家ではなかったようだ。しかもそのときから状況はただただ悪くなってきていた。

質草と言えば着物が最も多く、また貸出金は三〇銭から五〇銭が最も多かったそうだから、樋口家の着物もだいたいこの換算で、高い方で見積もって借りられたのは約三円ほどではないだろうか。

ちなみに、質屋の利息については、この二年後、明治二十八(一八九五)年に定められた質屋取締法が参考になるだろう。その第九条には次のように規定されていた。

質屋は左に掲ぐる制限内の利子の外何等の名義を以てするも金銭を領収することを得ず。

貸金二十五銭以下は一箇月一銭、一円以下は一箇月百分の四、五円以下は一箇月百分の三、十円以下は一箇月百分の二半。

本条に違反したる質契約は其違反せる部分に限り無効とす。


年利に換算すると一円以下が四八％、五円以下が三六％、一〇円以下が三〇％であり、かなり高い。ちなみに現在は利息制限法により、元本が一〇万円未満の場合は年二〇％、一〇万円以上一〇〇万円未満の場合は年一八％、一〇〇万円以上は年一五％と定められている。おおまかに言って、二倍ほどの利率だった。

仮に樋口家が五月二日に借りたのが三円だったとすれば、一年後には四円以上返さねばならない。おそらくそれは無理だと自覚していたのではないだろうか。

しかも、翌三日にも伊勢屋に行った。それは、昨日借りた金では今月を乗り切ることができないと判断したからだろう。そしてその翌日、四日には、先月関根家の葬式に出るために借りた一円を西村釧之助に返しに行った。

ちょうどその日、稲葉鉱は西村に借金を頼みに行くところだった。夫・寛の俸給が出るまでをしのぐためだった。この前後に、鉱に古い浴衣二枚を譲っている。おそらく質草にもならないほどくたびれていたのだろうが、それほどに稲葉家も困窮していた。

しかし、衣服をめぐる自他の困窮を目の当たりにしても、もはや六年前に『身のふる衣』を書きはじめたときのような愁嘆場を演じることはもはやない。発会に着ていく晴れ着がないどころか、毎日の普段着さえ、季節が過ぎるとともに質に入れねばならくなっているが、もはやそら涙は流されない。

蔵のうちにはるかくれ行《ゆく》ころもがへ

伊勢屋に行った日に詠んだ、俳句とも川柳ともつかない句だが、井原西鶴の「長持に春かくれ行くころもがへ」を踏まえている。

西鶴は、衣更えに際して春の着物が長持に収められていくことを詠んだが、一葉は質屋の蔵の中に着物とともに春が暮れてゆくのだと言う。場面としては風流とはほど遠いが、詠調は慨歎《がいたん》というより一種の風流を漂わせている。質屋通いを通じて、一葉は自身の貧窮をも距離をとって眺め、文学的表現へと昇華させることを学んでいた。

実業宣言

五月二十五日。妹・邦子はこの日をもって蟬表の内職をやめた。いくら腕が良いと褒めそやされたからといって、賃金は高が知れていた。この内職で母娘三人が食べていくことはできないことはもう十分証明された。一葉が頼りにならない以上、なにか別の手立てを考えなければならない。

五月末は伊東夏子に八円を借りてしのいだ。だが、六月に入って「文学界」から催促が来ても、なかなか原稿は仕上がらない。

二十二日は邦子の誕生日だったが、もはや祝いにふさわしいことをする余裕もなかった。中島歌子を訪ねたが、用件を即座に察したのか、先に自分の兄の金銭問題で苦労しているという話を聞かされ、借金の相談を言い出すことはできなかった。上野兵蔵を頼ったが、こちらも断られた。結局、この月も伊東夏子しか頼れる者はなかった。

しかし伊東夏子とて、自分で働いているわけでもなく、樋口家三人をずっと支えていけるほど自由な金があるはずもない。

六月二十九日の晩、一葉は母と妹にはかり、商売をはじめることにした。母はいたく嘆き、一葉の志が弱いからこそこんなことになったのだ、と責めた。しかし一葉は、既に母

に対しても決定権を譲りはしないほど、戸主として成熟していた。家財を売ろうが商売をしようが、むしろ文学に対する己の志を貫くためにこそそうするのだという自負もあった。嘆く母に同調することなく、〈年寄は物事の表面しか見はしない〉と、むしろ冷ややかに見つめている。これも小説家的なまなざしである。

人つねの産なければ常のこゝろなし。手をふところにして月花にあくがれぬとも、塩噌なくして天寿を終らるべきものならず。かつや文学は糊口の為になすべき物ならず。おもひの馳するまゝこゝろの趣くまゝにこそ筆は取らめ。いでや是れより糊口的文学の道をかへて、うきよを十露盤《そろばん》の玉の汗の商ひといふ事はじめばや。もとより桜かざしてあそびたる大宮人のまどゐなどは昨日のはるの夢とわすれて、志賀の都のふりにし事を言はず、さゞなみならぬ波銭小銭、厘が毛なる利をもとめんとす。さればとて、三井三びしが豪奢も願はず。さして浮よにすねもの〻名を取らんとにも非らず。母子草のはゝと子と三人の口をぬらせば事なし。ひまあらば月もみん、花もみん。興来らば歌もよまん、文もつくらむ、小説もあらはさん。

『につ記』

長い引用になったが、一葉が大転換を図った際のマニフェストである。あたらしく七月一日からつけはじめられた『につ記』の冒頭に置かれている。

〈人は恒産無ければ恒心無し、月花の美を愛でる前に、塩や味噌がなければ生きていけない。一方、文学は生計のためになすものではない。自分の思いの赴くままに書くべきものだ。だから、さてこれから金のための文学を捨てて商売をはじめよう。萩の舎の優雅な人たちの世界は過去の夢として忘れ、小銭稼ぎをする生活に入ろう。といって三井三菱のような贅沢をしたいわけでもなければ、世をすねた人のように思われたいのでもない。ただ母娘三人が食べられればよい。その合間に余裕があれば、月花を愛で、歌を詠み、小説も書こう〉

意図は明瞭だ。文学と生計とを完全に切り離し、まずは商売で家族三人が食べられるようにし、余暇で文学活動をする、というのだ。勇壮ではあるが悲愴ではない。「十露盤の玉の汗」の掛詞などむしろ余裕すら感じさせる。

このあとに、注文や世間の要求に合わせて小説を書くことの虚しさが語られ、せめて文学においてくらいは外的義務から自由でいたいとの願いが示されるが、一方でこれまで経験のない客あしらいや駆け引きをしなければならないことへの不安も洩れる。それでも最後には、「されどうき世はたなのだるま様　ねるもおきるも我が手にはあらず」と洒落の

めした開き直りを見せるのである。数年の間に精神が太くなっていくのが如実に観察されるが、はたしてこの「士族の商法」のゆくえやいかに。その合間に書こうという小説のゆくえやいかに。

開店まで

さて、覚悟が決まれば商売をはじめる元手をどうやってか調達しなければならない。

一日、父・則義が存命中によく金を貸していた石川銀次郎を訪ね、一五円出させた。また同郷の遠縁、芦沢芳太郎に、山梨の実家に五〇円貸してくれるよう手紙を書いてもらう。四日には、小林好愛を訪ね、これまでの借金もあるので、書画類一〇幅を預けることを条件に五〇円ほど貸してもらおうとするが、これは断られた。

以前に渋谷三郎が二日続けて訪ねてきた際に、苦しくても父遺愛の書画骨董は売ってはならないと言い置いて帰ったが、そもそもどうやら売っても二〇円にもならないようだ。それならば、最後にとっておいた絹の着物も含め、着物類を売り払ってしまおう。もう萩の舎のような華やかな場に出ることもあるまいと覚悟を決めた。

二重緞子の丸帯一本、緋博多の片かわ帯、繻珍の片かわ帯、縮緬の袷《あわせ》の着物二枚、絲織

の着物一枚が、計一五円で売れた。その金を持って伊勢屋に行き、預けてあった質草を受け出して、それをも売った。

十一日は、翌日が父の祥月命日だったので、兄・虎之助もやってきた。商売の計画を打ち明けると、〈商売というのはそれほど簡単なものではない、挫折したときに頭を下げに来れば助けてもやるが、それまでは自由にすればいい〉とにべもない。

それも無理はなかったかもしれない。自身の放蕩が原因とはいえ、虎之助は士族の家を追い出されて、職人となったのである。以来、物を売って暮らすということの厳しさは身に染みている。その自分になんの相談もなく、商売をはじめると言うのだ。今まで士族風を吹かせてきた女三人になにができるか、まずはお手並み拝見と考えたのだろう。

しかし、出店のために借金もし、着物も売り払ってしまった一葉に、引き返す道はもうなかった。兄にも見放され、そのことでまた母がぶつぶつと文句を言い出し、ますます自身が波に弄ばれる小舟のように思えてきた。「一葉」という号がますますふさわしいもののようにも思えてきた。こうなれば波に身を任せて漂いつくところに行けばよい
こう開き直りつつ、しかし実際どこに何の店を構えるかという段になれば、慎重にならざるをえない。むろん、家賃は安くなければならない。ただ、それ以上に、あまり人目に立たない場所でなければならない。

だが、店を出すのに目立たない場所というのは矛盾である。わざわざわかりにくいところに看板も出さず、知る人ぞ知る高級店を開こうと思ったわけではもちろんない。知人、特に萩の舎の友人たちに知られるのが恥ずかしかったのだ。

十五日に丸一日かけて店舗の候補を捜し歩いた。午前は神田の和泉町から浅草にかけて。美倉橋と和泉橋との間、現在の秋葉原駅と浅草橋駅の中間あたりの小路に、四畳半と二畳の二間の空き家を見つける。敷金三円に家賃一円八〇銭とのこと。庭がなく、裏側が長屋と屋根つづきなことが気に掛かるが、とりあえず母・たきに相談することにする。

帰宅して母に話したが、下町も、庭のないのも嫌だと言う。母は江戸へと駆け落ちしてきたばかりの一時を除いて、そこまで貧しかったことはなかったし、自らの努力で手に入れた士族としての矜持を捨てられなかった。

やむなく午後は山の手を歩く。駒込、巣鴨、小石川あたりは閑静でよいが、高級すぎて小商いをしても客がつかないだろう。牛込なら神楽坂あたりがよさそうだが、知り合いが近くにいて具合が悪く、飯田橋からお茶の水通りをとぼとぼと歩いた。下を覗くと今日が川開きで、小舟が客を引いている。馬車が音を立てて過ぎ、道行く人たちは着飾っていて、小さい頃から贅沢と無縁に育ってきた妹・邦子を不憫に思う。おそらく優に二〇キロメートル以上を足を棒にして歩いたが、これという場所は見つからなかった。

翌日は疲れて動けなかった。

十七日になっても、邦子は疲れがとれず、といって一人では心もとないので、母・たきに同行してもらい、下谷方面を探すことにする。坂本通りで二軒見たが気に入らず、浅草方面に向かい、竜泉寺でこれはという家を見つけた。

間口は二間、奥行は六間ほど、店は六畳、座敷が五畳と三畳でそれぞれ南向きと北向き、なにより小さいながら庭があり、その向こうに木立のある家があってそれが借景となった。妹も良いと言えばここに決めることにし、左隣の酒屋に頼んで帰宅。敷金三円、月家賃一円五〇銭。妹も異議なしとのことだったので、夕方に再び訪れることにした。

十九日には、藤本藤蔭、伊東夏子、中島歌子を訪ねた。商売を始め、しかも誰のところからも相当遠くなる。たんなる転居の連絡というよりは、暇乞いに近かった。これまでどれほど貧しくとも通いつづけた萩の舎ともいよいよ離れることになったのだ。

その日のうちに、家にあった道具類を、売却してもらうために西村釧之助に預け、引っ越しのために家の片づけを終えた。義兄の久保木長十郎が手伝いに来てくれた。

その夜は、新生活のためにこれまでの生活を捨てることに胸がいっぱいになり、体は疲れているのになかなか眠ることができなかった。

二十日木曜日薄曇り。朝十時に本郷菊坂の家を引き払い、下谷区竜泉寺町へ転居。この

家に住んでいる間の日記は『塵の中』と題される。それはここでの生活を経験してから振り返るようにして付けられた題名だろう。

この場所は、下谷から吉原への一本道に面し、吉原通いの人を乗せた人力車がひっきりなしに前を通った。午前一時までは吉原に向かい、午前三時にはその流れが逆になる。静かだった本郷とは打って変わって夜闇に車の音が響く。なにしろこの家は一軒家を縦に割

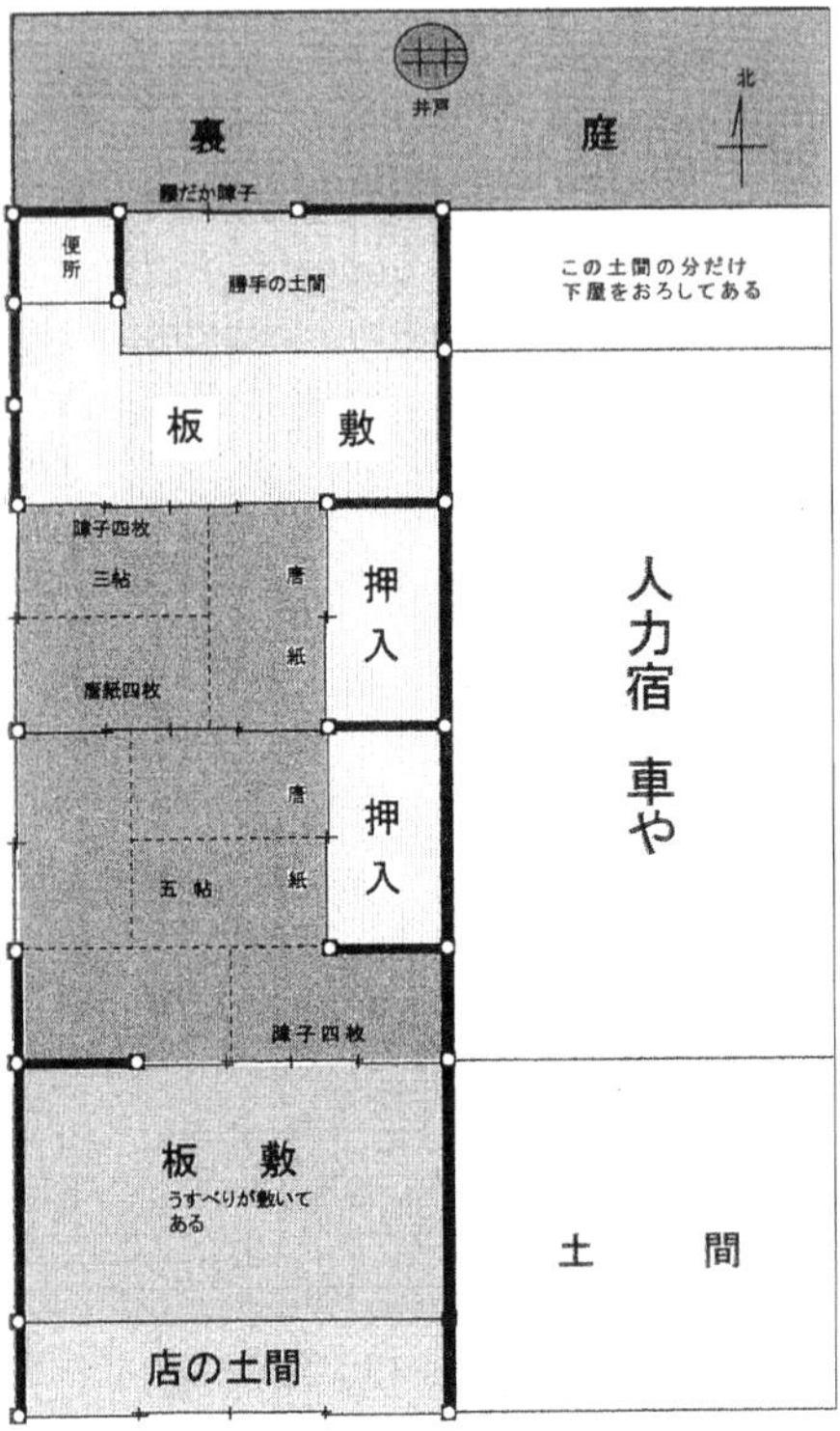

一葉旧居間取図（台東区立一葉記念館所蔵／考証 上島金太郎／製作 内田佐平）

って二軒分とする長屋で、薄い壁一枚向うは人力車夫たちのための車宿だったのだ。遊郭も近く、男のいない樋口家のような店がどう思われるのか、不安が迫り、この日もなかなか寝つけなかった。

こんな塵にまみれた生活の中で、半井桃水からも忘れられていくのだと思うと切なくてたまらなかったが、幸いと言うべきか、開店準備の忙しさがそれを少し紛らせてくれた。役所への転居届、知人への転居案内、店の掃除などやるべきことは山ほどあったが、一番の問題は商品の仕入れだった。樋口家の誰もなんの経験もなかった。

知り合いの伊勢利を頼って浅草本願寺そばの問屋を紹介してもらい、五円分ほどの商品を見繕って明日送ってもらうことにし、一円を手付として預けたが、残りの四円がない。

一葉のいとこで上京していた広瀬伊三郎を頼るが、ちょうど山梨に帰るところで、断られてしまう。翌日に、西村釧之助を訪ね、先に預けておいた道具類の売却に関して、約束の二〇円のうち五円だけでも前払いしてもらえないかと散々交渉したが、月末ということもあり、立て替えはできないとこちらも断られてしまった。

やむなく問屋に商品を届けてもらう日を延ばしてもらうために人力車を走らせた。

しかし元手がなければ商売はできない。開店計画はいきなりここで大きくつまずいてしまった。

山梨の広瀬伊三郎には手紙で金を工面してくれるよう頼み、三枝信三郎を直接尋ね、あるいは少しでも稼ごうと、吉原の引手茶屋伊勢久から仕立物の内職をもらうことにした。一度断られた西村釧之助には慇懃《いんぎん》かつ執拗な手紙を書いて、融通してもらおうとした。

落ぶれてそでに涙のかゝるとき人の心の奥ぞしらるゝ、とはげにいひける言葉哉。たらぬことなき其むかしは、人はたれも〳〵情ふかきもの、世はいつとてかはりなきものとのみ思ひてけるよ。（中略）彼れほどの家に五円十円の金なき筈はあらず。よし家にあらずとて、友もあり知人もあり、男の身のなさんとならば成らぬべきかは。（中略）虚無のうきよに好死処あれば事たれり。何ぞや釧之助風情が前にかしらをし下ぐるべきかは。

『塵の中』

〈「落ちぶれてそでに涙のかかるとき人の心の奥ぞしらるる」と言うのは本当にうまく人の心を言い当てた言葉である。何も不足していない頃は誰もみな情深く、世間というのはいつまでも変わらないものだと思いこんでいた〉

そのように人生というもの世間というものを悟りすましたようでいながら、このあとの

釧之助に対する怒りは凄まじい。「縁」や「情」というもののあてにならなさを悟った後でさえ、一葉の中には、金は持てる者が持たない者に融通するのがあたりまえ、女には無理でも男なら人から借りてでも融通するのがあたりまえ、という強い先入見がある。この意識はやがて社会問題に向けられることになるが、ここでは釧之助一人が矢面に立たされ、いささかかわいそうではある。

しかし釧之助は月末に、頼まれたほどは用意できないが、と三円持ってきてくれた。山梨の広瀬三郎からも、頼まれた金は送る、と手紙が来た。それでもまだ仕入れができるほどの金はない。三十一日には、二十日からこの日までの家賃を日割りで六〇銭払わねばならなかった。店付きの家を借りたのに、結局一〇日以上も店は開けなかった。やむなく無《ぶ》聊《りょう》を慰めに、吉原の中を何度か見物に歩いた。

八月に入り、二日に望月米吉の妻・とくが、貸していた金の利子として二五銭持ってきてくれた。そこに広瀬伊三郎からの為替が届いた。翌日、その為替を下谷郵便局まで行って換金し、ようやく仕入れの資金が調った。五日までになんとか品物を並べて店らしくしたが、二軒の間口の店にたかだか五円分の商品を飾りつけても、あまりに貧相な店構えだった。仕入帳によれば、開店時に店に並んだ商品は、糊、安息香、元結、掃除用具、附木、磨き砂、箸、麻紐、楊枝、鉄漿《おはぐろ》、亀節、歯磨粉、ランプの芯、藁草履、卵、石鹸、束子《たわし》、

蚊遣香、マッチ、ささら等。ガラスの陳列箱だけが店の中で輝いていた。

それでも店を開けねば収入もない。八月六日、日曜日、晴天。いよいよ一葉を店主とする荒物屋が開店した。

士族の商法？

開店初日はとにかく忙しかった。早速向かいの家が挨拶代わりに買いに来てくれた。しかし、いかんせんまだまだ品物が足りない。夕方、本郷の伊勢屋に走り、着物数枚を質入れして四円五〇銭を借り、父の旧主、菊池隆吉の息子の店で紙類を二円分仕入れた。今で言えば卸値で約八万円分の紙は相当に重かった。しかも仕入れはツケだったようで、それは借金の重みでもあった。本郷から竜泉寺まで、風呂敷包みを肩に食い込ませながら、とぼとぼと歩いて帰った。家に着いたのは夜の十時近くになってしまった。

翌七日は早朝から仕入れに出かけ、針と糸、石鹼、蠟燭などを買った。

八日、浅草区南元町の東京府庁分署に出かけ、菓子小売の鑑札をもらう。印紙料三〇銭と半年分の税金五〇銭を納めた。

九日、まだ商品の値段をきちんと覚えておらず、間違えて安く売ったり高く売ったりと

失敗を重ねるが、夕方、西村釧之助が一〇円を融通しにわざわざ来てくれた。苦境はしばしば、一葉の特に男性に対する見方を厳しいものにするが、しかし桃水にせよ釧之助にせよ、義理を越えた「情」をたしかに示してくれていた。

その金で新たに店に並べる駄菓子や玩具も仕入れた。

開店して一週間ほど経ち、まだまだ間違いは多いが、それもこれもお客がひっきりなしに来るからだった。売れるということはそれだけ仕入れねばならないということで、一葉は毎日のように、より安い問屋を探して仕入れをつづけた。商売など昔なら思いも寄らないことだったが、境遇は一葉を逞《たくま》しくした。

二十日からは竜泉寺の氏神である千束神社の年に一度の祭だということで、賑わいを見込んで品物を増やそうと思ったが、元手が少なく、安くてかさの多いマッチ箱を五〇銭分仕入れた。たしかに繁盛し、二十日は一日で一円ほど売り上げがあった。

さてこうして次第に商売に慣れていった樋口家で、役割分担もおおよそ定まってきた。一葉は買い出し、妹・邦子は店番、母・たきは吉原の引手茶屋から仕立物の内職をもらってくる、というふうに。

店は大繁盛と言ってもよかった。しかし、いくら店内が賑わったとしても、実は客のほとんどは子どもたちだった。荒物屋として開業した一葉の店は、あっという間に駄菓子屋

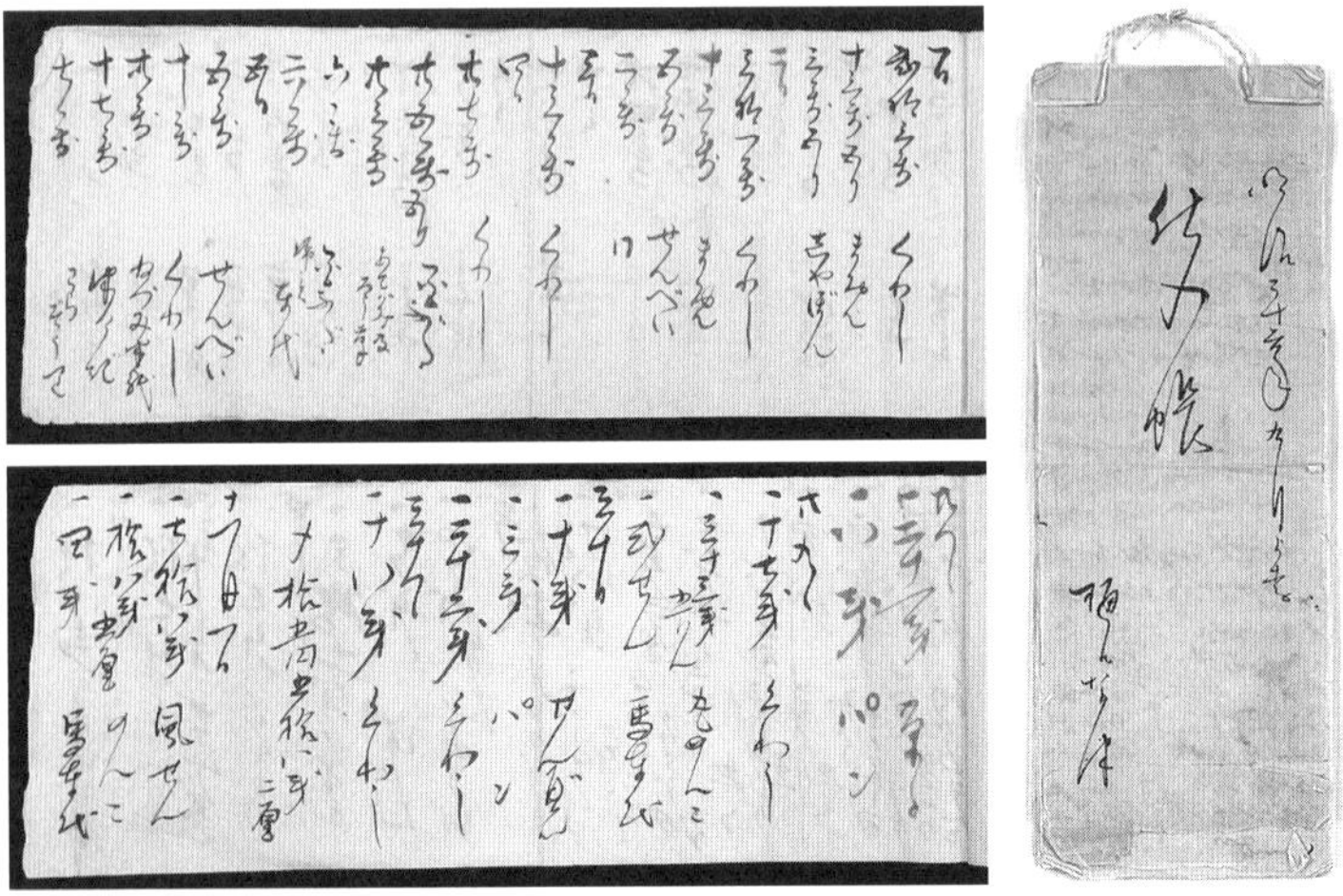

仕入帳（台東区立一葉記念館所蔵）

になっていた。仕入帳を見ると、八月から十月にかけて、荒物や雑貨の仕入れはそれぞれ、約一四円から三円一〇銭へと下がっているのに対し、駄菓子や玩具は、五円八〇銭から一二円二六銭へと上がり、逆転現象が起きている。一日の売り上げは、大体四〇銭から六〇銭。今日の生産価値なら、一万円から一万五〇〇〇円ほど。

　これが洗い張りや仕立物の内職でなら、食えない額ではない。しかし、商いの売り上げは利益そのものではない。仕入れがある。たとえ月に一二円から一八円の売り上げがあったとしても仕入れにかかった値段を差し引くと、純利益は五、六円ほどしか残らなかった。家賃の一円五〇銭は別である。つまり、手許には、現在の価値で一〇

万円も残らなかったのである。

子どもの客が使うのは、多くても一人五厘か六厘。二厘や三厘の客もいる。つまり五〇銭の売り上げのために一日に一〇〇人からの客を相手にてんてこ舞いしなければならなかった。一人の接客に五分かけたら、それだけで八時間以上ぶっ通しではたらかなければならない。

実際、邦子は座る暇もないほど忙しく働いた。開店して二か月もしないうちに、二軒先の別の店が閉店してしまったためもあったろう。こちらの繁盛が原因だったかもしれない。

そして、それだけ働いても、まだ生活費を十分に賄うことはできないのだ。

結局、足りない分を補うための手段としては、借金しかなかった。十一月には、姉の久保木から五円借り、十二月には広瀬伊三郎から五円借りた。

伊三郎からの五円には俗に「日なし」という高利が付いた。ちょうどこの年の少し前に出たばかりの松原岩五郎のルポルタージュ、『最暗黒の東京』にその説明を委ねよう。


一円貸して日に三銭ずつ取り立て、四十日にして済《な》しくずすあり、これを外日済《そとひなし》という。また八十銭貸して日に二銭ずつ五十日に済すあり、これを内日済という。共に月二割の利息とす。この内手数料として五銭と印紙料一銭を引き去れば正味七十五、六

銭に過ぎず。もし期限内に皆済せざれば債主はこれを幸機会として喜び、残額に少ばかりを補足してまたこれを元金に書き直す（中略）かくの如くして借主は一生奉公す。

月二割というのも高利だが、そもそも八〇銭借りても、そのうち五、六銭が手数料やらなにやらであらかじめ引かれてしまうという。ここには「縁」は一切介在しない。あるのは冷徹な資本の論理だけである。

これまでも一葉はあちこちに借金を重ねてきていたが、それはすべていわゆる「恩借」だった。証文も書き、利子も払うことがあったが、あくまで厚意に裏付けられた借金であり、期限を決めていたとしてもあるとき払いで、延滞分に利息が上乗せされるというようなことは考えられなかった。

しかし伊三郎からの借金は、「情」抜きの完全な契約だ。これは、以前の借金があくまで生活を支えるためのものだったのに対し、これが商売のための資金と見なされたからだろう。一葉は、商売に手を染めることにより、無情な資本の論理に身を委ねることになったのだった。

日記に、「金銀はほとんど塵芥の様にぞ覚えし」という数え九歳頃の思い出を綴ったのは商売をはじめた頃だった。つまり、「覚えし」という過去形は、現在の境遇との隔絶を

意味していた。〈九歳の頃は、金をごみのように思うことができたのに〉という悔恨までがここに込められている。そこから十年余、今は五厘六厘の商いに齷齪《あくせく》しなければならない、と。

状況を打開するために、父・則義が生前に融通していた山梨の親戚から金を返してもらおうと、交渉をはじめた。手紙を出してもなかなか返事が来ないので、十二月十六日に母・たきが直接出向くことにした。新宿から八王子までは甲武鉄道の汽車、その先は人力車か無軌道馬車を使った。旅費は片道約一円五〇銭。今の樋口家にはおいそれと出せる金額ではないが、広瀬伊三郎が出してくれた。生活のためであればまだ辛うじて「縁」や「情」が生きていたのである。

しかし、結果は不首尾だった。母の出発と入れ違いに、先方からは、全額の返済は無理だがと、五円だけ送ってきていた。それですべてだった。向うとしては、半ばもらったものだと考えていた。それが田舎に残る古い論理であり、おそらく父自身もそう考えていた。母も、自分がここまで困窮しなければわざわざ返済を迫りに行こうなどとは思いもしなかっただろう。結局、一〇日かけての里帰りは、帰りの旅費を出してもらう以外に母に一銭ももたらさなかった。

さて、実業宣言の中にあった「ひまあらば月もみん、花もみん。興来らば歌もよまん、

文もつくらむ、小説もあらはさん」という句はこの半年弱の間にどうなったか。まったくはじめてのことばかりで目も回る状況の中、それでも一葉は十一月末に『琴の音』を「文学界」に送った。貧乏ゆえに盗賊となった孤児の少年が、妙なる琴の音を聞いて改心するという話である。星野天知から寄稿依頼があったのが四月六日だったから、実に七か月以上かかったことになる。その間、一葉は「糊口的文学」に一切手を染めることはなかった。だが、この原稿料が命を繋ぐこともたしかである。十二月二十八日に、天知から一円五〇銭が届く。約八枚なので、一枚当たりとすれば二〇銭の計算となるが、これは一枚当たりではなく、大体の長さに応じて一作当たりいくらで天知が決めた切りのよい値段である。当時一流の「都の花」とは異なり、「文学界」はあくまで同人誌だったから、安くてもやむをえなかった。なにしろ一葉と北村透谷だけが例外で、島崎藤村ら他の寄稿者は稿料なしだったのである。

でもこれだけでは年を越せない。伊勢利からも五円五〇銭を借り、奥田栄に今月の返済をなし、ようやく三十日に餅を一円分つかせ、年を越せる見込みができた。ただ、年が明けても状況が好転する要素はなにもない。兄・虎之助が冷たく言い放ったように、やはり商売というものに対する見通しが甘かったのだろうか。

竜泉寺という学校

たしかに竜泉寺での生活は、開店のために借金を増やし、多忙のために執筆の時間もあまりとれなかった。早朝に仕入れに出かけ、日中の店番は基本的に邦子に任せて、その間奥の間で机に向かう計画だったが、実際には疲労と頭痛で一日なにもできないことも多かった。おそらく亡兄・泉太郎からもらった結核も、疲労によって進行しつつあっただろう。

では竜泉寺での生活は失敗でしかなかったのだろうか。

一葉を一生活人として見たときにはそうかもしれない。困窮はまさり、萩の舎の友とも、半井桃水とも縁遠くなって、文学的な喜びもあまり得られなかった。

しかし、この竜泉寺での経験なくして、翌年からはじまるいわゆる「奇跡の十四か月」はありえず、とすれば作家一葉はせいぜい明治の女性作家群の一人に数えられても、決して紙幣の顔になることはなかっただろう。

短期間とはいえ、竜泉寺で学んだことは多く、そしてそれは他の女性作家たちが決して知りえないことばかりだった。図書館にもひきつづき暇を見ては通っていたが、文献を通じては到底知りえない、同時代の多様な弱者たちの生活を直接肌で感じとったのだ。

店から外を眺めるだけでも、男たちの欲望について勉強できる。当時の吉原に行くには、

三ノ輪方面から日本堤通りをまっすぐ行くしかなかった。家の前を通る人力車の数を数えると、一〇分間に七五輛《りょう》で、一時間だと五〇〇輛にものぼる大賑わいだった。これほどの男が吉原に通うのだ。

ただ、人数は多くとも、実際に廓《くるわ》に上がる者は少ないのかもしれないと一葉は思った。針仕事の得意先だった引手茶屋、伊勢久ですら、お客が一人もないこともあるという。

ためしに夜に吉原の中をめぐってみると、角海老楼だけは賑わっていたが、看板提灯を下げて茶屋から見送られる客は一人も見なかった。心中物などを三味線にのせて語る、三十歳すぎとおぼしき流しの女性が哀れを誘った。

吉原は、たとえば現在の風俗街と

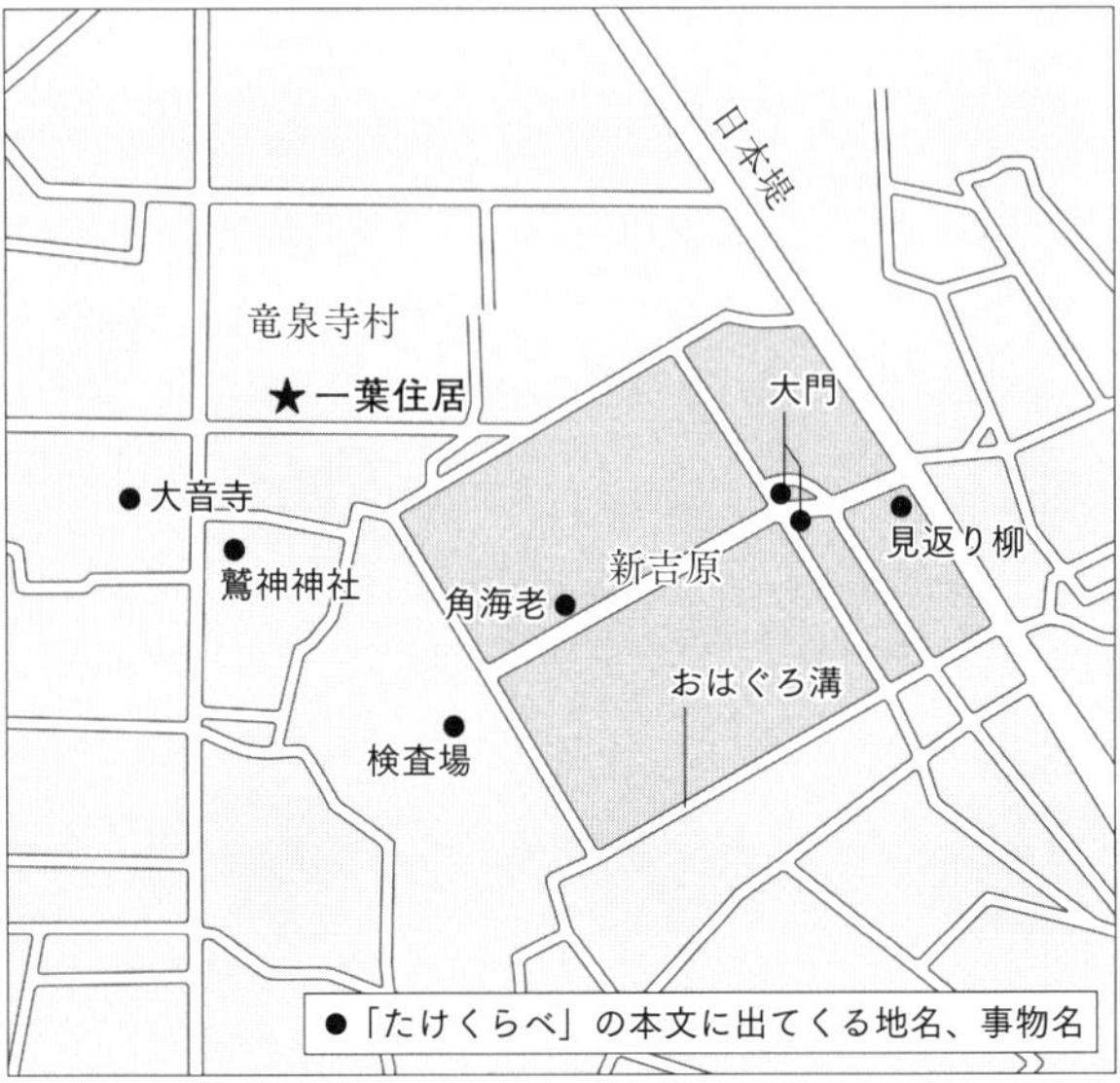

一葉住居周辺地図（『実測東京全図』明治25年より作成）

は異なり、春には桜、夏には灯籠、秋には俄《にわか》狂言など、折々に老若男女問わず見物客を楽しませる一種のテーマパークではあったが、とはいえ、萩の舎に通う令嬢たちは一生足を踏み入れぬ場所だったろう。しかし一葉は、そうした催し、いわばハレの場ばかりでなく、客の男たちも知らない日常のケの様子をもつぶさに見聞できた。

また、吉原の中ばかりでなく、その周りで暮らす人々の生活をも観察した。というより自分自身もその一人だったのだ。あたり一帯は吉原城下町ともいうべき場所で、吉原を中心に経済が回っていた。一葉の店に駄菓子を買いに来る子どもたちの親も、直接間接に吉原に関わる者が多かった。その子どもたちの声に耳を傾けることがなければ、後述するとおり、一葉作品の中ばかりでなく、明治文学の中で燦然と輝く『たけくらべ』は生まれ得なかった。竜泉寺は作家一葉にとって最良の学校だった。そこでは、皆に憧れられる女性が、しかし最も自由の利かない身分でもあった。そういう矛盾した存在が、単純に善と悪とに割り切りがちだった一葉の作風を大きく変えることになる。

しかし、このままではまともに執筆もできない。それ以前に生活が立ち行かない。竜泉寺は一葉の人生において、短くも重要な寄り道だった。

第七章

貧困という鉱脈　二十二～二十四歳

珠玉の名作を次々と生んだ、いわゆる「奇跡の十四か月」がはじまる。しかしそれは、灯滅せんとして光を増す、という諺《ことわざ》そのものだった。一葉という蠟燭は、文学という火によって自らの身を削りながら輝いた。

その栄光は、しかし最後まで金銭的ゆとりをもたらすことはなかった。むしろ最後まで貧しさの底で生きることで、一葉の文学は大きな実りを結んだのである。逆に言えば、貧困なくしてこの輝きは生まれなかった。

では貧しさと輝きに満ちた一葉の最晩年、家計簿最後のページをめくろう。

明治二十八（一八九五）年　二十三歳

二月　三日　野々宮菊子に依頼していた一〇円の借金に対し、八円が送られる。

三月　三十日　奥田栄から、借金の三月分の返済請求。

四月　十八日　田中みの子より、翌月の二日か三日くらいまでに借金を返済す

るよう求められる。

五月

一日　久佐賀義孝に手紙で借金の催促をするが、久佐賀は京都に行っていて留守だった。

二日　安達こうから、借金返金の催促の手紙が来る。五円ほどだが手許に一銭もなく、母・たきに日延べを頼みに行ってもらう。母と妹・邦子と共に伊勢屋に行き、四円五〇銭を借りる。

十四日　朝、今日の夕飯分を終えるともう米一粒の蓄えもないと家族で嘆く。中島歌子の所へ行って今月の助教の賃金として二円ほどをもらう。妹が本郷の若竹亭にかかっている竹本越子一座をどうしても聞きたいと促すので寄席に出かける。

二十二日　西村釧之助来訪。相場で二〇円の利益があったということで、鰻を振る舞われる。

二十四日　西村釧之助が来て、家の事情を話すと、とりあえず五円ほど置いていってくれた。

二十六日　馬場孤蝶《こちょう》と平田禿木《とくぼく》が川上眉山を初めて連れて来る。眉山に

好印象を抱く。禿木は首尾よく試験に受かったとのこと。鰻を取り寄せて振る舞う。

三十一日　博文館から『経つくえ』の原稿料が届く。明日の稽古日に着ていくものがないため、午後、母と妹・邦子がその金を持って浴衣を買いに行く。

六月　十六日　家に一銭もなく、家賃も先月から延ばしているため、西村家から三円を借りる。

七月　七日　父・則義の七回忌のため、大橋乙羽《おとわ》に三〇円の借金を手紙で申し込む。

八日　昨日の一葉からの大橋乙羽への借金の申し出に対して、〈書きかけであれなんであれ原稿と引き換えなら〉という回答を得る。しかし、このときはまだ何も書けておらず、前借はならなかった。

八月　一日　博文館主大橋新太郎より、原稿料を一五円とする交渉が来る。

末　『うつせみ』の原稿料が届く。

九月　六日　兄・虎之助に二円の援助を要請する。

十一月　二十二日　兄・虎之助から援助の送金があり、それに対する礼状を出す。

明治二十九（一八九六）年　二十四歳

一月　二十五日　安達こうから借金返済の催促。
　　　末　府下の豪商松木某が、毎月の支出に不足が無いように援助をしてやろうという。一旦は貰う名目のない金をただで受け取るわけにもいかないと返事しつつも、結局二十円を貰う。
二月　二十八日　西村釧之助に、借金返済の猶予を願う手紙を出す。
　　　二十九日　横山源之助来訪。一葉が、作家生活からの転向を考えていることをほのめかす。
四月　この頃から喉が腫れる。
五月　三十一日　中沢ぬひ子入門。入門礼金として五〇銭送られる。母が菊池隆直の許に、今月から返済開始となる金を持参。
六月　二十三日　今月、暮らしがひどく苦しく、進退窮まり、春陽堂に三〇円融通してもらう。
　　　三十日　野々宮菊子にお金を預け、自分と妹・邦子の着物の調達を頼む。

七月　四日　この頃から高熱がつづく。
　　　　　頼んでおいた着物を野々宮菊子が持参。伊勢崎銘仙一疋で八円六〇銭。
　　　六日　奥田栄に対して四二円の預り証を渡す。
　　　十八日　奥田栄の代理で井出良翰《りょうかん》という弁護士が来る。
八月　初旬　山龍堂病院で絶望と診断される。
　　　十九日　「読売新聞」が「一葉女史病に臥す」と報道。
九月　末　齋藤緑雨の依頼で青山胤通《たねみち》が往診し、絶望と診断される。
十一月　二十三日　午前十時逝去。
十二月　十四日　妹・邦子が樋口家の相続戸主となる。

明治三十（一八九七）年

一月　博文館より、初の全集『一葉全集』全一巻出版。大橋乙羽編。
五月　博文館より、齋藤緑雨の校訂による『校訂　一葉全集』全一巻出版。

明治四十五（一九一二）年

五・六月　馬場孤蝶の校訂による『一葉全集』前・後編全二巻が、博文館から出版。この前編によってはじめて「日記」が一般に公開される。

◉明治二十年代後半の一円の価値

生産価値（巡査の初任給による）　一円≒二万二〇〇〇円
消費価値（かけそばの値段による）　一円≒二万五〇〇〇円

店じまい

明治二十七（一八九四）年が明けた。この年末年始は昨年とは打って変わって多忙を極めた。家への年始客はなかったが、大晦日も元日も店に客が押し寄せたからである。

しかしその忙しさも松の内だけだった。一月七日に、通りの向かいに「野沢」という同業の店が開くとそちらに客を奪われるようになった。

おかげで少し暇になり、二月には「文学界」のための新たな原稿にとりかかることができた。『花ごもり』（其一から四）約二〇枚は二十日に送り、二十六日にはその稿料が届けられた。しかし四円ほどでは、暇になった店の赤字を埋め合わせることはできない。

年始回りをかねて方々に借金を頼みに出たときも、まともな着物はすべて質屋の蔵に入っていたため、邦子が背中と前袖と襟を剝ぎ合わせて上から羽織を着ればはぎあわせたものと見えないような小袖を一つ作ってくれた。これを着て出かけたが、風が吹く度にめくれてつぎはぎが見えないかと気が揉めた。

三月になり、店を畳むことを決意する。母・たきも邦子もこの儲からない商売にすっかり嫌気が差していた。

国子はものにたえしのぶの気象とぼし。この分厘にいたくあきたる比《ころ》とて、前後の慮なくやめにせばやとひたすらすゝむ。母君も、かく塵の中にうごめき居らんよりは、小さしといへども門構への家に入り、やはらかき衣類にてもかさねまほしきが願ひなり。さればわがもとのこゝろはしるやしらずや。

『塵中につ記』

日記に登場する近しい人びとの中で、一葉の鋭い舌鋒《ぜっぽう》に刺されたことが一度もなかった者はほぼいない。一葉の死後もなかなか日記が公開されなかったのは、一葉の批判を浴びた人たちへの影響が慮られたからである。

その中で例外だったのは、そもそも言及が非常に少ない早逝した長兄・泉太郎、つねに自分の味方だった父、そして邦子の三人である。では日記への最多出場を誇る邦子は、なぜこの箇所を除き批判の対象にならなかったのか。いくつかの可能性が考えられている。

一つは、狭い家で一緒に暮らしている以上、いつ盗み見られるかもわからなかったため、一葉が書くのを控えたという説。それなら母への不満が度々書き込まれているのはなぜかという疑問が生じるが、母はほとんど字が読めなかったようだから、この反論は問題にならない。

もう一つは、一葉の死後、すべての原稿を管理していた邦子が、なんらか手を加えたのではないかという説。

また右の両方が同時に成り立つことも考えられる。そもそも一葉に不満があっても書くのを極力控え、それでも書かれてしまった部分を邦子が削除した、という説。

しかし、いずれの説も、日記のこの部分、すなわち〈邦子は忍耐力が乏しく、前後の見境もない〉という寸鉄のような厳しいことばがしっかりと残されていることを説明できな

い。

肉筆の日記を見ても、お役所の黒塗りだらけの開示文書のような箇所はない。削除が行われたとすれば、あるページやある日記を丸ごとということになるが、仮に妹への不満が母に対するのと同じくらい書き込まれていたとすれば、それを見えなくするには日記が切れ切れになってしまったはずだ。

また、一葉の死後、邦子がどれほど姉の書いたものを大切に保管していたかを考えれば、切り捨てたりしたとは考え難い。姉の筆の跡の残るものは、反故一枚捨てなかったそうである。そもそも一葉は、日記は焼き捨ててくれと遺言していたのに、邦子がその言だけは破り、捨てるどころか出版のために奔走したのだ。

とすれば、日記中ほぼ唯一と言えるこの妹への批判的言辞こそは、日記が正しく保管され伝えられてきたことの証明となっている。邦子は自分への悪口も隠さずに公開に踏み切った。

そしてもう一つ。萩の舎にも入れてもらい、多少の贅沢も経験した自分と違い、幼い頃から苦労し通しの妹に対してつねに同情的だった一葉も、このときばかりは腹に据えかねた、ということもまたここから明らかだ。

たった七か月ほどで店を畳む。開店にも大きな金が必要だったが、閉店するにも金はか

かるのだ。それをどうしようというのだろうか。母などは、〈門構えのある家で、やわらかい衣服を重ね着したい〉などと言う。二人とも、自分の考えをちっとも理解してくれない、と一葉は日記に独り言ちずにはいられない。

しかしそれは、一葉の思想がいよいよ煮詰まって、母や妹とは別の場所に行ってしまったということにほかならない。店じまいを決めた一葉は、いわば最終形態への変身を遂げる。そしてここからゴールまでを颯《はやて》のように駆け抜けるのである。

三度目の本郷

店を畳むことを決意したのが三月二十四日。開店から七か月しか経っていなかった。兄・虎之助の言うとおり商売の道は厳しかった。

しかし、店を畳むにも金がかかる。店じまいや引っ越しにかかる金をどうするか。開店に伴って、売れる家財はほぼ売り尽くし、借金できるところからは借り尽くしていた。

父・則義が生きていたときに、二、三〇〇円の金をいつでも貸していた鍛冶町の遠州屋、石川銀次郎を思い出した。蒲鉾屋を営み、これまでまだ借金したことはないので、五〇円を用立ててもらうよう頼む。来月の花見の頃の状況を見てあらためて返事をもらうことに。

天気がよければ花見客にたくさん蒲鉾が売れるからというのである。結局、四月二十一日に、一五円だけ届けられた。

四月頭には、西村釧之助からも五〇円借りていた。利子は二〇円につき二五銭で、期限は決めないという。清水たけという婦人の金を釧之助が仲介したのだというが、おそらくは釧之助自身の金だろうと推察する。おそらく釧之助があまり樋口家に金を融通するのを、母が快く思わないために名を伏せたのだろう。利子付きとはいえ、広瀬伊三郎から借りた、月二割という日なしの高利に比べれば、よほど良心的だった。

兄も一円五〇銭を融通してくれた。

こうしてようやく店じまいと引っ越しのための資金が調った。

五月一日。小雨だったが引っ越しを決行。転居先は、本郷区丸山福山町四。人生三度目の本郷である。奇しくもかつて祖父・八左衛門が昔駕籠訴をなした相手である阿部正弘の邸宅のあった高台の裾野だった。「守喜」という鰻料理屋の離れ座敷で、それほど古くはなかった。

小さな池の隣に建つ家で、ここからの日記は『水の上』と題される。それは一葉舟が頼りなく漂う境涯をも暗示していた。もともとこの辺りは水田だったのが、埋め立てられ、新開地となり、銘酒屋が建ち並んでいた。銘酒屋とは、一杯飲み屋を装った売春宿のこと

である。一葉は『しのぶぐさ』に次のように書いた。

となりに酒うる家あり。女子あまた居て、客のとぎをする事うたひめのごとく、遊びめに似たり。つねに文かきて給はれとてわがもとにもて来る。ぬしはいつもかはりて、そのかずはかりがたし。

知ってか知らずか、吉原という公娼街のほとりから、今度は私娼窟とも言える銘酒屋街に越してきたのである。竜泉寺での経験は、一葉から娼婦に対する偏見を取り除いてはいたが、女三人に暮らしよい街とは言えまい。萩の舎に近く、悪い噂をすら立てられかねまい。

それでもこの場所を選んだのは、あの、最も満ち足りていた「桜木の宿」のあった本郷がどうにも恋しくなったのだろうか。はたまたやはり縁者が多く暮らすあたりが安心だと思ったのだろうか。

しかし、三度にわたる本郷での生活は、その標高とともに下っていった。先述のとおり、一度目の「桜木の宿」が標高約二四メートル、二度目の菊坂が約一〇メートル、そしてこの度の丸山福山町は七メートルほどだった。十余年をかけて本郷台地の西側の崖を下りき

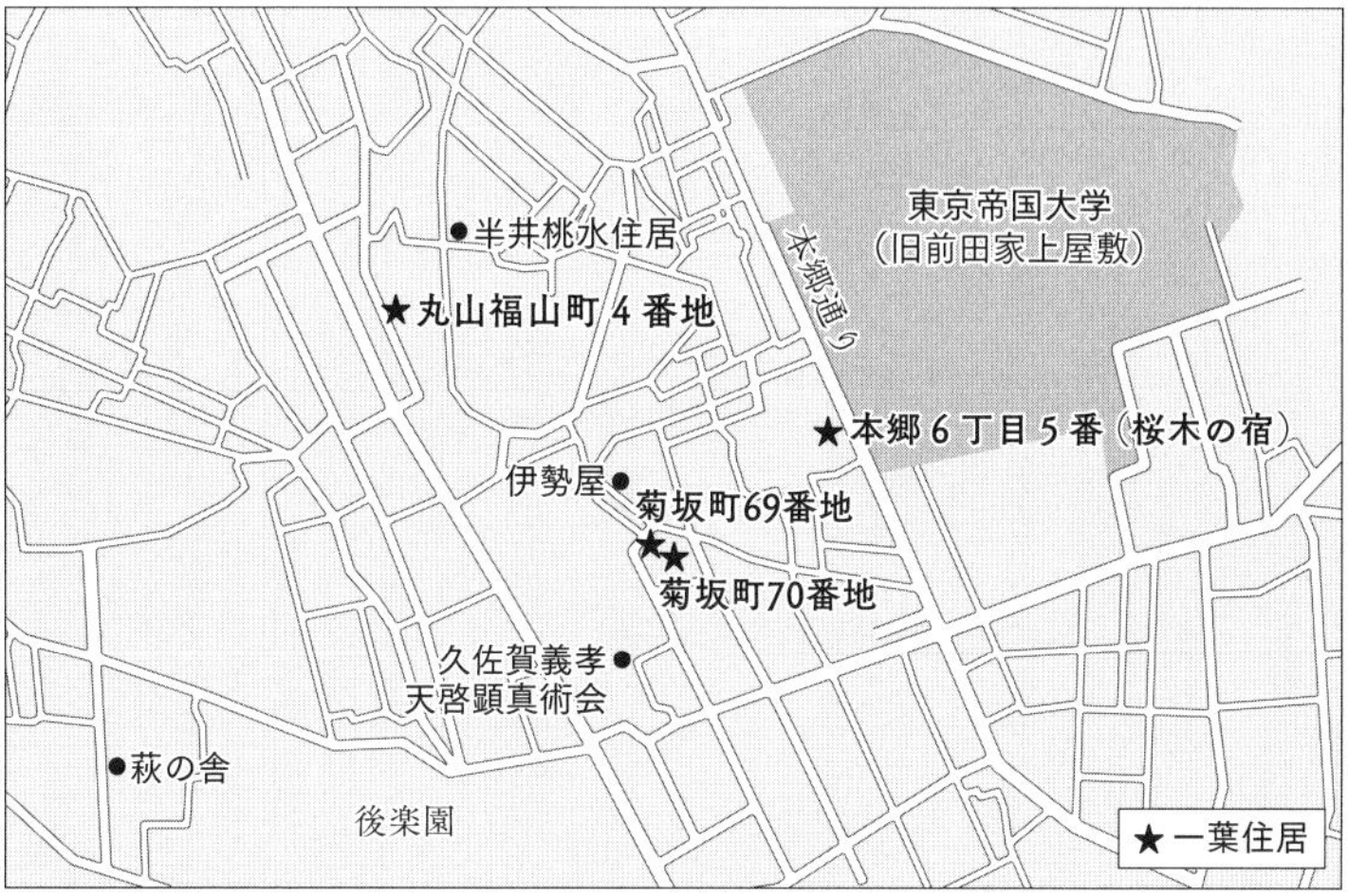

本郷周辺地図（『本郷及小石川区之部』明治36年より作成）

り、そしてこの最も低い場所が、一葉の終の棲家となった。

ただし、〈門構えの家〉をという母の願いをいれて、棟割長屋ではなく、一戸建てで、そのため家賃は三円と値が張った。竜泉寺のときが店付きで一円八〇銭だったのと比べれば七割弱も高い。現在の消費価値なら七万五〇〇〇円ほどで、本郷の一軒家の家賃としては安く思われるかもしれないが、竜泉寺のときのような定期収入はないのである。しかも借金はふくれにふくれていた。

唯一、定収入の見込みとして、一葉の萩の舎への復帰があった。中島歌子が、正式な助教として一葉を雇ってくれるというのである。歌子は一葉にゆくゆくは萩の舎を

託したいとまで言ってくれた。それで四月から再び小石川安藤坂の萩の舎に通いはじめていた。

一葉は歌道のために尽くすと返事をした。だが、それが本心であったかは疑わしい。そもそもこれまで、歌子からの耳触りの良い話の数々はみな立ち消えになっていた。淑徳女学校などの教師としての推薦は、一葉の学歴のこともあり成立せず、また一時は一葉を養子にという話もあったが、結局養子は他からとられた。歌子に悪気はなかったにせよ、期待してはならないという教訓を一葉は学んでいたはずだ。また、一葉の中で、文学の中心は既に歌から小説へと移動していた。

助教を引き受けたのは、基本的に週一回の勤務で月二円の手当てが出るからだったろう。一日あたり五〇銭というのは、内職よりはましで、一方駄菓子屋のように仕入れの資金も身体の酷使も求められなかった。教えるために必要なことは、これまでの勉強の年月で既に十分仕込みが済んでいた。

しかしもちろん、月二円では家賃も払えない。では、一葉は一体どこから収入を得るつもりだったのだろうか。

投資としての借金

母や妹の勧めに従って店を閉め、より家賃の高い丸山福山町に移ると決めたとき、一葉は一体、どのような暮らしを思い描いていたのだろうか。

なんと再び執筆に専念しようとするのである。歌道に尽くすというのは方便だった。この頃、同門の三宅花圃や鳥居広子が、萩の舎から相次いで独立して新たに一家を興していた。

この知らせを聞いた晩は眠れなかった。

鳥尾ぬしがことはもとより論ずるにたらず。師が甘き口に酔ひて、我が才学のほどをも思はず、うきよに笑ひ草の種やまくらん。

『日記　ちりの中』

〈自分の才能もわきまえず、世間の笑いものになるだろう〉ときわめて手厳しいが、この容赦ない口調にこそ一葉の動揺が現れている。鳥尾広子より一葉の方が優れていることは誰の目にも明らかだった。だからこそプライドを深く傷つけられた。

一方、萩の舎の三才媛の一人として一葉と並び称され、また「都の花」や「文学界」へ繋いでくれた花圃三宅龍子に対しても、「おもて清くしてうらにけがれをかくす龍子などのにくゝいやしきに」などと、日記の内とはいえ相当な罵言を浴びせている。

花圃が一葉の死後に語った思い出話はときとして相当に辛辣だが、日記のこの部分と比較するなら、一葉の物言いの方がよほど厳しい。花圃自身がもしこれを読んでいたとすれば、あれほど世話してやったのに、陰でこんなことを思っていたのかと憤懣《ふんまん》やる方なかったろう。

繰り返せば、一葉はそれほど悔しかったのだ。花圃とは肩を並べる存在だと思えばこそ、なにもかも負けてしまった自分自身がもどかしかった。家柄や身分においても、結婚においても、小説においては、デビューの華々しさや原稿料に関しても、何一つ勝てず、そしていよいよ歌の面でも、先に独立されてしまった。

鳥居や花圃、さらには歌子までをも罵る合間に、「我はもとよりうきよに捨て物の一身を何のしわざにか歎くべき」と言うのだが、この罵詈《ばり》の激しさこそが自分の言をはっきりと裏切っている。他人が一門を開くことは、自分の歌道に直接なにも関わるまい。にもかかわらずこれほどまでに動揺してしまうということ自体が、まだまだ自分を〈世捨て人〉とは思いきれていないことの証拠である。

念のため言い添えれば、この箇所を除けば、一葉は日記のあちこちで花圃を褒めちぎっている。人格についても、書いた作品についてもである。普段は尊敬するライバルであるがゆえに、むしろ憎さ百倍になって暴発してしまったのだろう。

歌子は機嫌をとろうとするかのごとく、一葉にも一門を開くことを勧めてきた。しかし、独立には大金が必要だ。師匠に独立料を払うところからはじまり、お披露目のパーティーなど、このときの一葉には到底払いきれないことは明白だった。歌子はお金なんてなんとかなるから、と「甘き口」で囁《ささや》いてきたが、それに酔うことができるほど無邪気ではなくなっていた。

そしてまた一葉の文学的関心は、先述のとおり、歌から小説に移っており、丸山福山町での生活は、小説執筆が中心となるはずであった。

しかしあれほど、糊口的文学には手を染めまいと決意していたはずではないか。萩の舎の助教以外に定収入のあてもない中で、小説執筆を生活の中心にするということは、二十歳で「食べるため」に小説を書きはじめたときに舞い戻ってしまうということではないのか。

だが、「糊口的文学」とは、文学で生計を立てること自体を咎めることばではない。いけないのは、売るために読者に媚《こ》びることだ。自分で満足するものを書いた結果として、

それが売れて生活を支えること自体はなんら悪いことではない。この頃、「文学界」から毎号のように注文が来るようになっていたが、新聞連載と異なり、一葉は自分のペースで、納得いくものを送れるようになっていた。

平田禿木をはじめとする「文学界」の若き同人たちと交わるようになったことは一葉に大きな影響を与えた。食べるための小説を教えてくれた半井桃水とは異なり、彼らは純粋に文学とはなんぞやという問に満ち満ちていた。彼らとの文学談義を通じて自らの文学観を磨き、「文学界」を読みまた自らも寄稿を重ねる中で、一葉は次第に自分の文学観と作品への自信を深めていった。

我れは人の世に痛苦と失望とをなぐさめんために、うまれ来つる詩のかみの子なり。をごれるものをおさへ、なやめるものをすくふべきは我がつとめなり。されば四六時中いづれのときか打やすみつゝあらんや。我がちをもりし此ふくろの破れざる限り、われはこの美を残すべく、しかして、このよほろびざる限り、わが詩は人のいのちとなりぬべきなり

『塵之中日記』を邦子が筆写した末尾に添えられた宣言である。一葉がどこかから引き写

した可能性もあるが、典拠は不明。「詩のかみ」すなわち「詩神」とはミューズであり、日本の古典の発想ではなく、おそらく「文学界」同人を経由して知ったことばであろう。

しかしたとえ他に典拠があったとしても、「われはこの美を残すべく、しかして、このよほろびざる限り、わが詩は人のいのちとなりぬべき」という部分は、既に見た一葉自身の文学観そのものと言ってよい。さらに「四六時中」休まずという多忙さは一葉のこの頃の境涯にあてはまる。困苦を経て社会問題にも覚醒しつつあった時期であり、「人の世に痛苦と失望とをなぐさめんために」という意識も一葉自身のものと考えておかしくはない。となれば〈我は詩神の子〉という強烈な自負も、他言こそしなくとも、一葉の裡《うち》にたしかに宿っていたと考えうるだろう。金になるならぬはどうでもよい。だが、「都の花」や「文学界」に載せた自作はそれなりの評判を得、注文も途切れなかった。また雑誌に載っている他の作品を読んで感嘆することはあったが、自作に遜色があるとも思えなかった。ともかくこの道を貫こう。そのためには時間をとり、肉体を酷使する商売はもうやめて、この身は文学に捧げよう。

しかし、結果として売れるのであればそれでよいが、そううまくはいかないだろうこともわかっていたはずだ。原稿料の高い「都の花」は休刊が決まっており、毎号のように依頼の来る「文学界」は安かった。

ならば、持てる者に出させよう。これは、今までのような縁者からの恩借ではない。縁もゆかりもない者から、自分の才能に出資させようというのだ。

一葉は竜泉寺の駄菓子屋の店じまいを決める少し前に、本郷真砂町に久佐賀義孝なる者を訪ねていた。新聞で久佐賀の主宰する「天啓顕真術会」の広告を見たからであった。そこでは「顕真術」とは無病息災から米相場での勝利を約束するものだと謳《うた》われていた。その本部兼久佐賀の自宅は、去年七月まで住んだ菊坂の家のすぐ上で、訪ねた折に道で聞こえた豆腐売りの声も耳馴染みのそれだった。

一葉は大胆にも見ず知らずのこの男を突然訪ね、金を無心するのである。ただやはり恐ろしくも感じたのか、そのときは「秋月」という偽名を名乗った。五年前に父を亡くしてからの貧しい生活のことや、年老いた母にまともな食事もさせられないことが一番悲しいこと、この身を犠牲にして相場をしてみたいがお金がないので先生を頼って来たのだということを告げた。

久佐賀は、一葉には才能も知恵も福運もあるが、それは金銭の福ではなさそうで、素人が相場に手を出すものでもない、欲を捨ててこそ安心立命をも得られるのだと諭した。

応えて一葉は、安心立命よりも良き死にどころをこそ探していると言った。

無論、金銀を塵芥と考えていたような人間が「相場をしてみたい」などというのは方便

であったろう。一葉は久佐賀につけいる隙を探していた。「良き死にどころを」などと勇ましいことを語る女に久佐賀が興味を持つのではないかと思ったのだ。

初対面での対話は四時間もつづいた。たしかに久佐賀は一葉に興味を持った。ただ、占いで身を興すほど人心に通じた人物であり、一筋縄ではいかなかった。

その日は金を引き出すことはできなかったが、数日後に手紙が届き、一葉の精神に感激したので、今後も交際を願いたいということ、また梅見への誘いが書かれていた。下心を感じ取った一葉は、梅見は断り、また教えを乞いに自分から参上する旨返事をだした。

その後、久佐賀と一葉とはつかず離れずの関係を続ける。一葉は直接借金を依頼するようになり、久佐賀はその代償として自分に身を任せることを一葉に要求する。それを躱《かわ》しながら、借金を頼みつづけ、正確な額はわからないが、少しずつ金を引き出すことには成功していた。

自分の身を道具としての駆け引きなど、戸主になったばかりの頃の一葉からは到底考えられない。これは、生活苦の中で鍛えられた一種の成長と言ってもよいものだった。清純な士族のお嬢さんではなくなってしまったとしても、久佐賀のような世慣れた人間との駆け引きは、作品には多大なる良い影響を与えた。竜泉寺から引き上げるときに、また本郷という土地を選んだのも、久佐賀の顕真術会本部がそばにあったということが一因だった

かもしれない。

この年の十二月には、なんと一気に一〇〇〇〇円の借金を申し込む。現在の生産価値で二二〇〇万円、消費価値なら二五〇〇万円である。本気で貸してもらえるとは思っていなかったにせよ、ずいぶんとふっかけたもので、ただそう言えるくらいの関係が続いていたことは事実である。対して久佐賀は、月一五円での愛人契約を提案してきた。もちろんそれには乗らなかったので、この年を越すために、また別のところから借金をしなければならなかった。

久佐賀義孝肖像（『京浜実業家名鑑』より）

村上浪六肖像（『我五十年』より）

村上浪六《なみろく》が新たな標的となった。当時の大人気作家で、会ったことはなかったが、その作品を読んだ一葉は、きっと作者も侠気に溢れる人物なのだろうと推察して、やはりいきなり押しかけて借金を頼んだ。

浪六は決して断ることなく、会うにせよ手紙にせよ、遠からず用立てを約束してくれたが、その都度色々と言い訳をして延ばし延ばしにしてきた。腹を

立てる一葉だったが、こちらはあくまで借りる身、あまり強くも言えず、どうやら結局浪六からの借金は成らなかったようだ。これは浪六の方が一枚上手だったのかもしれない。

それにしても、見ず知らずの男の家を訪ねていきなり金を無心する一葉には、一体いかなる思惑があったのか。女の武器を使おうとしたわけではなかった。もし使っていたなら貧困から脱出することもできただろう。相手の下心を利用したところはあるが、あくまで純粋な借金、というより自分に対する投資を願い出たのである。金で返すことはできないかもしれないが、自分の文学でその投資に報いることができるはずだという自負があった。

つづく借金生活

しかし、一葉の自負が正しく、その才能が本物であったとしても、まだそれが十分発現していたわけではなかった。将来性だけでは金を出さなかった久佐賀や浪六の判断は、投資家としてはごく常識的なものだった。

一葉はまた縁者からの借金に頼らざるを得なかった。この頃の樋口家の定収入は、萩の舎の助教が月に二円、「文学界」の原稿料が数か月に一度、数円ばかり。これではまったく出費に追いつかない。

それで、中島歌子には内々に、自宅で弟子をとることにした。これは一葉の発案というよりも、樋口家の窮状を見かねた野々宮菊子などが、援助のつもりで歌や古典について一葉の話を聞く代わりに僅かばかりの金を置いていったのだった。

一葉はそれに十分応える授業をしたに違いない。というのは、少しずつ弟子は増え、後には安井哲子のような学識ある者も入門してきたからだ。野々宮菊子も東京府高等女学校出身の、当時としては高い学歴を持った女性だったが、安井哲子は、一葉よりも二歳年上で、女子高等師範学校を出て、ケンブリッジやオックスフォードにも留学経験があり、のちには新渡戸稲造とともに女子教育のために東京女子大学を開き、新渡戸の跡を襲って二代目学長についたほどの人物である。それが、小学校中退の一葉に師事したのだ。この一事をもってしても、一葉が図書館通いを含め、どれほど独学で学びを深めていたかがわかる。そしてその成果が一気に噴出するのもあと少しだ。

とはいえ、萩の舎の手前、大々的に塾を開くこともできず、数名を教えるだけでは月の不足分を補うことはできなかった。

丸山福山町へ転居した五月の末には、転居に際して方々から借りた金はとっくに使い果たし、広瀬伊三郎から日なしで借りた金の返済にも詰まっていよいよ催促が厳しくなってきた。兄・虎之助に毎月のように頼っていたら、七月以降は出してくれなくなった。七月

十二日の父・則義の祥月命日に必要な金も出せず、中島歌子に頼んだところ、着物を質入れして金を作ってくれた。華やかな萩の舎も、内情は厳しかったのだ。

九月の頭、既にかなりの借金を積んでいた伊東夏子にやむなく頼り、八円を借りる。下旬には、半井桃水を頼るが、断られる。先述のように、村上浪六からはのらりくらりと躱されつづける。

この間、「文学界」に『暗夜』を連載し、十一月に完結したため、星野天知に「冬ごもりのたきもの」を要求した。つまりは年越しのための借金の婉曲表現である。それに対して、二十四日に『暗夜』の原稿料を含め、二〇円が送られてきた。

それでも年を越すのは難しく、十二月には先述のように久佐賀に一〇〇〇円もの大金を要求し、それが無理となると、田中みの子にも借金を頼んだ。浪六からの連絡を待ったが、これも空しく年が暮れた。樋口家の最大の収入源は相変わらず借金だったのだ。

旧作をまとめて一冊として出版できないかと平田禿木に相談したが、これは成らなかった。本になれば、新しい原稿を書くことなく金が入るはずだが、このときまだ一葉には一冊の著作もなかった。というより、生前に小説の本を一冊も出すことができなかったのである。仮に出版できていれば、その金で一息つくことができたかもしれない。だが、間に合わなかった。借金苦から抜け出ることのできないまま、それがラストスパートになると

も知らず、一葉は全力で執筆にあたる。

貧困という宝

『暗夜』につづいてこの月に「文学界」に載せた『大つごもり』から、一葉の快進撃、いわゆる有名な「奇跡の十四か月」がはじまる。これは一葉研究の大家、和田芳恵《よしえ》の言い出したことだが、たしかに明治二十七（一八九四）年十二月の『大つごもり』から、明治二十九（一八九六）年一月の『たけくらべ』までのわずか十四か月の間に、一葉は次から次へと名作を生み出していった。

明治二十八（一八九五）年に入り、一月から三月には『たけくらべ』の途中までを「文学界」に発表。

四月、「毎日新聞」に『軒もる月』。

五月、「太陽」に『ゆく雲』。

六月、「文芸倶楽部」に『経つくえ』。ただしこれは以前「甲陽新報」に載せたものを少し手直しして再掲したもの。

八月、「読売新聞」に『うつせみ』。「文学界」に『たけくらべ』のつづき。

九月、「文芸倶楽部」に『にごりえ』。「読売新聞」の「月曜附録」に随筆『雨の夜』『月の夜』。

十月、「読売新聞」の「月曜附録」に随筆『雁がね』『虫の声』。

十一月、「文学界」に『たけくらべ』のつづき。

十二月、「文芸倶楽部」に『十三夜』と『やみ夜』。ただし『やみ夜』は以前「文学界」に載せた『暗夜』の改稿。「文学界」に『たけくらべ』のつづき。

明治二十九(一八九六)年、一月、「日本乃家庭」に『この子』、「国民之友」に『われ道』、「文学界」に『たけくらべ』の完結編。


この多産にも驚かされるが、なにより注目すべきは、この期間に一葉の代表作とされる、『大つごもり』『にごりえ』『十三夜』『わかれ道』『たけくらべ』の五作がすべて入っているということだ。ちなみに現在出回っている文庫で一葉を読もうとすれば、タイトルはほぼ『たけくらべ』『にごりえ』で、まれに『大つごもり』『十三夜』があるくらいで、逆に言えばそれ以外の作品は、実のところそれほど評価が高いわけではない。もしこの四作がなければ、それ以前の作品も、他の明治の女性作家たちの作品と同様、のちのちまで顧みられることはなかったろう。それくらい凝縮した十四か月だった。

では、この四作をそれ以前の習作と分けるものはなんだろうか。あえて一言で言うなら

ば、リアリズムの成熟ということが挙げられる。

初期の作品は、たとえば片思いに焦がれて死ぬとか（『闇桜』）、二人の男性から同時に思われて自死するとか（『たま襷』）、はたまた二人の女性から同時に思われて出家するとか（『五月雨』）、悲恋が中心なのはよいとしても、古典をなぞるだけの芝居がかった筋立てで未だ近代文学の仲間入りはできていない。

『大つごもり』の一つ前の『暗夜』も、婚約者に裏切られた女性に恩を受けた若者が、仇をとるために女性の意を汲んで元婚約者を暗殺しようという、いかにも物騒な話である。だが、『大つごもり』に至ってはじめて一葉は、恋と一切関係ない話を書いた。ある家で奉公している十八の娘が、病気の伯父のために奉公先から二円を借りようとするが、主人の妻が機嫌を損ねていて断られてしまい、やむなく大晦日に抽斗《ひきだし》から一円札二枚を無断で拝借してしまう。その後、事が露見しそうになり、娘は自死をも覚悟するが……。という金にまつわるリアルな話である。

これには井原西鶴の『世間胸算用』の影響が強いと言われているが、それ以前の古典を下敷きにした、どこか夢見がちなロマンチックな作品とは異なり、紋切り型を脱し、具体的な細部が描写されている。つまりは自分の目で観察した貧乏人の生活が克明に描かれているのだ。

言い換えれば、一葉の近代的リアリズムは、恋を離れ金に付いたときに完成した。

これ以前にも、金や貧乏にまつわる話はいくつかあったが、それは一つの障碍《しょうがい》として悲恋を盛り立てるための書割りに過ぎなかった。しかし『大つごもり』では貧乏それ自体がテーマとなっている。二円の金がなければ年の越せない貧しい人びとの切羽詰まったリアルを一葉が書けたのは、無論それが自分自身の大晦日に経験したものであったからだろう。恋も半井桃水によって経験済みではあったが、それは一葉が作品に記したような、死ぬの殺すのといった物騒なものではなかった。

一葉の恋愛は古典に毒されすぎていた。和歌や物語に引きずられ、自身の恋のリアルを書く事はできなかった。そしてまた、仮に書くことができたとしても、それによって一葉の名をここまで高からしめることはなかっただろう。女性の書く恋物語はありふれていた。一葉に小説家を志すきっかけを与えた三宅花圃の『藪の鶯』にしてからが、当時の若い男女の交際を活写したものだった。巧拙は別にして、これは近代小説ということができた。

だが、花圃にせよ他の同時代の女性作家たちにせよ、恋は書けても貧乏のリアルを書くことはできなかった。それは言うまでもなく、彼女たちが皆、上流階級に属していたからである。物を書けるだけの教育を受けることのできた女性たちの中に、貧乏人はいなかった。ただ一人、一葉を除いては。

もちろん、これまで長々と見てきたとおり、一葉とてもともと貧しいわけではなかった。良家の子女としての基礎教養を身に着けたのちに、次第に貧困の坂を、本郷の崖を転がり落ちるようにして下ってきたのだった。そして竜泉寺や丸山福山町で、萩の舎の人たちが決して出会うようなことがない種類の女性たちとも親しく交わる経験を持った。

丸山福山町では、近所の銘酒屋の女性たちからしきりに代筆を頼まれ、それを通じて彼女たちの男あしらいや誠の恋を知った。あるときは、銘酒屋の女が男に一葉が代筆した手紙を見せたところ、目の前で破り捨てられ、下手でもいいからお前が書いた手紙を見たいと言われた、とその女から愚痴とも惚気《のろけ》ともつかない話を聞かされた。こうした経験がなければ、銘酒屋の女とその間夫を描いた『にごりえ』は成らなかっただろう。

家産を食いつぶして車夫になった男と、金のために嫁ぎ不幸になった女とのかつての恋心を描き、といって大きな事件はおこらない『十三夜』、そしてなにより、吉原の周辺で暮らし、将来着飾った遊女に憧れてしまう子どもたちの世界を描いた『たけくらべ』も、男性女性を問わず当時の他の作家たちには決して書きえなかったものである。これにより一葉は独自の世界を切り拓き、他の追随を決して許さない唯一無二の作家になった。日本初の女性職業作家と言われるのも、他の女性作家たちの中には書くことで生計を立てねばならない身分の者がいなかったからだ。だがつまり、一葉は誰も到達しえない「貧困」と

いう鉱脈に突き当たったのだ。

『大つごもり』によってはじめて一葉は、憧れではなく現実をそのまま書いた。そのためには、主観的な「貧乏」に酔うのではなく、客観的な「貧困」に一度身を浸し、そのうえで冷静にそれを観察する時間が必要だった。

しかし一度鉱脈を掘り当ててからは、その脈に沿ってひたすら掘り進めばよかった。

「奇跡の十四か月」とはそうした突貫工事の時期だった。

樋口家の経済観念

「奇跡の十四か月」の文学的功績については、これくらいにしておこう。和田芳恵以来、あまりに多くのことが言われてきたからだ。ただ強調しておきたいのは、この時期に生まれた名作が名作たる所以《ゆえん》は、底辺の人びとを描く貧困のリアリズムにあったということだ。いくら図書館通いをしたところで、自分の目や耳で間近に見聞きしていなければ決して書きえない真実がここにあった。

各方面から大評判をとったのもそのためである。『たけくらべ』を読んだ森鷗外の「われは縦令《たとへ》世の人に一葉崇拝の嘲を受けんまでも、此人にまことの詩人といふ称をおくるこ

とを惜しまざるなり」「文字五六字づつ今の世の作家に技倆上達の霊符として呑ませたきもの」(「めざまし草」巻四)という絶賛は有名だろう。

当然、ここから注文も急増してゆく。とうとうさばききれなくなり、四月頃には「文学界」からの依頼を断らなくてはならないときさえあった。

しかしそれでもまだ、筆で三人が食べていくことはできなかった。作品を本として出せていなかったため、雑誌掲載の際の安い原稿料しか入らなかったからだ。相変わらず、借金が収入の大きな部分を占める日々が続いていた。

しかし、一葉ばかりでなく、樋口家の三人はそもそも経済観念に問題があるようにも見える。たとえば、五月の家計を辿ってみよう。

一日には久佐賀義孝と先月末に口約束した六〇円ほどの借金を手紙で請求したが、入れ違いで先方からも手紙が来て、京都にふた月ばかりいるとのことで諦める。村上浪六にも散々催促しているが、音沙汰ない。

誰れもたれもいひがひなき人々かな。三十金、五十金のはしたなるに、夫すらをしみて出し難しとや。さらば明らかにとゝのへがたしといひたるぞよき。ゐせ男を作りて髭かきなぜなどあはれ見にくしや。引うけたる事とゝのへぬはたのみたる身のとがな

らず。

『水の上日記』

と二人に対してきわめて手厳しい。三〇円、五〇円をはした金と言うが、その金を作れずにもがいているのは一葉自身だ。だが、このあとに続くように、一葉は決して自身の贅沢のために金を要求しているのではない。母と妹を養うためにいささかの助けを請うているだけで、催促するのも相手が一度は引き受けたからだ。自分に罪はない、と言い切る。

こうしたいわば恬淡《てんたん》とした借金哲学が、やがて社会問題へと向かうのは当然の理だろう。一葉の作品は決して社会派とは言えないが、もう少し長生きしていたら、作風がさらに変わった可能性は高い。

さて、話を戻すと、二人からの借金がかなわないところに、二日に安達家から返済の催促が来る。やむなく日延べをお願いし、伊勢屋に駆け込んで四円五〇銭を借りる。ただ、これでは安達家への返済の五円にも足りない。

にもかかわらず、七日に「文学界」の平田禿木と馬場孤蝶が、はじめて上田敏を連れて一葉を訪ねたときには、鮨をとって振る舞っている。

一葉の晩年に「文学界」同人が大きな影響を与えたのも有名な話で、彼らは頻繁に樋口

家を訪ね、一種のサロンが形成されていた。しかし本書で彼らに対する言及がほぼないのは、一葉が自分を訪ねる「文学界」の同人だけからは金を借りなかったからである。中には一葉より年上もいたが、一葉は彼らに対して姉のように振る舞い、金銭的な要求をするどころか、来れば鮨をとり鰻をとりなどなんのかんのともてなした。借金にまみれながらも。このあたりが生活苦から抜け出せない原因のようにも見える。

十四日の朝には、今日の夕飯分でとうとう最後の米一粒までなくなってしまうと家族で嘆いていたが、たまたま萩の舎に寄ったときに、中島歌子が今月分の助教代として二円を渡してくれた。と、昼に来た客には昼食を出し、夜には妹・邦子がせがむからと寄席に女義太夫を聞きに行くのだ。一葉は東京生まれとはいえ、三代続く江戸っ子などではない。にもかかわらず、宵越しの金は持たないとでもいうかのようだ。

ちなみに六月に入ると、具合の悪い妹を置いて、母と二人で寄席に女義太夫を聞きに行っているので、妹がせがんだからという話は半分に訊かなければならない。

十七日には、そろそろ衣更えなのに、浴衣も大半が伊勢屋の蔵にあり、現金も一円足らずしか手許にない。

二十二日には、株で当てた西村釧之助が来て鰻をご馳走してくれた。ちなみにこの頃のうな重の一人前は三〇銭ほど。そばが一杯一銭五厘ほどだから、当時としても非常に高価

な食べ物だった。

ついでにあやかって釧之助から二十四日に五円借りる。

と、翌日にはまた邦子と寄席に行く。寄席の料金については週刊朝日編の『値段の風俗史』に記載がないので、岡本綺堂の『東京風俗十題』によると、安いところの木戸銭が二銭五厘、それに座布団代や茶代がかかるそうで、一人あたり四、五銭はかかったろう。一葉たちが足を運んだ本郷の若竹亭は、女義太夫の真打が出る名席だったので、これよりは高かったのではないか。それでも月に何度も聞きにいったのは、あまりの貧しさに、笑いでもしなければやっていられなかったのかとも思われるが、聞きたかったのは落語でなく義太夫である。そしてその数日後には「家には一銭もなく」と日記で嘆くのである。

二十六日には禿木と孤蝶が今度は川上眉山を連れてきたので、鰻をとって振る舞うのである。自分たちも食べたとすれば、それだけで一円五〇銭の出費である。

三十一日に、『経つくえ』の原稿料が博文館から届き、翌日の萩の舎の稽古に着ていくための浴衣を、その金を持って買いに行った。

自転車操業どころか、一輪車操業と言ってよいほど危い毎日を送っていた。しかしそれも自業自得か自暴自棄かと言われても仕方のないような、収支に対する無頓着のゆえであった。多忙と病状の悪化とで、金の計算どころではなかったのかもしれない。

『通俗書簡文』

この危い一葉の晩年を支えたのは、大橋乙羽という人物だった。博文館の大橋佐平に見込まれてその女婿となり、義兄の大橋新太郎を助けて、博文館を一流出版社にしたビジネスマンであり、一葉と対照的に計算ができた。

三月二十九日にはじめて一葉に原稿依頼をすると、その後も定期的に依頼をしつづけ、一葉が物理的に難しそうなときは、過去の作品を手直しして再掲載することを勧めた。単行本としてまとまったものはまだなく、読者としても古い雑誌を探さないかぎり一葉の過去作品を読むことはできなかったから、これは誠実なビジネスと言えた。

借金をものともせず、寄席に行ったり、客を大いにもてなしたりしていた一葉だったが、七月には父・則義の祥月命日があるため乙羽に三〇円ほど借りようとした。これがはじめての借金依頼だったが、乙羽は一葉の才能を人一倍買い、貧困を憐れみつつも、ただ貸すことはしなかった。どんなものでもよいから原稿と引き換えなら、という注文をつけてきた。こうすることで、きちんと距離を保ち、一葉を作家として認め、そのプライドを守ることにもなるはずだと考えた。家計の足しにもなるだろうと、妻のときを一葉に弟子入り

させもした。

こうした乙羽の心遣いを知ってか知らずか、一葉は他の原稿を措《お》いても、博文館への寄稿を優先した。博文館は、一葉の原稿を他より高く、一枚三〇〜四〇銭で買ってくれた。

こうして原稿も、それに応じて原稿料も少しずつ増えてはきたが、「奇跡の十四か月」の間も、結局のところ借金はかさみつづけた。客へのもてなしなどを止めないかぎり、どんなにがんばっても、一葉の執筆ペースでは、小説の原稿料だけではやっていけなかった。

この年の暮れ、泉鏡花《いずみきょうか》が樋口家を訪れる。一葉より一歳若い鏡花は、このとき博文館の社員で、乙羽の命を受けて一葉に執筆依頼に来たのだ。鏡花もこの年に、貧困問題を扱った『貧民倶楽部』を書いており、このあと一葉と親しく交わることになる。

さて鏡花によれば、依頼したいというのは、雑誌への掲載ではなく、はじめから単行本として出す予定の、かなり大部の原稿である。しかし、小説ではない。歌集でも歌論でもない。実用書である。博文館から既に出ていた『日用百科全書』シリーズの一冊として、『通俗書簡文』なる手紙の書き方の本を執筆してほしいというのである。

中心となるのは実例で、場合に応じたたくさんの手紙の例文を載せることで、誰でもそれを真似て手紙が書けるようにするためのハウツー本だ。

流麗な手になる一葉の手紙を何度ももらっていた乙羽は、この本の執筆を丸ごと任せよ

うと思った。絞り出すようにして書く小説とは頭の異なる部分を使うことで、気分転換にもなり、また分量も多く、たくさんの原稿料を渡せるからという、これも乙羽一流の気遣いだった。

そんな思いに応えるべく、一葉も、年が明けて明治二十九（一八九六）年四月にはすべてを書き上げる。

「新年の部」の「年始の文」にはじまり、「春の部」「夏の部」「秋の部」「冬の部」「雑の部」と、あたかも歌集の部立てのような分類の下、二一八の文例を載せた一大「百科全書」である。原稿用紙換算で優に三〇〇枚以上。この原稿料が仮に小説と同じ一枚三〇銭だったとすれば、ざっと九〇円という大金になるが、実際は一枚あたりでなく、この一冊に三〇円という原稿料だったそうだ。創作に比べれば、労力が少ないと思われたのかもしれない。

実際、乙羽にとってみれば、結果的に非常に安い買い物になった。この『通俗書簡文』はその後約一〇年にわたって版を重ね、実に合計五万部以上を売り上げたのだから。これは、一葉の小説家としての文名によるだけではなかっただろう。実用文を書くなどはじめてではあったが、一葉は筆まめであるばかりでなく、手紙の達人だった。自分の手紙だけでなく、遊女の手紙まで代筆していたのだ。書けない文面などなかった。

『通俗書簡文』には、時節ごとの挨拶ばかりでなく、たとえば「歌留多会のあした遺失物をかへしやる文」「祖母に代りて従妹より返事」「帰省せし人の秋に入りても帰らねば都の友より」「徴兵に出たる人の親に」「娘の躾《しつけ》を人にたのむ文」「雇人の逃亡を人に告る文」「人の家の盆栽を子のそこなひつるに」「事ありて仲絶えたる友のもとに」「試験に落第せし人のもとに」……と目につくままに拾い出しても、はたしてなにを書き送るのだろうかと気を惹くような見出しが並ぶ。興味を持たれた方のために一つだけを例を引こう。一体なんのための手紙なのか、少しずつ推測しながら読んでほしい。

日々雨がちにて困り入候。御母上様御血の道など起らせ給はずや。例《いつ》もこのやうの空をなやましう思し召《めす》よしなれば、如何《いか》にと御案じ申上候。こことも父こと兎角目のなやみよろしからず、左りとて痛みもし候はねど物を見るに霧のかゝれる様にて分明《はっきり》とし候はぬ由、外出のかなはぬ上に目をつかふ事のならぬなれば、一日の長き事、十月のやうにて暮し詫び候様子。人さまにても御入下され候はゞ、夫れに紛れて幾分おもしろげなる素振御座候へど然《さ》らでは一人居間にこもりて柱に寄りかかれるまゝ物だに言はで、傍《かたはら》より見る身も痩せるやうに思はれ候。此ほどより少しは慰みにもと存じ、平常《つね》は余り好み候はねど、有合《ありあい》の小説などよみ聞かせ候処、ことの外気に入りて気

まゝ評など致しながら猶々めづらしきをと注文のいで申候。さりながら私は御存じの通り彼のやうの物とんと不馴れにて此頃いかなる面白きもの出たりとも又は古きものにて如何なるが名高きか更に〳〵知り申さず。同じうは気にかなふやうなるを読み聞かせ申度《たく》、御前様はもとよりのお好きの上、御兄君さま御集めの数もいと多くと承り、余りに勝手がましう候へど、務めて叮嚀《ていねい》に拝見致すべく候間、思召にて此様のをも御撰《えら》み拝借ねがはれ候はゞ辱《かたじけな》く例の昔し気質《かたぎ》の父に候へば、成るべく艶ならぬものが願はしく候。御心安だての申条御見ゆるし下され度　かしこ

見出しは「書物の借用たのみの文」だった。時候の挨拶と、かなり立ち入ったご機嫌伺いにつづき、自分の父親の目の病の話からすっと本題に入り、なるほどこれなら貸してもやらねばと思わされる。巧みである。

こうした数々の文例が、五万人以上の女性たちが手紙を書くのを助けた。「かしこ」で締められているところからわかるように、これは明確に女性を対象読者とした、女性の文体での手紙の書き方だった。だが、細かな場面設定は小説の一場を思わせて誰にとってもおもしろい。

ここで設定された状況の一々は、半ば一葉自身の経験に基づくものだろう。実際、一葉

の父・則義も、晩年には眼瞼《がんけん》下垂のため、自分で字を読むのがつらく、一葉が新聞の代読をしてあげていた。

かように実生活に裏打ちされたリアリティを持つ書簡文例集だったがしかし、それにしては、一葉の生活に照らして、抜けている文例がある。それは、「金の借用をたのむ文」、あるいは「借用金の返済猶予を願う文」とでも題すべき手紙である。

たとえば「姉のもとに栗をもらひにやる文」「品物の借用をたのむ文」「借用ものそこなひつる謝罪の文」など、ものをもらったり貸し借りしたりするときの文例はある。なにかを頼むときに手紙を使うということはごくありふれたことだったから、こうした例が多いのは当然だが、なぜか金にまつわる依頼の文例だけは一切ないのだ。

もちろん、一葉が書き馴れていなかったために文例をあげられなかったということはありえない。むしろ日常的に手紙で方々に借金やその返済の猶予を願っていたのだから。そうした手紙はたくさん残されている。

あるいは、金という俗なものを持ち込みたくないと思ったからだろうか。そうとも言えないのは、これがそもそも『通俗書簡文』であり、今よりずっと個人間での金銭の貸借が一般的だった当時としては、そうした手紙のニーズもあったはずだからだ。

にもかかわらず、一葉がこの大部の書から金の匂いを一切消し去ったのは、自分にとっ

てあまりに生々しく辛い手紙だったからだろう。普段、書きたくなくとも現実に書かざるをえない借金依頼の手紙を、なぜまたここにあらためて書き連ねなければならないのか。あるいは、万一借金した相手や、一葉に多額の借金があることを知る者がこれを読めば、一葉はこうした美文で人を落とすのかと思われてしまうかもしれない。

ともあれ、ここに金のことは書きたくなかった。そもそも文学に生きる決意を一旦は括弧に入れて、他の原稿を断ってもこの本を書くことにしたのは、借金から逃れるためだったのだから。

そして、これが一葉が生前に出した唯一の本になった。願った小説は一冊も出せなかった。『通俗書簡文』が脱稿した四月の末には、もはや一葉の体調は、元に戻れないところまで悪化していたのだ。

ここから苦しくて原稿の書けない日々がはじまる。乙羽の思いやりは、図らずも一葉の死期を早めることになってしまった。

最後の日記

明治二十九（一八九六）年が明けた頃から、一葉の評判はひきもきらぬほど喧《やかま》しくなっ

てきた。一葉が読んだドストエフスキーの『罪と罰』の訳者・内田魯庵《ろあん》、最晩年に一葉と最も深く文学的な交流をすることになった皮肉屋の齋藤緑雨らも口を揃えて一葉を褒めちぎり、ファンが出版社に一葉の生原稿をもらいに来るばかりか、一葉の書いた樋口家の表札を盗んでいく者さえいるというありさまだった。お金が入用ならいつでも言ってくれというファンもいた。

しかし、一葉はこうした人気をまったく信用していなかったし、ファンから借りようともしなかった。むしろ一気に火のついたこの評判がいつ落ちるのかと不安にすらなった。だが、一月末、背に腹は代えられず、毎月援助しようと申し出てきた豪商の松木某から、一度だけ二〇円をもらうことにした。

この頃、家にはさまざまな人物が訪れたが、中に横山源之助という若者がいた。先に引いた『日本の下層社会』というルポルタージュをのちに書くことになる毎日新聞の記者だったが、一葉はたとえ横山を喜ばせるためのお愛想だったにせよ、自分はいつか小説家をやめて、社会問題のために尽くすつもりだと語ったようだ。だが、この発言の真偽は、一葉の死とともにわからなくなってしまう。

春陽堂や読売新聞からの専属作家への誘いも断った。契約に縛られて、書きたくないものを書かねばならなくなることを恐れてだったが、体調的な不安もあっただろう。

六月にはお客があるとき以外は寝たままになり、生活がどうにも立ち行かず、春陽堂から三〇円融通してもらった。そこからいくらかを野々宮菊子に預け、自分と妹の着物を買ってきてもらうことにした。着物を買うときに着ていく着物さえなかったのである。

翌七月の四日に野々宮が買ってきてくれたのは伊勢崎銘仙で、一疋八円六〇銭。二人分とはいえ、それなりのきちんとした着物である。ようやく衣類に回す余裕が出てきたのだろうか。

そういうわけではなかったようだ。六日には債権者である奥田栄に対して四二円の預り証を渡した。これはおそらく、前々からの借金の返済が滞りがちだったため、あらためて確認のため証文を書き直したのだろう。だが、それによって返済が進むことはもちろんなく、とうとう先方は井出良輸という弁護士を立てて、十八日に談判に来た。この日はなんとか帰ってもらったが、この後、返済ができなければ家がどうなるのか、不安に陥った。

こうして家計は真に切羽詰まるところまできたが、一葉の命自体にも危険信号が灯りはじめた。この頃から熱が下がらなくなってきていた。一方で、面会を求める者、自分の原稿を売り込む者、数度しか会っていないのにプロポーズをしてくる者らに日々煩わされ、息つく間もなかった。

一葉が長年に亘って書きつづけてきた日記は、七月二十二日をもって終わっている。

その晩、齋藤緑雨が訪ねてきた。

緑雨は一葉が最晩年にもっとも心を許した友と言ってよい。文学的な話にかけて、「文学界」の若者たちの物足りなさを補って十分な存在だった。一葉は緑雨にも借金を依頼したことはなかったが、それは緑雨自身がいつも借金取りから逃げ回るような貧乏暮らしをしていたからだった。

その緑雨は、しかし金以外のことでは一葉に尽くした。と言っても、それは主に一葉死後のことで、妹の邦子から原稿を預かり、死後二度目の全集の刊行にあたって完璧とも言える校訂を施し、また一葉とその母・たきの二度の葬儀の手配や、その後の借金から邦子を守るなど、のちの樋口家にとって大恩人となるが、一葉自身はそのことは知る由もない。

さて、緑雨の訪問は、森鷗外、幸田露伴と三人で出している「めざまし草」という雑誌に関するものだった。尾崎紅葉の硯友社一派に対抗するために一葉を同人に加えたいという動きが鷗外や露伴にあるが、緑雨としてはその話は受けるべきでないという。

これは緑雨がいささか物事を政治的に捉えすぎている向きがあり、一葉の力を知った鷗外や露伴が、「めざまし草」にも書いてもらいたい、また、手すさびのようにして合作小説をしてみないか、と誘ってきたことを大仰に捉えているのだが、たしかに『大つごもり』以降の作品により、一葉は誰もが放っておけない存在になっていた。

しかし一葉自身は、にわかに上がった文名に対して、きわめて冷ややかだった。この年の二月の日記には次のように書いていた。

はかなき草紙にすみつけて世に出せば、「当代の秀逸」など有ふれたる言の葉をならべて、明日はそしらん口の端に、うや〳〵しきほめ詞など、あな侘しからずや。

『みづの上』

作品を通じて尊敬していた露伴であり、多大な賞賛をもって自分を有名にしてくれた鷗外であったが、一葉はもはやこの世での名声には執着していなかった。それは、流行というものがいかに短いものであるかを知っていたからであり、またおそらくは自分の命ももう長くないことを悟っていたからではなかろうか。

緑雨が訪ねてきた日の最後の日記には、泉鏡花の絶頂とも言える人気が、一葉のそれにあっという間に取って代わられてしまったことが記され、次の一文をもって終わっている。

何かは、今更の世評沙汰

『みづの上日記』

〈今さら、世間の評判がなにほどのことがあろうか〉。このことばで突然断ち切られるようにして日記は終わる。

原文にはもともと句読点は一切なく、これで終わるつもりだったのか、なんらかの事情によりここで途絶してしまったのかは判然としない。これで日記の全体が終わってしまっているのだ。もはや日記に割ける体力は残っていなかった。

一葉の香典

八月一日、半井桃水が状況を案じて、自分の家の二階に引っ越してくるよう薦めてくれた。来客を避けるためである。桃水はどこまでも優しい男だった。

だが、それ以前に病が重っていた。見かねた邦子が一葉に袷と羽織を着せ、抱えるようにして神田小川町の山龍堂病院に連れて行った。樫村清徳に診てもらい、一葉を控室に待たせて邦子が病状を聞くと、もはや見込みはないとのことだった。ハンカチを目に当てて戻ると一葉が訝しんだので、なにか煙で燻《いぶ》されたようだと答えたそうだ。

十九日には、読売新聞が「一葉女史病に臥す」と報じた。どこから漏れたのか、ともか

くこの頃には諸人が一葉の病状を知るところとなった。

九月には、のちに東大の医科大学長になり、明治天皇の死を看取ることになる高名な青山胤通がわざわざ往診に来てくれた。齋藤緑雨が森鷗外経由で頼んでくれたのだ。母と妹は入院させてもと願ったが、この当世一流の名医をもってしても、治療は無意味だと断ずるしかなかった。

あとは下り坂をどれだけ緩やかにできるかということしかなかった。十月をなんとか乗り越え、十一月も半ばを過ぎ、しかしそこまでだった。

二十三日月曜日、午前十時に息を引き取った。満二十四歳半だった。

二十四日に通夜。二十五日に出棺。森鷗外は乗馬に軍服姿で棺につきそうことを申し出たが、邦子が分不相応だと断った。一葉崇拝をもって任じていた鷗外は、結局一葉の顔を一度も拝することはできなかった。

葬儀自体は非常に淋《さび》しいものだった。十分な格式が保てず、会葬への御礼もできかねた母と妹が、鷗外だけでなく多くの弔問客を断ったという。萩の舎からでさえ、田中みの子と伊東夏子しか参列しなかった。

棺は水道橋を渡り、三崎町、仲猿楽町、錦町を経て一橋から丸の内、霞が関、有楽町、銀座を経て築地本願寺に。葬儀が執り行われ、同墓所に葬られる（現在は同寺の杉並区の

墓所に移されている）。葬儀に関わる支払などの一切は、齋藤緑雨が取り仕切った。法名、智相院釈妙葉信女。

葬儀の際の香典控えが山梨県立文学館に残されている。今回閲覧を依頼したところ、協議の末、公開していただけることになった。

金額や品目によって並べ替える。括弧内は推測による補完である。詳細不明の人物もいる。

金一〇円并《ならび》に花：博文館

金五円：安達（盛貞）、西村（釧之助）・穴沢（小三郎）

金三円：中島（歌子）、星野（天知）、原与三郎（抱一庵）・森田文蔵（思軒）

金二円：民友社、日就社（読売新聞）、大橋又太郎（乙羽）・とき子

金一円二五銭：小出（粲《つばら》）、榊原家

金一円：半井（桃水）、三宅（花圃）、幸田（露伴）、戸川（残花）、川上（眉山）、泉（鏡花）、小原（与三郎）、伊東（夏子）、田中（みの子）、荘司（野々宮菊子）、江間（よし子）、中村（礼子）、木村（きん子）、石黒（虎子）、安井（哲子）、榊原いさ子、天野（五十次）、野尻（理作）、芦沢（芳太郎）、志方（鍛《きとう》）、小川（弥七）、菊池（隆直）、小林（好愛）、上野（兵蔵）、佐藤（梅吉）、三枝

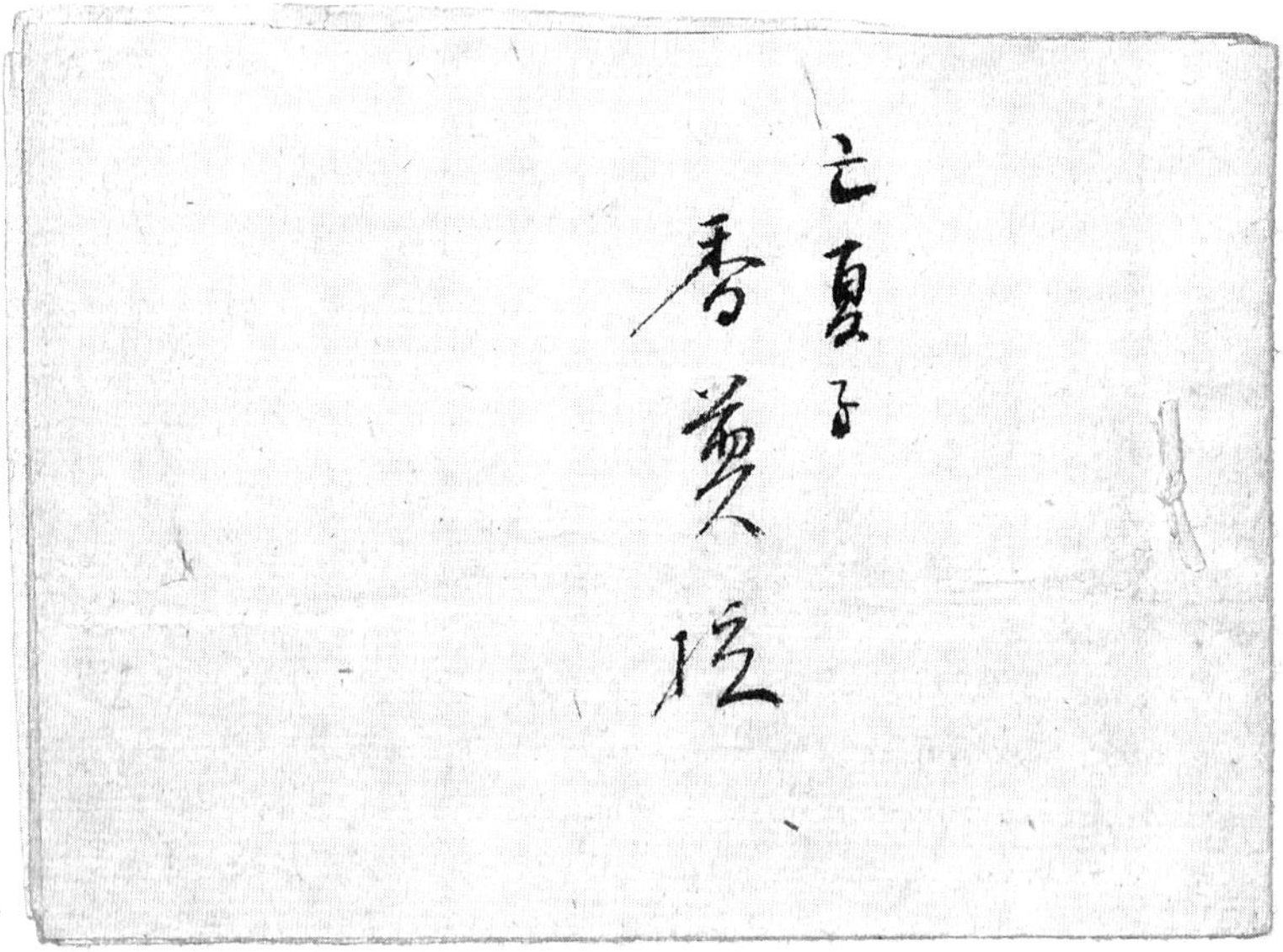

樋口一葉葬儀香典控（山梨県立文学館所蔵）

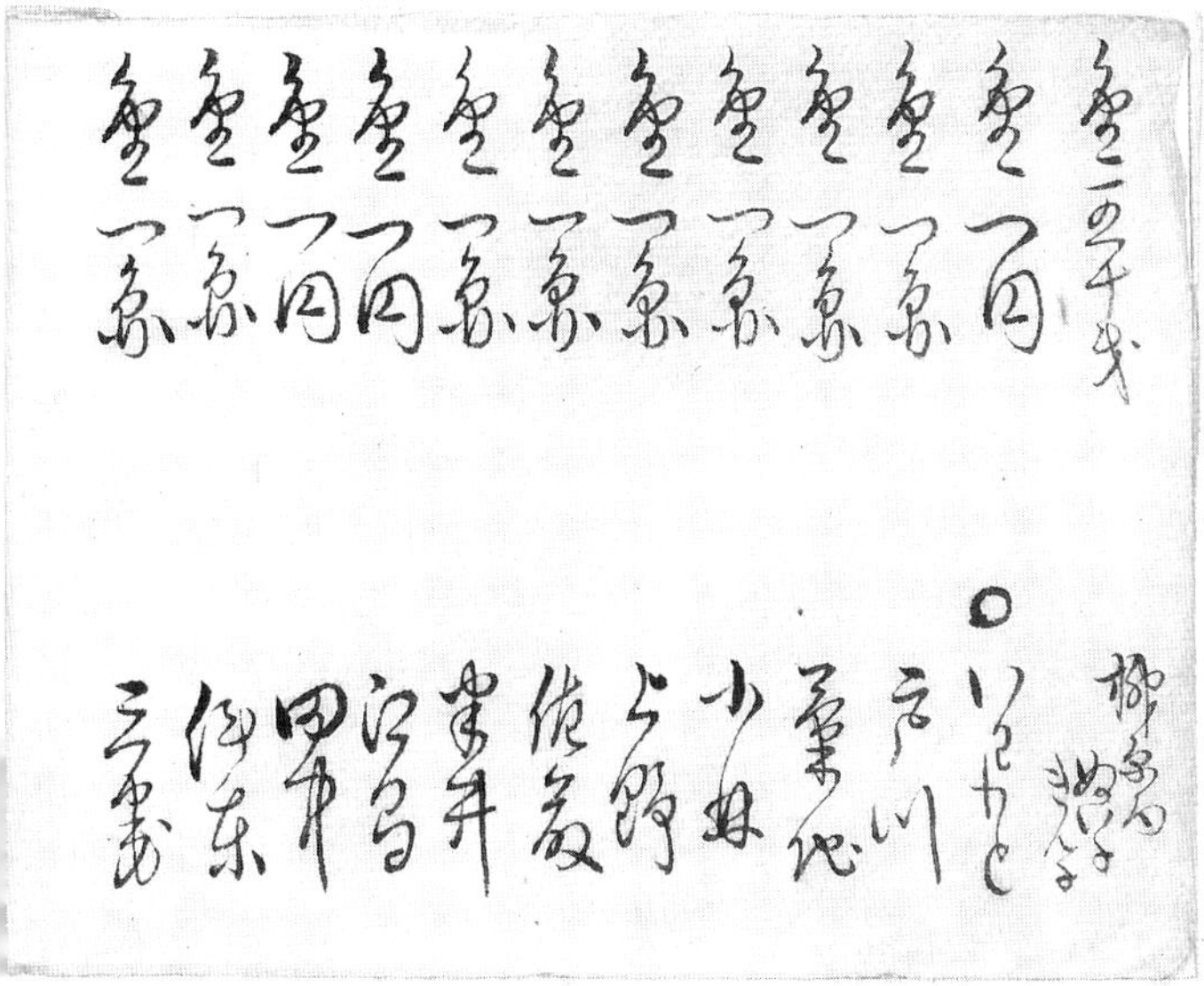
金一両
金一朱
金一朱
金一朱
金一朱
金一朱
金一朱
金一両
金一両
金一朱
金一朱

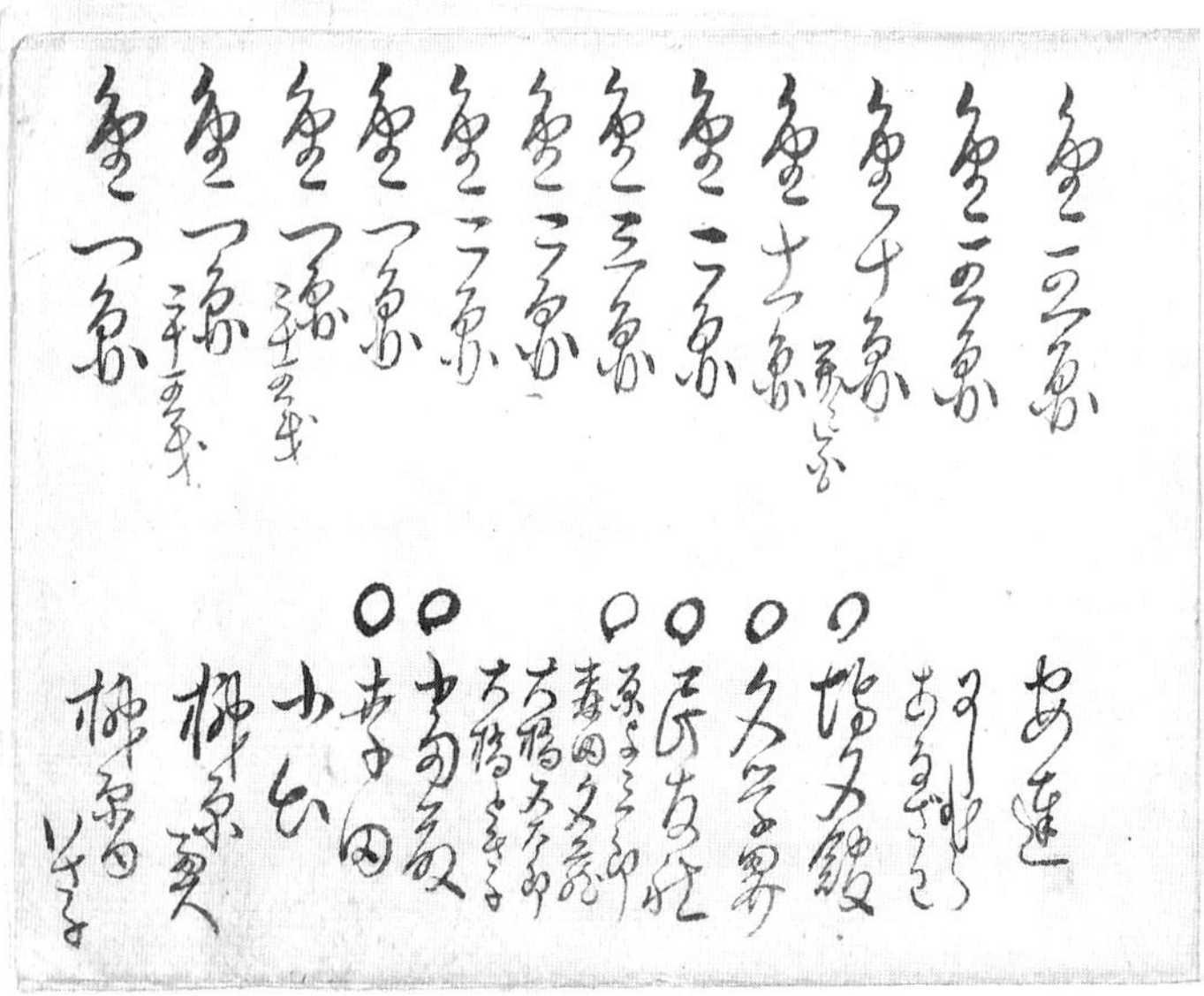

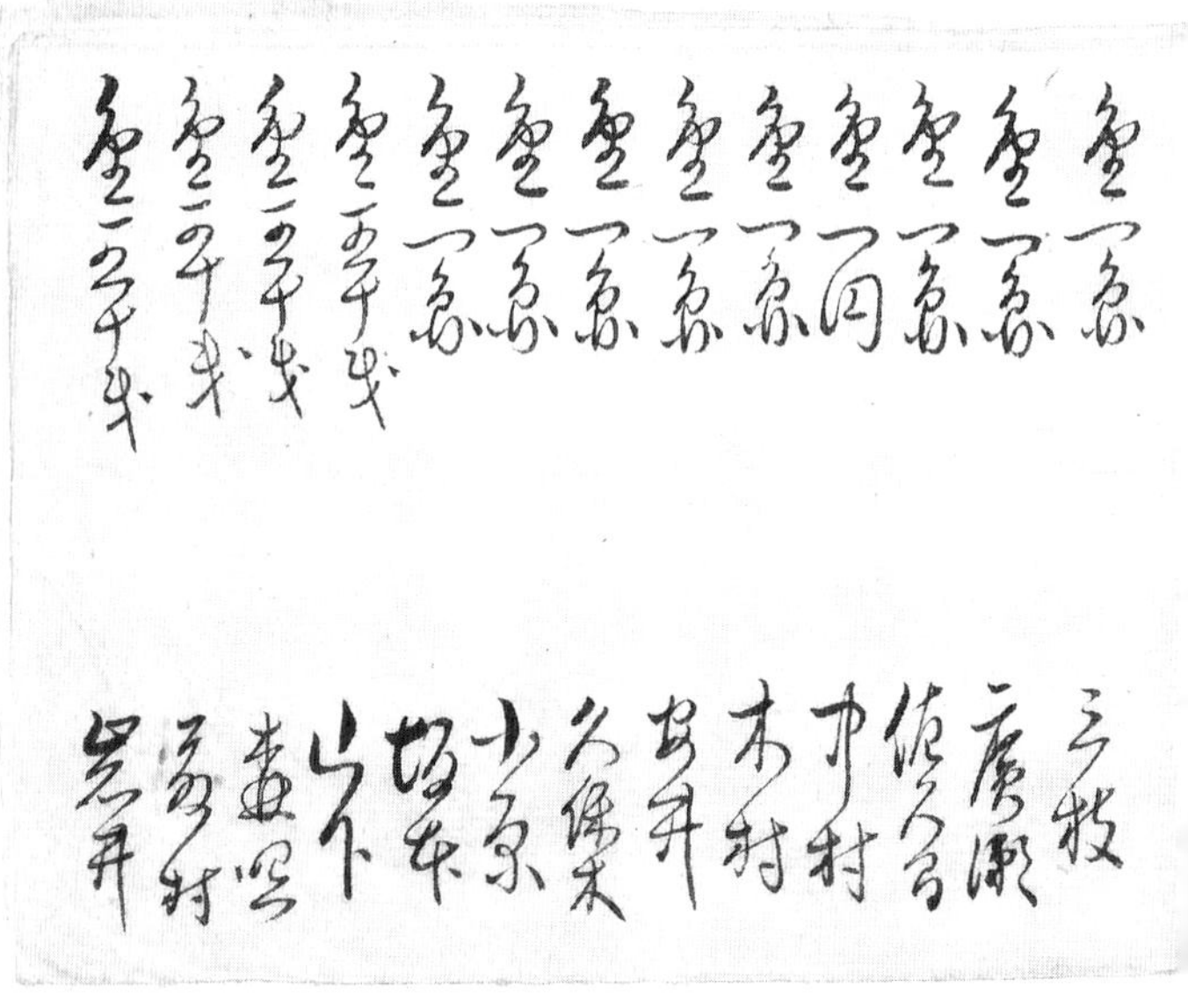

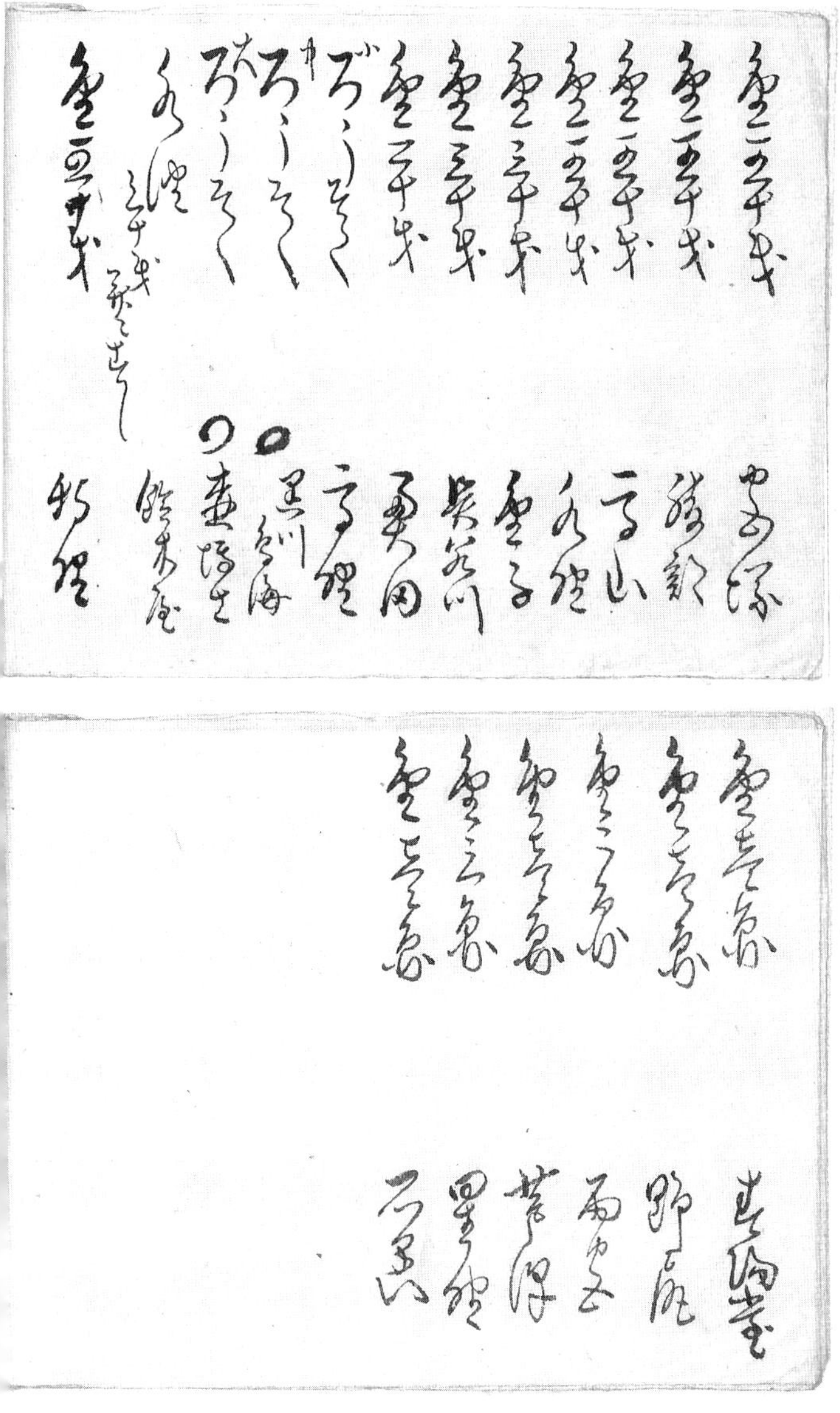

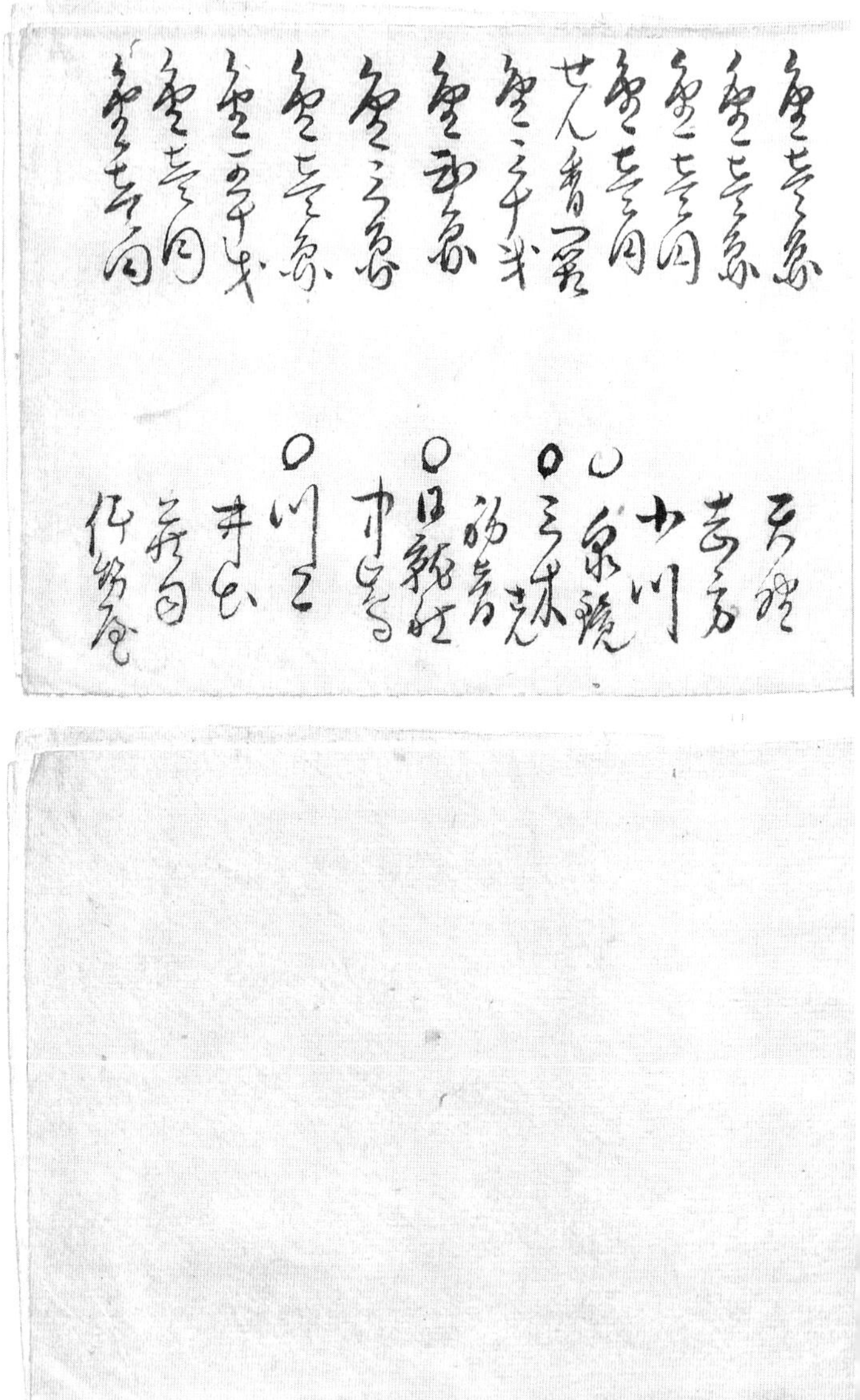

（信三郎）、広瀬（伊三郎）、佐久間（岡右衛門）、久保木（長十郎）、坂本（渋谷三郎）、伊勢屋、春陽堂

金五〇銭：榊原ぬい子・きん子、高山（十三郎）、山下（二郎）、森（照次）、藤村（まさ子）、岩井（せき子）、宮塚（くに）、綾部（喜亮）、井出（良翰）、水野

金三〇銭：金子（喜一）、長谷川、初音

水油三〇銭丼にすし：鈴木屋

線香一箱：三木（竹二）

小ろうそく：高野

中ろうそく：黒川（高瀬文淵）・鳥海（崇香）

大ろうそく：森（鷗外）

葬儀の淋しさに対して、花や線香やろうそくを除いても、香典だけで七八円七〇銭が集まった。現在の生産価値で二〇〇万円弱。これが、一葉が一度で稼いだ最高金額だった。これだけの金が生前にあれば、もう少し楽をして栄養もつけて、命を落とさずに済んだかもしれない。

もちろんそれは虚しい想像だし、香典には香典返しがつきものだから純粋な収入にはな

らないが、ただしかし、死に際してこれほどの人たちが志を寄せたことから明らかなとおり、死後の名声は約束されていた。そしてそれこそが一葉の望むところだった。最高額を出したのは親戚でも縁者でもなく博文館であり、それはつまり一葉が、旧時代の人間関係から職業小説家としてビジネスの世界で一人立ちしたことを意味していた。

一葉が今でも女性作家の中で誰よりも抜きん出、女性としてはじめて日本銀行券の顔になったのは、決してこの夭逝の悲劇のためではない。作品が優れていたのである。そして、作品をそれほど優れたもの、他の追随を許さない唯一無二のものにしたのは、なにより貧乏の経験だった。

もう一つの想像は、もし一葉がもう少し永らえて、名声とともに大金を手にしていたら、作品を書きつづけることができなかったかもしれない、ということだ。もしかしたら、それを元手に社会運動へと身を投じていたかもしれない。幸か不幸か、一葉は、貧乏という宝を抱えたまま逝った。

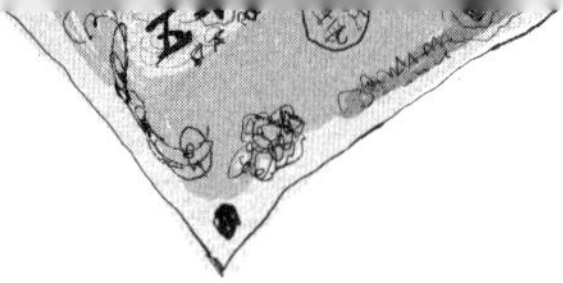

終章　一葉の値段

かくしてわずか二十四年の生涯に幕が下ろされた。名声の絶頂、あるいは今まさにそこに差し掛かろうとしているちょうどそのときのことだった。ここに貧困、病気、女戸主、独身などの私生活の情報が悲劇を盛り立てる要素として加わって、一葉伝説が大きく広がっていくことになる。

しかし、そうした情報がまだ公になっていなかった生前においても、一葉の作品は作品だけで十分に評価を得ていた。そのことは、晩年の各方面から相次いだ原稿依頼や、それに応えた際にもたらされた原稿料というかたちであらわれている。

ではたして、一葉は生涯でどれほどの原稿料を得ることができたのだろうか。推定してみよう。一葉が生前世に出したのは、小説二二本と二つの随筆と一冊の書物である。

デビュー作『闇桜』（四〇〇字詰め原稿用紙約一一枚）につづき『たま欅』（約二二枚）、『五月雨』（約二六枚）は、師である半井桃水が創刊した雑誌「武蔵野」に一本ずつ掲載されたが、売れ行き芳しからず、三号で終刊となり、利益もでなかったため、この原稿料は払われなかった。

それと並行して、「改進新聞」に数回に分けて『別れ霜』（計約五七枚）を掲載したが、これについて原稿料が払われたという記録はない。ただ、掲載が決まったときに家族が喜び、そのことを担保に借金を頼んでいたことからすると、なんらかの報酬が見込まれていたことはたしかだ。

日記に原稿料の記載がないため、無報酬だったとする説もあるが、仮に家族揃って期待していたものが裏切られたのであれば、むしろそのことを書いたのではないか。「武蔵野」に載せた三作品すべての枚数を合わせたほどの力作である。それが無報酬だったとすれば、そのあとも依頼に応えて書こうとなどしなかったはずではないだろうか。少なくとも母と妹は止めただろう。

それゆえ、ここでは『別れ霜』にも報酬があったと仮定したい。その場合はたしていくらになったかだが、ここはのちに「都の花」にはじめて書いたときの一枚二五銭で計算すると、約一四円ということになる。

次作は「甲陽新報」に載せた『経つくえ』（約一八枚）。これも新聞掲載時は一枚二五銭で計算して四円五〇銭ほど。ただしこの作品はのちに「文芸倶楽部」に再掲される。博文館はこの頃一葉に一枚三〇銭を払っていたので、五円四〇銭をも得たことになる。合算して九円九〇銭。

ここから一葉は活動の舞台を「都の花」に移す。『うもれ木』(約四七枚)は一枚二五銭で、一一円七五銭。この金額ははっきり記録が残っているので間違いない。

次の『暁月夜』(約三八枚)のときには、一枚三〇銭に値上がりして、一一円四〇銭。

ここからしばらく、「文学界」への寄稿がつづく。これは同人誌のようなもので、基本的に書き手に原稿料は支払われなかったが、北村透谷と一葉だけには、星野天知の裁量により謝礼が渡された。一枚いくらという厳密な計算でなく、おおよその長さに応じた切りの良い金額だった。

『雪の日』(約九枚)、一円五〇銭。これは記録の残る正確な金額である。

『琴の音』(約八枚)、一円五〇銭。同右。

『花ごもり』(約三五枚)、推定七円。これは右の作品から一枚約一八銭という数字を割り出して枚数を掛け、端数を切り上げた金額である。

『暗夜』(約五二枚)、二〇円。このときは年末の苦しい時期で、一葉からの救援要請に応えて二〇円が渡された。

天知の回想によれば、ここまでの四作に対して三〇円を払ったという(「「文学界」会計帳より」)から、計算は合っている。

『暗夜』はのちに『やみ夜』「文芸倶楽部」に再掲された。その際の報酬を一五円六〇銭

と推定。

『大つごもり』（約二五枚）、五円。これはのちに「太陽」に再掲されるが、「文芸倶楽部」と同じ博文館発行なので、同じく一枚三〇銭で計算して七円五〇銭をも得たことになる。

『たけくらべ』（約七五枚）、一五円。のちに「文芸倶楽部」に再掲。ただ、この作品はなんと再掲に際して一枚七〇銭に跳ね上がったという（南小天「原稿料変遷史」）。計算すると五二円五〇銭になる。合わせて六七円五〇銭。

「文学界」へは以上で打ち止めで、次は「毎日新聞」に載せた『軒もる月』（約一〇枚）で、一枚三〇銭として推定三円。

『ゆく雲』（約二二枚）は博文館の「太陽」掲載だが、これは『たけくらべ』再掲の前なので、一枚三〇銭として約六円六〇銭。

「読売新聞」に載せた『うつせみ』（約二二枚）も同右で、六円六〇銭。

「文芸倶楽部」に載せた『にごりえ』（約五五枚）も同右で、一六円五〇銭。

「文芸倶楽部」に載せた『十三夜』（約三三枚）も同右で、九円九〇銭。

「日本乃家庭」に載せた『この子』（約二〇枚）、六円。

「国民之友」に載せた『わかれ道』（約一三枚）、三円九〇銭。

「新文壇」に載せた未完に終わった『裏紫』（約七枚）、二円一〇銭。

「文芸倶楽部」に載せた『われから』（約六二枚）は、『たけくらべ』再掲よりあとなので、一枚七〇銭で計算して四三円四〇銭。

このほか、「読売新聞」に載せた「あきあはせ」、「そぞろごと」合わせて七枚ほどで、二円一〇銭。

そして最後に、一葉自身が手にした唯一の著作、『通俗書簡文』（約二二〇枚）の原稿料三〇円。

しめて総計三〇二円七五銭。

『別れ霜』からとすると約四年間での、原稿による総収入である。現在の生産価値で約六六六万五〇〇〇円。

小説が原稿料と印税とによって報われるきちんとしたビジネスになるのは大正時代に入ってからで、それゆえ、この金額が即作品の評価を意味するわけではもちろんない。一葉はまだそのシステムの恩恵に与ることはできなかったが、それでも書いたものに対する報酬として金銭が支払われ、それを生活の柱にしたという点で女性第一号だった。

仮に一家で最低限暮らすのに必要なのが月一〇円だったとすると、四年で四八〇円。たしかに足りない。しかし、十分に頑張ったのではないだろうか。もし樋口家が士族と

しての体面を気にせず、倹約に努めていれば、収入と支出の差は四年間で一八〇円ほど、一年なら四五円、ひと月にして三円七五銭。この程度なら、母と妹との内職でも賄えたはずで、あれほど借金漬けになる必要はなかった。

しかも死に向かって原稿料収入は右肩上がりになっていった。もう一年長く生きていれば、本も出て、小説家としての収入だけで家族三人食べていけるようになったに違いない。というのも、なんと死の二か月後には、博文館から『一葉全集』が出ているからである。さらにその四か月後には、齋藤緑雨が責任者となって『校訂 一葉全集』がやはり博文館から出版された。ここにはまだ日記の類は収録されておらず、ほとんどの読者は一葉の私生活については知らなかった。それでもたてつづけに全集が出るほど世評は高かったのだ。

晩年の一葉は自分の人気を、女の物書きだから珍しがられているだけだろうと冷めた目で眺めていた。たしかにそういう面がなかったわけではない。雑誌では「閨秀《けいしゅう》作家」すなわち女性作家だけの特集が組まれ、そこには肖像写真が飾られた。読者の興味が女性作家の容姿と結びついていなかったわけではない。

しかし見てきたように、一葉はそうした女性作家たちの中でも一人異彩を放っていた。それが貧しい側からの視点によるものだったことは、もはや繰り返すまでもないだろう。貧しい女性の書いたものだったから、と言っても、それは女性に対する好奇の目からでも、

貧乏人に対する憐みの目からでもなく、他の誰も書けない作品を書いたからという一点において、一葉はこれからも読まれつづけるだろう。五千円札の顔が変わっても、作品が忘れられることはあるまい。

逆説的ではあるが、貧しく世の底に沈むことによってこそ、「くれ竹の一ふしぬけ出でしがな」という願いを叶え、「千載に残す名」を得ることができたのだ。

あとがき

二〇〇四年から発行されている日本銀行五千円札E号券は、二〇二四年に役目を終えることになっている。一葉は八歳年長の津田梅子にその席を譲ることになるが、女性としてはじめて日本銀行券の顔となったという栄光は揺るがない。

二十年間ですっかり顔は知られるようになったが、しかし紙幣として定着したことで、当人の貧窮がかえって忘れられてしまうことはなかっただろうか。もし、一葉の晩年にたった一枚でもこの五千円札、当時の物価で言えば二〜三円が手許にあれば、どれほど暮らしが助かっただろうか。少なくとも一週間は借金のことを考えずに執筆に専念できたはずだ。なんとも皮肉なことである。

本書はそもそも、一葉の生涯を日付レベルまで詳細に記した年表（『樋口一葉詳細年表』勉誠出版）の作成の途中で着想されたものだった。一葉肖像の紙幣発行が発表になったときに大きな皮肉を感じたものの、とはいえ一葉の暮らしの細部まで知っていたわけではなかったため、その頃から日記を中心に生涯をつぶさに調べはじめていた。

その過程で、一葉の生涯がとことん金にふりまわされていることを再認識するばかりでなく、「奇跡の十四か月」に向けて作品にも影響を与えている、というどころか貧困こそが一葉を唯一無二の作家に押し上げたのだということを知った。また、そのような経済状況に至るには、一葉独特と言っていい金銭観、経済感覚も大いに関係していたこともわかった。

生家が富裕だったればこそ金を蔑み、故に金銭感覚が身につかず、貧苦に喘ぎ、しかしだからこそ男性作家にも他の裕福な女性作家にも決して辿りつけない境地を切り拓き、紙幣の顔にまでなった。一葉はなんとも逆説にまみれた作家だった。貧乏に比べれば、自ら大仰に書きたてていた恋愛など児戯に等しく、作家としての本質は貧乏こそが作り上げたのだと言える。

金銭関係の資料を探すうちに、一葉の葬儀の際の香典帳が山梨県立文学館にあることを知ったのは幸運だった。生前の借金関係がわかるとともに、晩年にわかに有名になった作家としての活動の範囲も窺い知ることができる。ただ、あまり香典などに興味を示す者がいないためか、問い合わせたときには、文学館自体がその資料を持っているのかすぐにはわからず、当然公開もされていなかったが、今回、便宜を図ってくださり、一般公開されることになった。特に御礼申し上げたい。

他にも、資料の転載を許してくれた台東区立一葉記念館にも、そして本書の企画段階からずっと併走してくれた、中央公論新社の兼桝綾さんに感謝申し上げたい。

紙幣の顔から解放されて、一葉はようやく肩の荷を下ろした気になるだろう。あの世で紙幣に選ばれたと知ったときにはきっと苦り切った顔をしただろうが、今はほっとした表情を浮かべているに違いない。少しだけ寂しくもあるが、今後も作品を通じて「千載の名」を残すだろうことは疑いない。一葉さん、二十年のおつとめ、お疲れさまでした。

一葉生誕一五〇年目の晩夏に

伊藤氏貴

参考文献

『樋口一葉全集』 塩田良平・和田芳恵・樋口悦編 筑摩書房 一九七四～一九九四年
『樋口一葉来簡集』 野口碩編 筑摩書房 一九九八年
『樋口一葉日記（影印版・翻刻）』 岩波書店 二〇〇二年
『全釈一葉日記』（全三巻） 西尾能仁 白帝社（第一巻）・桜楓社（第二・三巻） 一九七三～一九七六年
『最暗黒の東京』 松原岩五郎 講談社 二〇一五年
『日本の下層社会』 横山源之助 岩波書店 一九四九年
「原稿料変遷史」 南小天 『文章倶楽部』 新潮社 一九二七年
『明治大正史 世相篇 新装版』 柳田國男 講談社 一九九三年
『樋口一葉』 和田芳恵 新潮社 一九五四年
『樋口一葉研究』 塩田良平 中央公論社 一九五六年
『新装版 一葉の日記』 和田芳恵 講談社 二〇〇五年
『樋口一葉日記を読む』 鈴木淳 岩波書店 二〇〇三年

『原稿料の研究』　松浦総三　日本ジャーナリスト専門学院出版部　一九七八年
『風俗　明治東京物語』　岡本綺堂　河出書房新社　一九八七年
『値段の明治大正昭和風俗史』（上下）　週刊朝日編　朝日新聞社　一九八七年
『樋口一葉事典』　岩見照代・北田幸恵・関礼子・高田知波・山田有策編　おうふう　一九九六年
『全集樋口一葉別巻　一葉伝説』　野口碩校注　小学館　一九九六年
『樋口一葉日記の世界』　白崎昭一郎　鳥影社　二〇〇五年
『女性表現の明治史』　平田由美　岩波書店　二〇一一年
『一葉のポルトレ』　小池昌代解説　みすず書房　二〇一二年
『紙幣肖像の近現代史』　植村峻　吉川弘文館　二〇一五年

伊藤氏貴（いとう・うじたか）

1968年生まれ。明治大学教授。専攻は美学、文藝思潮。著書に『奇跡の教室』（小学館）、『同性愛文学の系譜』（勉誠出版）、『美の日本』（明治大学出版会）、共編著に『樋口一葉詳細年表』（勉誠出版）など。

樋口《ひぐち》一葉《いちよう》赤貧《せきひん》日記《にっき》

二〇二二年一一月二五日　初版発行

著　者　伊《い》藤《とう》氏《うじ》貴《たか》

発行者　安部順一

発行所　中央公論新社

〒一〇〇-八一五二　東京都千代田区大手町一-七-一

電話　販売　〇三-五二九九-一七三〇

　　　編集　〇三-五二九九-一七四〇

URL https://www.chuko.co.jp/

DTP　市川真樹子

印　刷　図書印刷

製　本　大口製本印刷

© 2022 Ujitaka ITO

Published by CHUOKORON-SHINSHA, INC.

Printed in Japan　ISBN978-4-12-005598-0 C0095

定価はカバーに表示してあります。

落丁本・乱丁本はお手数ですが小社販売部宛お送り下さい。送料小社負担にてお取り替えいたします。

●本書の無断複製（コピー）は、著作権法上での例外を除き禁じられています。また、代行業者等に依頼してスキャンやデジタル化を行うことは、たとえ個人や家庭内の利用を目的とする場合でも著作権法違反です。

JN050265